KB274533

군대 이야기
별빛 쏟아지는 최전선의 밤

웃는곰 심혁창

도서출판 한글

책머리에

대한민국 남자치고 군대에 안 갔다 온 사람이 누가 있을까?

누구나 다녀왔고 모두가 나보다 더 멋지고 극적인 경험과 추억이 있을 것이다. 내 이야기를 자랑하고 싶어서 쓴 것은 아니다.

군 생활 가운데 버리기에는 좀 아까운 추억이 있어서 몇 자 인터넷에다 끼적거려 보았는데 의외로 관심을 가지고 있는 네티즌이 많다는 것을 알았고 간혹은 군에 가보지 않은 사람이 간접경험을 할 수 있는 의미가 있다기에 조금 더 쓰다 보니 입대하는 날부터 제대하여 나오는 날까지 만 30개월의 이야기를 쓰게 되었다.

63년대에 군대생활을 한 분은 기억이 새로울 것이고 지금 군복무 중이거나 근래에 다녀온 사람은 50년 전의 군대 분위기와 지금의 분위기를 비교할 수도 있으리라 생각된다. 누구도 군에 가기는 싫어한다. 그러나 군대 생활을 경험하고 보면 그보다 더 진한 아름다운 추억도 없다는 것을 알게 된다. 젊은이들에게 권하고 싶다. 나이 들어서 기피자라는 불명예를 안고 살지 말고 젊었을 때 당당히 나라를 위해 입대하여 멋진 추억을 만들기 바란다. 별것도 아닌 이야기를 책으로 내기에는 좀 부끄럽지만 그래도 젊은 날 남들이 다 겪는 일들을 나도 해냈다는 자부심은 언제나 나를 당당하게 만든다.

양해말씀 : 이 책은 2003년에 〈군발이 추억〉으로 내놓았으나 국가에서 군발이라는 용어를 사용하지 않기로 함에 따라 제목을 〈군대 이야기〉로 개제하여 다시 펴내게 된 것을 알립니다. (인터넷에 올렸던 글을 수정 없이 그대로 편집하였음)

웃는곰 심혁창

목 차

논산훈련소 1 / 훈병과 바느질

대한민국 국민으로 건강하면서 군에 갔다 오지 않은 사람은 이 나라를 위해 무엇인가 더 하여 충성하라.

군대 안 가본 사람 별로 없는 것은 사실이고 군대에 가서 재미있는 추억 없는 사람도 없으리라.

지내 놓고 보면 군대생활보다 재미있는 추억도 없다. 내 이야기를 다 듣고 더 재미있는 추억이 있는 사람은 제2탄을 쓰시라

나는 1963년 11월 2일 입대했다.

당시는 군 입대 대상자가 넘쳐 일부는 병역면제를 고려하는 차원의 면제가 있었다. 우리 동네에는 내 동갑내기들이 십여 명이나 되었는데 유독 나만 영장이 나왔다.

친구들이 너만 재수 없게 걸렸다고 혀를 찼고 나는 무언가 억울하다 싶은 마음에 입대하는 날 아무도 모르게 혼자 아주 쓸쓸히 논산훈련소로 갔다.

하루 사이에 나는 28연대 9중대 소속 훈병으로 변신.

거기는 정말 인간이 평등한 곳이었다. 기피자들 빼놓고.

내무반은 침상이 마주 있고 통로를 사이에 두고 양편 침상 끝에 방금 받은 팬티만 입은 발가숭이들이 제비들처럼 조르르 섰다.

통로에는 새까맣게 탄 얼굴에 반짝거리는 눈으로 입대 장병을 위

압하는 조교가 서서 군기를 잡고 숨이 막힐 듯한 분위기였다.

입대자들 머리는 간벌 하듯 기계로 몇 번 밀어 올려놓고 다듬지 않아 마치 수박 무늬 같은 머리통들이다. 하루 사이에 수염이 자라 얼굴도 원숭이를 닮았다..

서로 누가 누군지 모르는 낯선 젊은이들의 만남.

말을 하지 않으면 어디서 온 사람인지도 모른다. 멋쩍게 빙긋이 웃어 보이는 것이 서로의 첫 인사였다.

마침내 옷을 배급받는 시간이 왔다. 기간병이 커다란 옷 보따리를 둘러메고 들어왔다.

전원 차렷! 하고 구령을 불러 정열을 시켜 놓고 앞에서부터 옷 보따리를 풀어 차례로 하나씩 던져 주었다. 색이 바래 희끗희끗한 것, 푸르딩딩한 것 모두가 다 낡아 걸레 같은 훈련복이었다.

그 가운데 유독 파랗고 생생해 보이는 옷 하나가 중간에 끼여 있었다. 다들 그 옷에만 눈길이 박혔다.

저걸 누가 차지할 것인가?

오! 신이여 내게 주소서 모두가 그런 눈이었다.

나도 눈이 거기만 가서 꽂혔다. 옷을 받아 든 사람은 뒤적거리며 뚫어지고 찢어진 곳을 살핀다. 아직 안 받은 사람은 그 새 옷에만 눈이 가고.

이윽고 그 옷이 휙 날았다. 그것은 바람을 일으키며 내 가슴으로 날아들었다. 그 선망의 대상이던 새 군복이 내 것이 되었다.

그 순간의 기분, 예쁜 여자를 얻은들 그렇게 기쁠까.

남은 모른다.

입어 보니 품도 맞고 길이도 딱 맞았다. 누군가가 한 번쯤은 입었을 성싶은 새 옷이었다.

기분이 좋아진 나는 옷을 입고 여유 있게 곁 사람이 입은 옷을 볼 수 있었다. 무릎이 찢어지고 팔꿈치가 해지고 어디 성한 곳이 없는 헌 옷들이다.

건너편에 한 훈병은 키가 180은 되는데 160짜리 키에 맞는 옷을 입고 고개를 두리번거린다. 윗도리가 짧아서 배꼽이 나오고 팔이 짧아서 소매가 팔꿈치까지 끌려 올라가고 다리도 반바지처럼 달려 붙었다.

그 꼴이 얼마나 우스운지 한바탕 웃어대고 싶었으나 조교가 어찌나 무서운 눈으로 감시를 하는지 분위기가 두려워 감히 웃지도 못했다.

그런 옷을 받고도 불만을 못하는 분위기였다. 그런데 저쪽에는 더 우스운 꼴이 보였다. 키는 160쯤 보이는데 외투같이 큰 윗도리를 받아 입고 옷 속에서 헤엄을 치고 있었다.

기다란 바지는 질질 끌려 엎치락뒤치락 옷에다 몸을 맞추느라고 뺑뺑이질을 쳤다.

이쪽 옷이 거기로 가고 거기 사람 옷이 이쪽으로 온 것이다. 그런 줄 알면서도 "야, 너희들 옷 바꾸어 입어." 하고 싶은데 입을 열 수가 없었다.

옷을 나누어 준 다음에는 바늘과 실을 나누어주었다. 찢어지고 터진 옷을 꿰매라는 것이었다.

바느질을 해 본 일이 없는 훈병들 여기를 깁고 저기를 깁고 어떤 친구는 걸레 같은 옷을 받고 아예 꿰맬 엄두를 못 내고 화라도 내고 울고도 싶었을 테지만 화도 울지도 못했다.

어떤 사람은 팔소매를 꿰매다가 안팎을 맞꿰매어 입어 보다가 팔이 안 들어가자 도로 뜯느라고 끙끙거리고 온통 야단들이다.

나는 새 옷을 입었으므로 바느질을 할 일이 없어 남들 구경만 하면 되었다. 바느질을 하던 사람이 부럽다는 듯이 나를 멍하니 바라보았다.

이어서 모자 지급이 시작되었다.

논산훈련소 2 / 훈병이 대위 모자를

모자도 머리에 잘 맞으면 좋으련만 내무반 통로에 큰 자루 부대에서 하나씩 꺼내어 던져주는 모자는 일그러지고 찌그러지고 말이 아니었다.

그나마 잘 맞으면 좋은데 머리통은 항아리 만한데 단풍잎같이 작은 게 걸린 사람은 그걸 머리에 맞춰 써보려고 썼다 벗었다 야단이고 머리통은 새대가리 만한데 방석같이 큰 모자가 걸린 사람은 모자 속으로 얼굴이 파묻혀 절절맸다.

그래도 감히 싫다 좋다 한 마디 못하고 머리를 모자에 맞추느라 고생이 이만저만이 아니다.

자기에게 맞든 안 맞든 그 모자가 얼마나 중한지는 잃어 봐야 안다. 훈병생활 며칠 사이에 누가 똑똑하고 누가 고문관(바보 같은 사람을 그렇게 부른다)인지 판단이 갔다.

내 곁에는 185센티쯤 되는 껑다리 고문관이 있었다. 그 고문관이 화장실에 갔다가 모자를 빼앗겼다.

훈련소 화장실은 밑에서 위로 올려 달려 있고 위는 중간에서 잘라 놓아 사람이 들어가면 다리도 보이고 가슴 위도 밖으로 보이게 되어 있다.

안에서 쭈그리고 큰일을 보면 밖에서 모자가 보이고 궁둥이가 보인다.

모자 잃은 사람은 언제나 거기 가서 큰일 보는 사람 모자를 낚아채

가지고 달아난다.

머리 좋은 사람은 모자를 빼앗기면 아무 소리 없이 나와서 옆 칸을 노렸다가 똑같은 방법으로 슬쩍 채 가지고 달아나는데 이 고문관은 모자를 빼앗기자,

"모자 도둑이야!" 하고 소리를 쳤다.

그 소리를 들은 다른 사람들이 모자를 벗어 가슴에 품는 바람에 제 모자만 잃은 거다. 결국 고문관은 맨머리로 돌아오고 말았다. 그런데 그 날 밤 입대 장병을 위한 연예인 위문공연이 있었다.

전 장병이 연병장 계단에 줄을 맞춰 둘러 서 있을 때였다. 한쪽에서 "모자 도둑이야!" 하는 소리가 터지고 옆에서 앞에서 모자를 빼앗긴 사람이 다른 사람 모자를 빼앗고 난장판이 벌어졌다.

내 곁에 섰던 고문관이 갑자기 어디론가 사라졌다가 헐레벌떡 돌아왔다. 옆모습을 보니 어디선가 잘생긴 모자 하나를 빼앗아 쓰고 아무렇지도 않은 듯 의젓하게 서 있었다.

나는 속으로 '굼벵이도 구르는 재주는 있다더니 이번 기회에 잃어버린 모자 해결했군.' 하고 생각하며 무대 위에서 벌어지고 있는 장면만 바라보았다.

장내가 조용해지고 모두들 벗었던 모자를 바로 썼을 때 그때 한 사람이 위 계단과 아래 계단 사이 통로를 사열하듯 걸어오며 대열을 쓸어 보고 있었다.

그가 우리 앞에 오더니

"너 이리 나와."

하고 손가락으로 나 있는 쪽을 가리켰다.

나는 속으로 흠칫 놀라며 손끝이 가는 곳을 보았다. 그 손길은 바로 곁에 서 있는 고문관을 가리키고 있었다. 나는 고문관을 향해,

"너, 너야."

하고 바라보다가 깜짝 놀랐다. 고문관이 쓰고 있는 모자에는 대위 계급장이 붙어 있었다.

"너 그 모자?"

"응, 아까 슬쩍 했지."

"그게 아니고 너 모자 벗어 봐."

"왜?"

고문관이 모자를 벗어 보더니 깜짝 놀라며

"이게 뭐야!"

얼결에 그는 모자를 벗어서 앞으로 홱 던지고 달아나 어디론가 숨어버렸다. 고문관이 그럴 때는 민첩하기도 하려니와 숨는 재주도 뛰어났다.

그 모자는 10중대 중대장 모자였다. 그렇게 하여 위기를 벗어난 고문관 이튿날 하는 말.

"어쩐지 다들 모자를 벗어서 잡고 있는데 한 사람이 미처 벗지 못하고 있길래 잽싸게 채 가지고 도망쳤더니 그게 옆 십 중대장 모자지 뭐야."

논산훈련소 3 / 잠자리 바꾼 죄

내무반에는 4개 분대가 있고 가운데 베치카를 중심으로 분대원이 신장순으로 도열한다. 가장 작은 사람이 문 앞, 가장 큰 사람이 가운데 베치카 옆이다. 고문관이 나보다 커서 그가 베치카 옆이고 나는 두 번째였다.

입대하고 한 달이 지나자 날씨가 추워졌다. 베치카 옆은 따뜻하고 두 번째인 나에게는 그 따뜻한 혜택이 제대로 오지 않았다.

베치카 옆의 고문관이 지난 번 잃어버린 모자를 내가 해결해 준 고마움을 갚을 생각으로 나에게 자리를 바꾸어 자자고 했다. 그렇지 않아도 그 자리가 탐나던 나.

능청스럽게 못 이기는 척하고 잘 때만은 자리를 바꾸어 자기로 했다. 그 따뜻한 아랫목 같은 베치카의 열기로 나는 밤마다 행복했다.

그런데 하루는 문제가 생겼다. 아침에 일어나 보니 내 관물에 있어야 할 대검이 없어진 거다.

대검이 없어지다니!

군인이 장비를 잃는다는 건 전투에서 죽는 것과 같은 것. 아무리 생각해도 누가 가져갔는지 알 수가 없었다.

누군가 대검을 잃어버린 불침번이 보초를 서다가 자고 있는 고문관의 것을 훔쳐간다는 것이 자리를 바꾸어 자는 내 것을 훔쳐간 것이다. 키만 커다란 게 원체 바보짓을 잘해서 소대원이 다 아는 고문관이다.

그 고문관, 얼마나 웃기는지— 제식훈련 때는 조교가 차렷! 앞으로 가! 하면 내내 잘 걷다가 명령을 받자마자 오른발 나갈 때 오른손이 왼발 나갈 때 왼팔이 나간다.

바로 뒤에 따르고 있는 나는 그것이 우스워서 견딜 수가 없었다. 참다못해 우와 하고 웃었다가 조교에게 걸렸다. 조교는 그 고문관을 불러내어 앞으로 가를 명했다.

역시 그 웃기는 팔다리 일자 행진은 바꾸지 못했다. 그래서 더 유명해진 고문관이다.

장비를 분실했을 경우 훔쳐갈 때는 대개 고문관의 것을 노리게 마련이다. 그 고문관과 자리를 바꾸어 자다가 도둑을 맞았으니 어떻게든 해결을 해야 한다.

마침 학교 친구들이 경비대에 하나, 경리단에 하나, 조교 가운데 하나 등 작대기 둘 짜리와 셋 짜리가 있었다. 훈병들에게 작대기 하나나 셋 짜리 친구가 가까이 있다는 건 별보다 좋은 빽이다.

내가 대검을 잃었다고 해 두었더니 어디서 구했는지 셋이 하나씩 가지고 왔다. 없던 대검이 하루 사이에 세 개, 군대란 모자라도 문제지만 남아도 문제다. 또 고민이 생겼다.

논산훈련소 4 / 안타까운 까막눈(문맹)

하루는 고문관이 나를 피엑스로 데리고 갔다. 이것저것 사주더니,
"부탁 하나 하자."
"뭔데?"
"나는 눈깔이 없다."
"눈깔이 없다니? 이놈아, 그렇게 나를 바라보는 눈은 뭐냐?"
"그게 아니고, 학교를 다니지 못했다는 말이야."
"그래?"
나는 그 한 마디로 고문관이 가진 아픔을 알아챘다. 놈은 가슴을
뒤지더니 사진 한 장을 내놓았다. 눈이 시원하고 눈썹이 진한, 갸름
하고 예쁜 여자 사진이었다.
"이게 누구냐?"
"애인."
"그런데?"
"이제는 우리도 편지를 할 수 있잖아?"
"그렇지, 검열은 있지만."
"나는 이 애 생각만 하면 잠을 못 잔다. 너무 보고 싶어서."
"그렇게 사랑하니?"
"그래서 말인데 내 대신 편지 한 장만 써주라."
고문관이 어디서 이렇게 예쁜 여자를 사귀고 있었나 궁금했지만
묻지 않았다.

“남의 편지를 어떻게 쓰냐?”

“이 사진을 보면서 내가 얼마나 보고 싶어하는지 내 대신 보고 싶고 사랑한다는 이야기만 써 주면 돼.”

“어려운데!”

“다른 사람한테는 내가 눈이 없다는 말을 할 수가 없어. 너한테만 말한 것이니 부탁 좀 들어줘.”

무슨 말을 어떻게 해야 할는지 막막했다.

“네 애인이 네가 글씨를 못 쓴다는 사실을 모르고 있냐?”

“속였거든, 내가 대학 중퇴라고.”

“학교는 어디까지 다녔는데?”

“국민학교 1학년 다니다가 그만 뒀어.”

“애인은 뭐 하는 여자냐?”

“미장원을 하고 있지.”

“예쁘긴 한데.”

“그렇지? 예쁘지? 정말 예쁘다. 여고를 나와서 미용사가 되어 미장원 차렸어.”

애인 예쁘다는 말에 신이 난 녀석 제발 멋진 편지를 써달라는 청이 간절했다. 나는 편지를 대신 써주기로 하고 여자 얼굴을 자세히 들여다보았다.

정말 예뻤다. 어쩌다가 저런 고문관을 새겼는지 알 수 없지만 고문관 색싯감으로는 아까웠다. 여자 얼굴을 자꾸 들여다보자니 내 마음도 차츰 움직였다. 무슨 말이든 달콤한 이야기를 써서 그녀의 마음을 즐겁게 해주고 싶었다.

논산훈련소 5 / 연애편지는 언제나 달콤해

나는 고문관의 편지를 써 주기 위해 몇 가지 물었다.

"네 애인 이름은?"

"영."

"전에 어떻게 불렀냐? 그대? 너? 당신?"

"너라고. 나보다 세 살 아래니까."

나는 편지를 대신 써 보았다. 지금은 기억에 아물아물하지만 이런 것들이 생각난다.

영!

보고 싶다, 바로 네 숨소리가 듣고 싶어. 맑은 웃음소리가 아직도 귀에 쟁쟁한데 너와 나 사이는 너무나 멀다. 나는 지금 네 사진을 들여다보며 편지를 쓰고 있어. 네 사진 한 장이 이렇게 소중할 줄은 몰랐어.

영!

네 사진 한 장을 소지하기 위해 나는 얼마나 힘들었는지 몰라. 모든 소지품을 다 고향으로 보낼 때 네 사진만은 꼽쳤지. 어떻게 꼽쳤는지는 비밀이야. 이다음에 말해 줄게. 너는 내가 어떤 상황인지도 모르고 귀엽고 환하게 웃고 있어. 나는 옛날의 내 모습이 아냐. 너는 상상도 못할 거야.

네 눈은 비둘기 눈같이 예쁘고 무슨 말인가 조잘거릴 것 같은 네 입술은 금방 핀 꽃잎 같다고 말해 주고 싶어.

정말이야.

네가 해 준 말 다 잊지 않고 지킬게 너도 약속한 말 잊지 마.

너를 생각하면 나는 가슴이 뜨거워지고 시인이 되고 말아. 지금은 훈련복을 빨리 기워야 해. 무릎이 나갔거든. 바느질 다하고 나면 구두 닦아야 하고.

편지를 더 쓸 시간이 없어 이만 쓴다.

사랑한다 영!

나는 녀석에게 편지를 보여주었다. 그녀의 사진만 보고 상상으로 거짓말을 썼는데 녀석이 떠듬떠듬 느린 속도로 다 일고 나서 감탄을 하지 않는가.

"야, 너 어떻게 내 맘을 다 알고 이렇게 썼냐? 정말 내 마음을 그대로 잘 썼어."

"그래? 마음에 드냐?"

"내가 사진 보관하느라고 힘들었던 것까지 어떻게 알았냐? 너 점쟁이냐?"

"이렇게 삼엄한 속에서 사진을 가지고 있는 걸 보면 짐작이 간다."

"내가 써도 그렇게는 못 써. 이대로 부치면 되겠지?"

"그건 네 맘대로 해."

"알았어 부칠게."

그렇게 편지는 떠났고 조용한 내무반에 돌연,

"전원 연병장으로 선착순 집합!"

하는 호령이 떨어졌다. 잠시 휴식을 즐기던 훈병들, 개미집에 불난 것처럼 우르르 쏟아져 나갔다.

고문관도 나도 빠른 동작으로 나갔는데 선착순 20명 안에는 들지 못했다. 녀석도 나도 운동장 한 바퀴 돌고 다시 한 바퀴 도는 끝에서 20명 자르기에는 걸리지 않았다.

중대 선임하사가 소대원을 일렬 원형으로 세우고 점검하더니

"너 나와!"

하는 명령과 함께 그 손가락이 나를 가리켰다.

나는 가슴이 철렁했다.

논산훈련소 6 / 옷이 날개라더니

나는 무슨 잘못을 하여 선임하사에게 지적을 당했을까?

발발 떨며 그 앞으로 나아가 섰다. 소대원들의 걱정스런 시선이 모두 내게로 집중되었다.

"따라와!"

한 마디 외엔 없었다. 나는 그의 뒤를 따랐고 다른 대원들은 삼열로 대열을 짜고 어디론가 구령을 붙이며 행진해 갔다.

선임하사는 중대본부로 들어갔다. 무슨 벌을 세우려나 하고 겁먹은 나를 훑어보다가 물었다.

"너 글씨 잘 쓰냐?"

"웬만큼 씁니다."

"여기 앉아서 이 명단 모두 이쪽 기록장에 옮겨 써."

"네."

나는 그제야 마음을 놓았다. 그 정도는 내 취미이자 소질이다. 한참 정리하고 있는데 중대장이 들어왔다.

"야, 넌 못 보던 얼굴인데, 누구냐?"

내가 당황하여 어물거리자 선임하사가 대답해 주었다.

"훈병입니다. 김일병이 휴가를 가서 대신 일을 좀 시킵니다."

중대장이 나를 보다가 한 마디 했다.

"이 친구는 훈병 같지가 않군."

선임하사가 또 한 마디 했다.

"옷이 날개지요. 소대원을 세워놓고 복장이 가장 깨끗한 사람을 골 랐습니다. 이 애는 옷 덕 봤지요."

나는 그제야 내가 선발된 이유를 알았다. 중대본부에서 하루 종일 일을 하고 소대로 들어오니 다들 무슨 일이 있었느냐고 걱정스럽게 물었다.

그러나 그렇게 묻는 그들이 더 궁금했다.

낮에도 괜찮았는데 모두들 어디서 울다가 온 것처럼 눈이 충혈된 데다가 얼굴이 부석부석했다. 고문관이 물었다.

"너 선임하사한테 기합 받았지? 왜 널 끌고 간 거야?"

"아무 일도 없었다. 그런데 너는 왜 그렇게 얼굴이 이상하냐?"

"응, 아주 씨껍했다. 죽는 줄 알았다구."

"왜?"

"가스실에 들어가 방독면을 벗으라고 해서."

"가스실이 뭔데?"

"화생방훈련 알잖아. 가스를 들이마셨더니 코는 맵고 눈은 따갑고 온통 정신없었다."

"그렇게 고통스러웠니?"

"말도 마 인마. 너 오늘 빠졌구나? 운 좋았지."

그 후부터 나는 수시로 중대본부에 불려가 총 대신 펜으로 훈련을 받았다. 하루는 편지가 왔는데 고문관에게도 왔다.

짐작컨대 얼마 전에 보낸 영이라는 애인한테서 온 듯했다. 그 편지 를 전해 주고 궁금하여 나도 좀 보자고 했다. 그러나 놈은 보여주지 않고 싱글벙글 저 혼자만 좋아했다.

“야, 무슨 편지냐? 나도 좀 보자.”
“그건 안 돼. 비밀이야. 히히히히.”
“두고 보자, 네가 안 보여주고 배기나.”
　나는 그가 얼마 못 가서 보여 주리라는 것을 확신했다. 답장을 쓰자면 또 내가 필요할 것이기 때문이다. 놈이 무척 좋아하는 걸 보니 나도 빨리 보고 싶었다.

논산훈련소 7 / 천진스런 얼굴이 여자에게는

고문관은 다음날 오후에 편지를 보여주는 것이었다. (이제부터는 고문관이라고 부르기를 그치고 그의 성 방을 써서 방훈병이라고 부르겠다.)

방훈병은 편지를 밤새도록 끌어안고 잤다. 그리고 하루 종일 훈련장에도 품고 다녀서 종이가 구겨져 있었다. 그에게는 그렇게 소중한 편지지만 내가 보기엔 그렇게 대단한 것도 아니었다.

지금은 다 기억할 수 없지만 대략 이런 내용이었다.

자기라는 호칭이 연인들 간에 다정하게 쓰이던 시절이라 그녀 역시 방훈병을 자기라고 불렀다.

―자기가 없는 서울은 온통 빈 듯하고 단둘이 걷던 거리도 주인 없는 도시처럼 쓸쓸하게 느껴진다.

언제나 소식이 올까 기다렸는데 편지 받고 보니 만나 본 듯 반가웠다. 자기가 쓴 편지 받고 놀랐다

편지도 잘 썼지만 글씨가 아주 예쁘다. 자기가 군에 가지 않았다면 그런 편지도 받아보지 못할 뻔했다고.

군인생활 충실히 잘하고 돌아오라.

그때까지 기다리며 열심히 일하겠다―

뭐 그렇고 그런 내용으로, 누가 써도 그렇게밖에 쓸 수 없는 편지지만 그게 그에게는 그토록 감격스럽고 감동을 주는 내용이었던 같

왔다. 방훈병은 답장을 또 써 달라는 것이었다. 그러나 선뜻 대답을 하지 않았다.

이유는 녀석 때문에 사격장에서 불합격을 받고 기합 받은 분통이 아직도 가라앉지 않은 때문이었다.

고문관을 옆에 두고 있으면 그가 받을 벌을 같이 받는 수가 있다. 고문관에게 벌을 주기 위해 전체 기합이나 분대 기합을 받기 때문이다. 사격장에서,

"우선 사격준비 끝- 좌선사격 준비끝" 하고 교관이 "준비된 사수로부터 사격개시" 할 때 총을 쏴야 하는데 좌선 사격준비 끝도 하기 전에 "빵!" 하고 녀석이 총을 쏘아 모두를 놀라게 했다.

그 덕으로 전원 낮은 포복 벌을 받았다. 그런데 더 심각한 문제는 녀석이 나를 골탕 먹인 것이다. 자기 타깃에다 사격을 해야 하는데 내 타깃에다 다 쏘아댄 것이다.

사격 후 타깃 앞으로 갔을 때 녀석의 타깃은 깨끗하고 내 타깃에는 여기저기 구멍이 수두룩하게 뚫려 있지 않은가.

기본 5발을 쏘아야 하는데 녀석이 내 것에다 쏘아서 9발이 맞았다. 한 발은 날아가고, 과녁에 맞은 것은 몇 안 되었다.

그 덕분에 둘 다 불합격—

"불합격자 전원 저 앞산 고지 탈환 후 귀환 선착순!"

나도 뛰고 고문관도 뛰었지만 또 둘 다 선착순 탈락, 또 한 바퀴—

나는 약이 올랐지만 어떻게 할 수가 없었다. 그렇게 죽 쑤게 만들어 놓고 답장까지 쓰라니 편지를 쓰겠는가.

"다른 사람한테 부탁해 임마"

"야 봐주라. 챙피하게 누구더러 써달라니?"

놈은 초조한 얼굴로 나를 바라보았다. 바보 같기도 하고 순한 양 같기도 하고— 저 천진스런 얼굴이, 그래서 그 여자에게 그렇게 좋아 보였던가 보다.

내가 아니면 누가 써주랴. 측은한 생각이 마음 밑에서 솟아났다.

논산훈련소 8 / 기성품 같은 편지

글씨를 잘 쓰지 못하는 녀석의 심정이 어떨까? 그 마음 상하지 않게 아무 소리 말고 써주자. 나는 그가 무슨 생각을 하고 있을까 생각하며 내 마음 내키는 대로 써댔다. 많이 사랑하고 영원히 잊지 않을 것이라고.

군생활 충실히 하고 당당하게 제대하여 멋진 사회인이 되어 사랑하는 영을 위해 열심히 살 것이라고 등등.

누구에게나 맞추면 다 맞는 기성복 같은 편지를 써서 녀석에게 주었다. 그것을 다 읽고 나더니 나를 부러운 눈으로 바라보았다

"너는 쪽집게다. 내 마음을 너무 잘 알아맞히었어."

"그러냐?"

"나도 너처럼 편지를 잘 쓸 수 있었으면 좋겠다."

"편지보다 마음이지."

그렇게 하여 편지는 또 그녀를 찾아 떠나고 우리들에게는 기계 부속 같은 생활이 계속되었다

아침은 기상!

저녁은 취침!

먹을 때는 감사히 먹겠습니다. 경비 근무중에는 근무중 이상무!

그렇게 하여 전반기 훈련은 끝나가고 우리들에게는 이별의 시간이 다가오고 있었다.

고향이 어디며 무엇을 하다가 왔는지 서로가 서로를 모른다.

다만 머리카락이 고슴도치처럼 삐죽삐죽 자라고 꼴은 우습게 생겼지만 자존심은 살아서 모두가 부잣집 아들이라고 훌륭한 일을 하다가 입대했노라고 사실 여부를 알 사람도 없고 알 필요도 없는 훈병들은 기분 나는 대로 어떤 거짓말도 통하고 지껄일 수 있다.

전반기 훈련이 끝나면 한 막사에서 먹고 자던 송사리들은 연못 같은 훈련소를 떠나 개울을 따라 강으로 바다로 가듯 어느 부대로든 떠나야 한다.

12월 23일 전체 훈련병이 연병장에 대열을 이루고 인사 장교의 호명을 따라 부대 배치를 받았다.

아무개 103보! 하고 불린 사람은 죽을 상.

아무개 후반기! 하고 불린 사람은 벌레 씹은 상.

아무개 101보! 하면 입이 벌어지고. 헌병학교, 통신학교, 부관학교 하고 명을 받은 녀석들은 날 듯이 좋아했다. 나는 전혀 들어보지도 못한 공수부대로 떨어졌다. 옆에서 아는 체하는 녀석들은,

"야, 너 돈 썼니? 좋은 데 걸렸다. 거긴 서울이야." 하고

더 잘 아는 체하는 녀석은 나를 딱하게 바라보며,

"넌 이제 죽었다. 거기 떨어지면 말뚝에다. ×나게 뺑뺑이질 치는 깡패 부대다."

후반기 교육을 받는 사람은 또 훈련병이 되는 것이고 103보 101보는 전방 부대로 배치를 받는 것이다.

좋고 나쁜 것이 극에서 극으로 희비가 엇갈린 연병장에는 해가 뜨고 구름이 덮였다. 고문관 방훈병은 죽을 상, 후반기였다.

"야, 너는 좋겠다. 서울이라면서? 나는 너를 따라가고 싶었는데."

"서울이라고 다 좋으냐? 나는 모른다."

나는 매우 착잡했다. 아무 말도 하고 싶지 않았다. 행정병이 되고 싶었는데 무슨 부대인지 상상도 안 되는 곳에 걸려든 것이 불안했다.

이윽고 배치 받은 부대로 떠나는 날이 왔다. 방훈병은 나와 헤어지게 된 것을 무척 애석해 했다. 특히 애인에게 편지 쓸 일이 더 걱정이 되었던 것이다.

"야, 네가 내 대신 편지 좀 써 줄래?"

"어떻게?"

"너, 이 주소로 내가 다른 부대로 배치 받았다고 편지하고 휴가 때까지는 편지를 할 수 없을 거라고 해줘."

"그래?"

"그러면 휴가 가서 만나 내가 적당히 할게."

"그럼 그렇게 하지."

12월 24일 크리스마스 이브였다.

36일간 훈련을 하면서 얼굴들이 서로 익을 듯 말 듯하다가 헤어져야 한다. 그래도 정이 들었다고 빵과 막걸리를 사다가 송별회를 가졌다. 12월 25일, 크리스마스트리며 화려한 십자가 탑의 등불이 점멸하는 밤에 우리들은 제 각각 인솔자를 따라 기차에 올랐다. 고문관 방훈병도 어디론가 대열을 따라가며 한 마디 던졌다.

"잘 가, 편지 꼭 부탁한다."

마음으로는 울고 있어도 눈물은 흘릴 수 없는 딱딱한 이별이었다. 불안한 가운데 나는 25명의 소규모 대열에 끼여 배치 받은 부대를 향했다.

논산훈련소 9 / 첫인상이 무서운 계급 없는 복장

36일 동안 어우러져 뒹굴던 훈련병들은 어디로 가서 무엇을 하게 될는지도 모르는 채 훈련소에서 달아준 작대기 하나 이등병 계급장을 달고 야간열차에 올랐다.

나와 같은 부대 발령을 받은 25명은 기차 한 구석에 몰려 있고 101보로 가는 송사리들은 앞뒤 칸마다 꽉 찼다. 101보는 운 좋은 행운아가 가는 것이라며 기분이 좋아 노래를 부르고 축제 분위기였다.

그러나 내가 가는 부대는 운 나쁜 자들이 가는 공포의 부대란다. 아무리 마음을 고쳐먹어도 우울한 기분을 떨쳐버릴 수가 없었다. 그런데 옆에 앉은 낯선 동행자 김이병은 지원을 하여 합격 받고 가기 때문에 기분이 좋다면서 싱글거렸다.

나는 지원한 적도 없고 그 부대가 어떤 부대인지 알지도 못했다. 좋아하는 자들의 이야기에는 관심이 안 가고 불길하고 기분 나쁜 말에만 신경이 쓰였다.

한잠도 못 잔 채 뜬눈으로 밤을 보내고 아침 8시, 밤새워 달리던 기차는 영등포역에 멈췄다. 우리는 내렸다. 101보로 가는 행운아들은 계속하여 북쪽으로 실려 가며 노래를 불러댔다.

영등포역에는 우리를 데려갈 트럭이 기다리고 있었다. 차에는 이상하게 생긴 군인 둘이 있었다. 계급장도 없고 빈대떡모자(베레모)를 눌러 썼는데 복장이 또 이상스러웠다.

상하가 통으로 붙은 사지복이 배에서 가슴 위로 자크가 있고 허리

는 허리띠로 묶였고 밑으로 자크가 또 내려 있었다

그뿐 아니라 주머니 투성이었다. 양쪽 앞가슴에 상하로 자크 달린 주머니 양팔 위에도 주머니, 겨드랑 밑에도 주머니 왼쪽 팔에는 펜꽂이 좁은 주머니, 무릎 위에는 툭 불거진 큰 주머니 장단지 양 옆은 자크로 조이게 되어 있고 거기도 작은 주머니가 달려 있었다.

사람이 옷을 입었다기보다 주머니 그릇에 사람이 담겨 있는 형상이었다. 그것이 우스웠지만 처음 보는 군인이 두려워 웃을 수도 없었다.

과연 공포의 부대라더니 복장부터가 그렇게 느껴졌다. 그런 차림의 군인은 이때까지 보지도 듣지도 못했다. 무시무시한 느낌이 드는 그들은 우리를 차에 태우고 트럭 자크 문을 채웠다.

마치 납치당하는 기분이었다. 서로가 낯선 사이라 아무도 입을 열지 않았다. 사방이 꽉 닫힌 컴컴한 트럭 속에는 무거운 침묵만 흐르고 자동차는 무서운 속도로 도심을 벗어나 어디론가 달렸다.

제일공수특전단 10 / 불안한 먹고 자기

컴컴한 텐트 트럭 안은 무거운 침묵이 흐르고 서로가 낯선 얼굴들이 희미하게 보일 뿐 누가 누군지 알 수가 없었다.

나는 고개를 떨구고 훈련소에서 들은 말들을 떠올려 보았다,

"공수부대? 너 이제 죽었다. 거긴 저녁에 빠따 세례를 맞지 않고 취침하면 불안해서 자지 못하는 깡패 부대래."

"거기는 말뚝들만 근무하는 곳이래, 너희들은 그 부대에 들어가자마자 말뚝 박아야 한다고. 재수 옴 붙었지."

"훈련이 얼마나 센지 죽는 것이 낫대, 그리고 6층 꼭대기에 올려놓고 뛰어내리라고 한다는 거야."

"그 부대는 게릴라 부대라지. 이북에도 밀파한대."

"전쟁이 났다 하면 제일 먼저 죽는 게 공수부대래"

"5·16도 거기서 주동이 됐대."

무엇 하나 마음에 드는 소리는 없고 모두가 불안하고 초조하게 하는 소리들뿐이었다.

자동차는 북서쪽으로 달리고 있구나 하는 짐작이 들 뿐 밖을 내다볼 수 없어서 어디쯤 가는지 알 수가 없었다.

약 30분쯤 걸렸을까? 누군가가 다 왔다 하고 침묵을 깼다.

그 사람은 공수부대에 대하여 잘 알고 있는 듯했다.

"이 부대는 서울에 있어, 가까워서 외출하기 좋은 곳이지."

그 말이 반가우면서도 불안하기는 마찬가지였다. 서울이 아까우면

전방은 아닐 테니 좋을 것이라는 막연한 기대가 마음을 위로했다

우리를 태운 트럭은 연병장이 내려다보이는 2층 건물 앞에 섰다.

"전원 하차!"

명이 떨어지자마자 순식간에 전원이 내렸다.

"삼열 횡대로 모여!"

훈병들은 잽싼 동작으로 대열을 이루었다. 인솔해 온 사람은 다른 군인에게 우리를 인계했다.

군인은 군인인데 점프 복에 윙만 붙은 베레모(이 복장 설명은 한참 후에야 할 수 있는 용어임)를 쓰고 있어서 저 사람이 장교인지 하사관인지 계급이 무엇인지 알 수가 없었다.

아무튼 우리는 그 사람의 말을 따라 신상카드 점검을 받고 이층에 있는 내무반에 군장을 풀었다.

한 방에 18명이 들어갈 수 있도록 꾸며진 작은 내무반이었다. 우리는 두 반으로 배치를 받았다. 내가 들어간 곳은 9내무반이었다.

부대는 의외로 조용했다. 이따금씩 점프복장의 군인들이 오갈 뿐 도대체 군인 부대 같지가 않았다.

화장실을 가다가 복도에서 선배 군인을 만났다. 무작정 훈련소에서 하던 대로 경례를 붙였다.

"충성!"

그 키 큰 선배는 경례를 받고,

"반가워요. 오늘 오셨지요?"

"네! 선임하사님,"

나는 그가 누군지 알 수 없어 훈련소에서 버릇처럼 선임하사라고

불렀다. 그리고 속으로 이상하다고 생각했다.

지금까지 6주 동안 어디서고 존댓말을 들어본 일이 없었는데 이상한 복장의 선배가 반말을 하지 않고 오늘 오셨지요 했기 때문이다.

'이 사람이 군인은 맞나?' 하고 생각하는데,

"훈련받느라고 고생들 하셨지요?" 했다.

"네! 선임하사님."

"이등병은 본 지 참 오래 되었어요. 3년만인가……."

화장실도 논산훈련소와는 전혀 달랐다. 칸마다 문이 안전하게 있고 샤워실까지, 세탁장도 따로 있었다.

내무반으로 들어갔을 때 내무반장이 주의 사항을 알려주고 있었다. 그 역시 계급장 없는 이상한 복장에 경어를 쓰고 있어서 어떻게 불러야 할지 알 수가 없었다.

그래서 우리는 아무나 보고 선임하사님이라고 불렀다. 나중에 알고 보니 내가 선임하사라고 부른 사람은 하사관이 아니라 중위였다.

어디를 가도 조용하고 누구를 만나도 친절했다. 반말을 하는 사람이 없어서 불안하기까지 했다.

야! 너! 하고 불러야 속이 편한데 모두가 존댓말로 대해 주어 불안했다. 그렇게 첫 날을 보냈다. 점심 주고 저녁 주고 그냥 자란다.

자고 나면 아침 주고 하루 종일 내무반에 들어가 있으란다. 아무도 훈련을 하지 않았다.

연병장은 하루 종일 비어 있고 사람도 오가지 않았다.

아침저녁 점호만 있을 뿐 아무 것도 시키지 않고 하루 세 끼 먹고 쉬라는 것이다.

새벽부터 군장을 하고 해가 질 때까지 뛰고 뒹굴던 생활에서 먹고 자는 분위기로 바뀌니 불안하기 짝이 없었다. 며칠 만에 얼굴이 익은 이등병들끼리 웃어 보이기도 하고 몇 마디씩 말도 나누었다.

나도 곁에서 익은 이 이등병을 향해 입을 열었다

"너무 이상하지? 날마다 먹고 놀라는 것이 이상하지 않아?"

"그래, 먹고 놀기만 하자니 더 불안해."

"오늘이 5일째인데. 길러 잡아먹으려고 이렇게 두는 건가?"

"그런지도 모르지."

이윽고 6일째 되는 날 아침 아홉 시 우리는 불려나가 연병장에 정열했다.

제일공수특전단 11 / 장기복무 지원자 앞으로!

송사리 같은 이등병 25명은 새까만 얼굴에 겁을 먹고 부동자세로 서서 인사장교를 기다렸다. 인사장교는 계급장이 붙어 있지 않아 이름도 계급도 알 수 없었다. 우리를 정열시킨 계급을 알 수 없는 하사관이 '집합 끝!' 하고 경례를 붙였다.

"쉬어."

인사장교는 부드럽게 보였다. 그러나 외모와 말은 달랐다.

"나는 인사과 표대위다. 이제부터 내가 묻는 말에 확실하게 대답하기 바란다."

그는 대원을 한차례 둘러보고 제 자리로 돌아가 입을 열었다.

"나는 여러분이 전원 장기복무 지원서에 서명해 줄 줄 믿는다."

그는 다시 대원을 훑어보았다,

나는 속으로 드디어 올 것이 왔구나 했다. 안심하도록 며칠을 놀고 먹이더니 이제 잡아먹는구나.

'아무리 그래도 나는 장기 복무는 싫다.'

이렇게 마음을 다지고 있을 때 심각한 명령이 떨어졌다.

"장기 복무 지원자 앞으로!"

우물쭈물하던 대원 중에 4명이 앞으로 나갔다.

"또 없나? 나머지는 모두 전방으로 보낸다. 강원도 산골짜기 최전방이다. 그래도 장기복무를 지원하지 않겠다고 생각하는 사람 우측으로!"

나는 서슴지 않고 당당히 옆으로 나갔다. 내 뒤를 따라 한 녀석이 구부정한 허리를 하고 원숭이처럼 따라 나왔다.

"더 없나?"

잠시 무거운 침묵이 흐르고 난 뒤 얌전하게 생긴 곱상한 녀석이 침울한 얼굴로 고개를 빼고 나왔다.

"나머지는 뭐냐? 이것도 아니고 저것도 아니고. 벌을 받아야 알겠나?"

송사리 18명이 서로 게눈을 하고 옆 사람만 힐끔거리고 있을 때 한 이병이 기어 들어가는 소리로 대답했다.

"집에 가서 물어보아야 알겠습니다."

"그래? 너도 그런가?"

장교가 한 사람을 지적하자 역시 죽어 가는 소리로 '네'했다

"알았다. 김중사, 이 이병들을 대답대로 분류하여 정리하라."

인사장교는 대동한 하사관에게 지시하고 자리를 떴다.

우리는 다시 대기 내무반으로 갔다.

나는 강원도 산골 최전방으로 갈 각오를 하고 당당하게 걸었지만 뒤를 따라오는 녀석들은 모두가 침통한 얼굴이었다.

얼굴을 겨우 익힌 이등병들은 해가 지도록 대화가 없었다. 더구나 전방으로 갈 사람과 남을 사람으로 갈린 분위기는 입에서 웃음도 농담도 다 거두어가 버렸다.

어떠한 환경에서도 시간은 사정없이 흘러간다.

다음 날 아침 우리는 인사과의 하사관을 따라 연병장에 3열 횡대로 모였다.

인사장교가 나왔다.

"오늘 날짜로 전원 1계급 특진한다."

훈련소 입대로부터 42일만인데 작대기 하나에서 일병으로 작대기 둘을 달아준다는 것이었다.

이등병에서 작대기 둘을 달아준다니 상상도 못할 특진이었다. 다들 좋아서 입이 벌어졌다. 그러나 나는 말뚝을 박게 하려고 달래는 것이겠지 하고 엉뚱한 생각을 하고 있었다.

이병으로 전방을 가는 것보다는 일병을 달고 전방으로 가는 편이 훨씬 수지맞는 일이다. 다른 동기 입대자들은 앞으로 6개월이 걸려야 일병이 된다. 그런데 그들보다 빠르게 작대기 둘!

신나는 일이다. 그런데도 다들 신이 나지 않는 것은 불투명한 전출이 기다리고 있기 때문이었다.

나는 전방으로 가게 된다. 어디든 좋다. 가라면 가리라.

내 소신은 분명했다. 입대할 때 편안하게 지낼 생각은 아예 하지 않았다. 남이 하는 고생 왜 나라고 못하겠는가. 내 조국을 지키는 일에 어디서 무엇인들 못하랴.

이렇게 마음을 다지고 있을 때 인사장교의 명을 받아 하사관이 우리들에게 일등병 계급장을 달아주고 한 사람씩 불러내어 부대장 명령이 적힌 종이쪽지를 나누어주었다.

거기에는 이렇게 적혀 있었다.

제일공수특전단 12 / 너 탈영병 아냐?

우리가 받아든 종이쪽지에는 이렇게 씌어 있었다.

특별휴가증

계급 : 일병 / 성명 : ××× / 휴가기간 : 5박 6일

입대 43일만에 5일간 휴가를 간다는 것은 여간 감격스런 일이 아니었다. 얼굴이 익은 우리 일병들은 휴가를 떠나면서 휴가 기간이 다르다는 것을 알았다.

말뚝은 15일, 집에 가서 물어보고는 10일, 절대 못 박는다는 5일.

말뚝들은 좋아서 신이 나 떠나고, 물어보고 온다는 녀석들은 걱정을 얼굴에 잔뜩 그려 가지고 떠났다.

그러나 못 박겠다는 셋은 당당하게 부대를 떠나 집으로 향했다.

내가 고향집에 도착하자 식구들은 이상하다는 눈으로 보았고 이웃 사람들은 탈영한 것이 아니냐고 물었다.

군대 간다고 떠난 지가 얼마나 된다고 휴가를 왔느냐는 것이다. 일반 상식으로 생각하면 불가능한 이야기다. 그리고 군복도 전혀 듣지도 보지도 못한 이상스런 옷을 입고 왔기 때문에 더 이상스런 눈으로 보았다.

이튿날 마침 나보다 9개월 먼저 입대한 친구가 첫 휴가를 나와 있었다. 일반 평상복을 입고 자란 친구가 군복을 입고 다시 만나니 더욱 반가웠다.

그 친구는 상병 계급장을 달고 있었다. 악수를 하면서 물었다.

“군에 입대한 건 사실인가?”

“왜 그렇게 묻지?”

“입고 있는 그 옷 어디서 났어?”

“부대에서 주었어.”

“거짓말, 무슨 군복이 그렇게 생겼어?”

“맞아, 우리 부대는 이래.”

“무슨 부대인데?”

“제일공수특전단.”

“이병이지?”

“아니.”

“입대한 지 한 달 조금 넘는다면서?”

“그래.”

“너 탈영병 아냐?”

“아냐.”

“무슨 군복이 그래? 모자도 빵떡에 계급장도 없고.”

“군인이 군인을 못 믿으면 누가 누굴 믿지?”

“휴가증 좀 봐.”

나는 휴가증을 보여 주었다. 친구는 자세히 들여다보다가

“진짜 같기도 하고 가짜 같기도 하여 알 수가 없는데. 입대한 지
두 달도 안 되는데 일병이라니. 가라(가짜)지?”

“아니야. 진짜야.”

“못 믿겠어.”

“너는 언제 상병 되었는데?”

“상병? 이걸 봐.”

그는 자기 휴가증을 내보였다. 모자에는 작대기가 셋이지만 휴가증에는 일병이었다. 9개월 먼저 간 사람이 일병이라니?! 놀란 것은 나였다.

“일병이라니 아직도 일병, 거짓말 아니야?”

“그래서 가라를 달고 나왔어.”

“그래도 괜찮은가?”

“다 통해.”

나는 하도 어이가 없어서 말을 못했고 친구는 기분이 상해서 입을 다물었다. 닷새는 번개같이 지나고 나는 다시 귀대했다.

그리고 우리 세 사람은 대기 내무반에서 전방으로 전출 갈 날만 기다렸다.

제일공수특전단 13 / 스스로 벌을 서는 자동군기

날마다 먹고 자고가 우리 일과였다. 일을 시키지 않으므로 지루한 대기 생활이 계속되었다.

그런 가운데 나는 부대 안에서 이상한 것을 발견했다. 장교도 하사관도 모두 자기 빨래는 자기가 꼭 한다는 것과 부대 안에서 사역할 일이 있으면 장교들도 땅을 파고 일을 한다는 점이었다.

장교나 중상사는 으레 부하를 시켜서 하는 것으로 생각했는데 아무도 부하를 시키지 않는다는 점이었다.

날마다 먹고 자는 졸병들이 곁에 있는데도 우리를 시키지 않을 뿐 아니라 말도 반말을 하지 않는다는 점은 우리를 더 불안하게 하였다. 누가 심부름이나 일을 시켜 주었으면 하고 기다렸지만 아무도 건드리지 않았다.

이 부대에 오기 전에 훈련소에서 들은 소리는 모두가 헛소문이었다. 부대 안에서는 구타도 금지되어 있어서 때리는 사람도 없고 맞는 사람도 없었다.

그보다 더 이상스러운 것은 식당 등지에서 벌을 세우는 사람도 없는데 줄을 섰다가도 열외로 나가서 자기 관등 성명을 복창하고 스스로 프샴 30번! 쪼그려 뛰기 20번! 등을 외치고 스스로 벌을 서는 모습이었다.

아침마다 하는 피티 체조시간에는 100명 정도가 오와 열을 맞추고 구령에 따라 체조를 하다가 교관이 쉬어 하면 그 순간에 여기저기서 하사 아무개 프샴 30번! 중사 아무개 쪼그려뛰기 10번 등등 자기 잘못을 스스로 알아서 벌을 받는 것이었다.

우리 졸병들은 그 틈에서 겨우겨우 따라 하면서 엉망진창이었다. 그리고 여기저기서 자기 자신에게 벌을 주는 선배들을 바라보며 멋쩍게 웃었다. 우리는 틀린 것이 너무 많아 하루 종일 벌을 서도 모자랄 지경이었는데 아무도 스스로 벌을 주지 못하고 눈치만 살폈다.

그러나 아무도 말하지 않았다. 부대 안에서 일어나는 모든 벌은 자동군기에 의해 이루어질 뿐 누가 따로 벌을 주지 않았다.

참 편하기도 했지만 틀려 놓고도 뻔뻔스럽게 서서 빙긋이 웃어 보이는 동기 졸병들은 저마다 자기 잘못을 뉘우치고 있었다.

그러기를 얼마나 했을까. 자기도 모르는 새에 하나 둘 자기에게 벌을 주기 시작했다. 나도 자연스럽게 내 실수를 헤아려 벌을 줄 수 있었고 그것이 부끄럽지도 않게 되었다.

15일짜리 휴가병들이 돌아오고 난 다음에야 우리는 인사발령을 받았다.

제일공수특전단 13 / 남의 애인에게 마음을 빼앗기고

인사 발령은 이랬다. 장기복무 지원자는 교육대로, 집에 가서 물어보고 온다는 휴가병은 취사장으로, 절대 못 박겠다던 3명은 경비소대로.

나는 103보(강원도)로 갈 각오였기 때문에 경비소대 배치가 싫지는 않았다. 경비소대는 정문과 후문 탄약고 정비대 암호실 통신실에서 경계 근무를 한다.

초소에는 책상과 의자가 있어서 서서보다 앉아서 근무하는 편이었다(나는 전방에 가 보고서야 경계근무가 얼마나 어려운 것인가를 알았다.)

공수단에서의 근무 여건은 오늘의 일반 아파트 경비보다 편하다.

그 중에 정문 근무가 가장 인기 있는 자리다. 나는 그 정문에 배치되었다. 하루는 조장과 근무하는 날이었다.

오후 5시쯤 두 여자가 나타나 면회 신청을 했다. 한 아가씨는 작은 키에 통통하고 한 아가씨는 쭉 뻗은 각선미를 자랑하는 세련된 미인이었다.

미인 아가씨가 신청한 용지에는 방광수라고 씌어 있었다.

방광수! 혹 독자는 누군지 알리라. 훈련소에서 헤어진 그 고문관이 방광수다. 그 방관수의 애인이 바로 그 미인이었다.

나는 나자빠질 뻔했다.

'저렇게 예쁜 여자가 고문관 애인?'

이거 무엇이 잘못 되어도 많이 잘못된 것 아닌가. 나는 시치미를 뚝 떼고 물었다.

"방광수 일병을 찾아오셨습니까?"

"네, 이 부대를 찾느라고 얼마나 애를 먹었는지 몰라요. 그렇지만 서울이라 찾을 수가 있었어요. 지금 방일병을 만날 수 있는 거죠?"

"네…… 그런데……"

"무슨 대답이 그래요? 안 되나요?"

나는 잠시 망설였다. 내가 대기생활을 하다가 지루해서 고문관이 부탁한 대로 그 대신 편지를 썼었다.

부대 배치를 받았으니 6개월 후에는 휴가를 가 만나게 될 것이라고. 그런데 어떻게 알고 부대를 찾아온 것이었다.

이 아가씨가 어떻게 찾아왔을까?

어떻게 해야 좋을까? 나는 착잡했다.

"아저씨, 부탁해요. 오늘 꼭 만나보고 싶어요. 방일병 잘 있는 겨죠?"

"예."

"아저씨 멋지다. 아저씨는 헌병인가요?"

"아니오."

"그런데 아주 멋있어요. 하얀 띠가 쳐진 철모와 어깨에 늘어진 견장, 이상한 복장이 우주인 같아요."

나는 곤란하여 무슨 말로 대답해야 할지 모르고 그녀의 얼굴만 뜯어보았다.

정말 예쁜 여자였다. 은은한 화장품 냄새가 코를 간지럽히고 고문관 대신 사랑한다는 편지를 열심히 써 보았기 때문에 더 마음이 끌렸다.

'나도 저런 여자를 알았더라면 사랑했으리라.'

그러나 모두가 그림의 떡이다. 마음 같아서는 속 시원히 이야기라도 하고 싶었지만 그럴 수도 없었다. 나는 공연히 전화기를 들고 인사과에다 전화하는 척하고 헛소리를 했다

"방일병님 어디 계시지요? 아, 네, 그래요? 아, 그렇게 되었군요. 왜냐구요? 네 여기 정문인데요, 방일병을 면회 온 분들이 있어서요. 어디로 갔다구요? 103보요? 그렇게 멀리요? 네 잘 알겠습니다."

미인은 애가 타는 빛으로 내 얼굴에 눈빛을 박았다. 맑고 뽀얀 볼, 산딸기 같은 입술, 웃을 때마다 반짝이는 은빛 치아. 불을 밝힌 듯 맑은 눈에서 쏟아지는 눈빛. 손으로 빚은 듯한 콧날의 고운 선.

나는 잠시 아가씨 얼굴에 마음을 빼앗겼다가 입을 열었다.

"어떡하면 좋을까요?"

"그걸 저한테 물으시면 어떡해요. 아저씨."

나는 아저씨라고 부르는 것이 못마땅했다. 나이 차도 별로 나지 않는 사이에 아저씨라니. 공연히 여자에게 마음이 끌려 아저씨라고 부르는 것에 불만을 하고 있었다.

"아저씨이. 어떻게 된 거예요?"

"네."

"네만 자꾸 하면 어떡해요?"

"네."

엉뚱하게도 나는 아가씨 눈빛에 빨려들고 있었다

제일공수특전단 14 / 모릅니다

아가씨가 예쁜 눈으로 대답을 기다렸다.

'에라 모르겠다. 103보로 갔다고 했으니 그렇게 하는 수밖에.'

"103보로 갔답니다."

"그게 뭐예요?"

"103보라고 있습니다."

실은 나도 훈련소에서 103보가 다들 가기 좋아하지 않는 곳이라는 것만 알 뿐 그게 어디 있으며 무엇을 하는 곳인지는 모른다.

"백 세 발자국이라고 농담하는 건 아니시겠지요?"

"그게 아닙니다. 강원도인 것 같습니다."

"강원도요? 그렇게 멀리요?"

"네."

"거기가 어딘데요?"

"모릅니다. 그것밖에는……."

"어떻게 가야 하죠?"

"모르지요."

여자들은 난감한 얼굴로 나를 바라보다가 물었다.

"더 자세한 것은 알 수 없을까요?"

"그건 모릅니다."

"어디서 물어봐야 할까요?"

"모르지요."

"나중에 알 수 있을까요?"

"모르지요."

"아는 건 아무것도 없으시군요? 언제나 휴가를 오게 될까요?"

"모르지요."

"모르지요만 하지 마시고요. 잘 있을까요?"

"모르지요."

"또 무르지요예요? 거기는 고생이 심하겠지요?"

"모르지요."

"다 모르는 사람한테 묻는 게 바보지. 언제 다시 오면 알 수 있을까요?"

"모르지요."

"아유 답답해, 모르지요, 모르지요……. 며칠 있다가 다시 올게요. 그때까지 확실하게 알아봐 주세요, 네?"

"오시나마나입니다. 여기서는 모릅니다."

"모른다는 말 좀 안 하시면 안 되나요?"

"모르니까요."

옆에 아가씨가 말했다.

"가자. 괜히 와서 모릅니다만 듣다 간다. 모르는 걸 어떡하니?"

"다시 올게요. 그 동안 알아봐 주세요."

"안녕히 가십시오."

아가씨는 들고 왔던 보따리를 내놓았다.

"이거 그 사람 주려고 가지고 왔는데요. 아저씨들이 자수세요. 괜찮으시죠?"

"감사합니다."

그들이 가고 난 다음 조장이 들어왔다.

"이게 뭐꼬?"

"모릅니다."

"몰라? 그 가시나들이 가지고 오지 않았나?"

"그렇습니다."

하하사는 보따리를 뒤적거리더니 물었다.

"야, 심일병, 이거 내 가져도 괜찮나?"

"네."

그는 임무 교대할 때 그걸 가지고 부대 안으로 들어갔다. 나는 거기 무엇이 들어 있었는지 지금도 모른다.

나는 그녀들이 다시 와서 방 고문관을 찾으면 골치라고 생각하고 근무지를 정문에서 암호실로 옮겼다.

암호실에서 후문으로, 탄약고로, 경비대(낙하산 접는 곳)로 옮기는 동안 일병에서 상병이 되었다. 하루는 정비대 초소에서 새벽 근무 중이었다. 동이 훤히 밝아오는 다섯 시쯤이었다. 길 건너편 코스모스 꽃 사이에 이슬을 맞고 서 있는 한복 차림의 한 여자를 발견했다

제일공수특전단 15 / 홑치마만 입은 여자

동녘이 푸르스름하게 밝아오는 새벽, 여명을 받고 코스모스 꽃 사이에 서 있는 여자의 얼굴은 청초하고 순진해 보이는 예쁜 얼굴이었다.

'저 여자는 누구며 왜 저렇게 일찍 와서 서 있을까?'

궁금한 나는 다가갔다. 이마와 머리는 새벽이슬을 맞아 촉촉이 젖어 있었다.

"언제부터 여기 서 있었습니까?"

"밤부터유."

"밤새도록 여기 있었단 말씀입니까?"

"야."

"무슨 일로 오셨는데요?"

"면회를 하려구유."

"누구를 면회하시려고요?"

"태하사라고 하는 이를 만나러 왔어유."

"그러시면 이리 들어오세요. 이슬에 옷도 젖은 것 같습니다."

"그래도 되남유?"

여자는 나를 따라 초소 안으로 들어왔다. 가만히 뜯어보니 햇볕에 가무스름하게 탔어도 아주 예쁜 얼굴이었다. 초소에는 긴 의자가 한쪽에 놓여 있었다. 여자는 의자에 앉으라고 권해도 앉지 않았다. 서 있는 것이 편하다고 했다.

여자와 나란히 서 있는 것이 나는 더 불편해서 또 앉기를 권했다. 그러나 끝내 거절했다. 나는 그녀를 면회신청서에 기록했다.

충청도에서 왔으며 태하사가 그녀의 남편이라는 것과 나이는 24세라는 것도 알았다. 지난봄에 결혼을 했고 남편이 3일 휴가를 얻고 나와 식을 올리고 바로 귀대하여 남편과는 이틀 밤을 같이 잔 것이 모두라고 했다.

여자는 생각 외로 차근차근 자기 사정을 이야기했다. 나는 거의 한 시간을 서서 들었고 그녀도 선 채 이야기를 했다.

문제는 남편과 이틀 밤을 자고 난 뒤에서부터 생겼다. 남편이 떠나고 혼자 남아 있는데 전에 없이 아래가 뜨끔뜨끔하고 아프기 시작했단다. 처음에는 좁쌀만 한 것이 음부에 돋았는데 그것이 녹두만 하고, 팥만 하고 점점 커가면서 통증이 심해지기 시작했다는 것이었다.

나는 듣기도 민망했지만 그것이 무슨 병인지 알 수도 없어서 무슨 말로 대답을 해야 할지 몰라 주저하고 있었다.

"아저씨, 그래서 저는 이렇게 홑치마만 입고 있어유. 똑바로 앉으면 여기가 아퍼서 자리에 앉지도 못해요. 자, 보셔유."

여자는 치마를 걷어 올렸다. 하얀 살결에 검고 짙은 여자의 깊은 곳이 드러났다. 나는 깜짝 놀라 눈을 감고 말았다.

제일공수특전단 16 / 치마를 내리세요

나는 놀라서 돌아섰다. 갑자기 가슴이 떨리고 어떻게 해야 할지 몰라 당황했다.

"아주머니, 치마를 내리세요."

"그러지유. 저도 부끄럽구먼유. 한데유, 너무 아프고 억울해서 그랬구먼유. 아저씨가 친절하고 좋으신 분 같아서 제 사정을 다 말씀드리고 싶었어유."

"앉아서 말씀하시지요."

"저는 바로 앉지를 못 해유. 이 보따리를 놓고 비스듬히 앉으면 앉을 수도 있지만유."

"그럼 그렇게 편히 앉아 보시지요."

여인은 긴 의자에 비스듬히 누운 것도 아니고 앉은 것도 아닌 자세로 앉아 자기 이야기를 했다.

여인은 충청도 산골에서 태어나 어려운 환경에서 부모를 일찍 여의고 오빠 밑에서 자랐단다. 나이가 차자 선도 보지 않고 동네 사람 중매로 멀리 시집이라고 갔는데 신랑은 군인이고 3일간 휴가를 내어 결혼식도 제대로 못 치른 채 오빠 집에서 신방을 꾸미고 하룻밤 잔 것이 다란다

찢어지게 가난한 집에서 태어나 공부도 못했고 남자라곤 자기 신랑이 첫 남자라고 했다. 그런데 그 남자와 하룻밤 자고 다음 날 시집으로 갔으나 시집은 부엌 하나에 방 한 칸짜리 오두막집이더란다.

한 방에서 시부모와 시동생까지 다섯 식구가 자기 때문에 신랑과
는 살도 대보지 못하고 잤고, 신랑은 이튿날 귀대하여 얼굴마저도 제
대로 생각나지 않는다는 것이었다.

남편이라는 사람이 떠나고 혼자 남은 그녀는 음부에 이상이 생겨
시집온 지 한 달쯤부터는 몸을 제대로 움직일 수가 없어서 시부모님
조석도 끓여드릴 수 없게 되었고 마침내는 이불에 비스듬히 기대고
사는 신세가 되었단다.

그 꼴을 보다 못한 시어머니는 신경질을 내기 시작했고 참다못한
그녀는 자기 아픈 사정을 말씀 드렸단다. 그 소리를 들은 시어머니는
펄펄 뛰면서

"내 아들을 얼마나 깨끗하게 키웠는데 그 따위 소리냐, 너 시집오
기 전에 어디서 어떤 놈한테 못된 병에 걸려 가지고 와서 남의 아들
한테 누명을 씌우느냐?"

이렇게 화를 내면서 당장에 친정집으로 돌아가라고 내쫓아서 쫓겨
났다는 것이다.

여인은 너무 억울하여 고모를 찾아가 5천 원을 꾸고 밤을 삶고 미
숫가루를 꾸려 들고 남편에게서 온 편지 봉투를 들고 부대를 찾아 떠
났단다. 강원도에 있다고 하여 가 보니 우리 부대로 교육받으러 온
지가 30일이 넘었다는 것을 알고 여기를 찾아오는데 3일이 걸렸다는
것이다.

"저는 그 사람이 그리워서 찾아온 것이 아니구먼유, 내가 왜 이런
병에 걸렸는지 억울해서 못 살겠으니 그것을 자기 집에다 밝혀달라
고 말하려고 찾아온 거지유."

"그 사람 이름이 뭐지요?"

"태하사라고만 하디유."

"알았습니다. 알아보겠습니다."

나는 바로 전화를 하여 피교육자 가운데 태하사라는 사람을 찾았다. 그는 3일 뒤에 교육이 끝나게 되어 있고 오늘은 토요일이라 외박이 있을 거라고 했다. 나는 잘 되었다 싶어서 부인이 면회 왔다고 전해 줄 것을 부탁했다.

총무과에서는 오늘 아침 9시에 피교육자들이 외출하게 되니 면회가 될 것이라고 했고 전달도 확실히 되었다고 했다. 나는 8시에 근무 교대를 하면서 다음 근무자에게 부인이 환자라 누워 있어야 한다고만 말하고 태하사가 오거든 면회시켜 주라고 부탁했다.

그리고 여인에게 몸조심하고 태하사 만나거든 화내지 말고 조심스럽게 말하는 것이 좋겠다고 했다. 그리고 편히 귀가하여 빨리 병원에 가 치료받으라는 말로 작별 인사를 했다.

우리는 3교대라 내가 다시 초소에 나간 건 그 날 밤 12시였다. 여인이 면회를 잘 하고 갔겠지 생각하고 나갔는데 그녀는 아직 가지 않고 있었다. 나는 놀랐다. 그런데 여인은 구면이라고 반가운 눈빛이었다.

제일공수특전단 17 / 조각달은 구름 위를 흐르고

그것도 구면이라고 나도 반가웠다.

"아직도 안 가셨습니까?"

"야, 못 갔구먼유."

"어떻게 된 겁니까?"

"그이가 외출을 나갔다는구먼유."

"면회 온 사람을 두고요?"

"……"

부인은 울 듯한 얼굴이었다. 나는 얼른 다른 말을 했다.

"식사는 어떻게 하시고요?"

"군인 아저씨들이 주어서 먹었구먼유."

알고 보니 아주머니는 삶은 밤을 먹으려고 했는데 낮 근무자들이 식당에 부탁하여 식사를 시켜주었다는 것이다. 참 잘들 했다는 생각에 고맙게 생각되었다.

자기 아내가 면회를 왔다는 것을 알면서도 그대로 외출을 했다는 말에 노여운 마음이 들었다. 내가 그러한데 그녀의 마음은 오죽했겠는가.

여인은 비스듬히 앉은 자세로 고향 이야기를 들려주었다. 그게 다 무슨 이야기였는지 지금은 기억에 없지만 그것은 모두가 자기만 안고 앓아야 하는 슬픈 사연이었다. 여인은 이야기하다가 전우들이 구해다 준 모포를 덮고 잠이 들었다. 그리고 새벽 5시에 눈을 떴다.

나는 어떤 일이 있어도 면회를 시켜 주리라는 생각을 했으나 허사였다. 그 남편은 외출에서 언제 들어왔는지 모르게 밤에 들어왔다가 월요일 아침 본부대로 귀대했다는 것을 월요일 오후에 알았다.

그렇게 나쁜 사람이 있을까. 사람이라면 그럴 수는 없는 것 아닌가. 우리들은 여인의 사정이 딱하여 하룻밤을 더 초소에서 재워 이튿날 아침 일찍 먼저 갔던 양구에 있는 남편 부대로 가기를 권했다.

여인은 병든 몸을 추스리고 불편한 걸음으로 오세리 미군부대 철조망길을 돌아가는 황토길을 노인처럼 걸어갔다. 지금은 어디선가 아팠던 과거를 회상하며 건강하게 살고 있겠지——

병원에라도 데리고 가서 도와주고 싶었지만 그렇게 못했던 것이 지금도 아쉬움으로 남는다.

정치적으로 큰 회오리 속에 우리 부대는 전 병력이 경복궁으로 들어갔다. 청와대를 중심으로 전 대원이 배치되었고 역사의 한 장을 얼룩 지운 6·3데모 사건 그 현장에서 나는 군중들이 던지는 돌을 맞아야 했다.

데모 군중이나 나나 다 같은 한국인이고 다같이 나라를 사랑한다. 그런데 데모하는 사람은 애국자 같고 그것을 막는 사람은 반국가적 인물들로 생각하고 적대시하던 그 아픈 민족의 상처는 당시 데모를 막던 우리나 돌을 던지던 군중이나 함께 치료받아야 할 고통이었다.

경복궁 깊은 밤에 조각달은 구름 위를 흐르고 인왕산 멀리 들려오던 소쩍새 구슬픈 소리는 지금도 귀에 쟁쟁하다.

서울이 다 잠든 밤에 총을 메고 나라의 평화를 빌던 밤도 있었다.

그러나 날마다 일어나는 데모 데모.

밤마다 우리는 광화문 네거리에서 경복궁 깊숙이 가시철조망 바리케이트를 메고 뛰었지만 그것이 평화를 위한 우리 부대의 노력이었다는 것을 알아주는 사람은 없었다.

3월부터 8월까지 경복궁에 근무하는 동안 이런 에피소드도 있다.

제일공수특전단 18 / 깡패도 떨던 죽음의 공포

1964년 5월과 6월은 비가 지루하게 많이 내렸다. 경복궁 텐트 막사와 막사 사이 통로는 빗물이 고여 물이 빠지지 않아서 매우 질퍽거렸다.

그래서 한쪽 언덕 밑을 파서 흙을 파다가 질퍽거리는 통로를 메웠다. 얼마를 팠는지 흙을 파낸 자리가 10평은 될 정도로 큰 땅굴이 만들어졌다.

6·3사태 후 계엄령이 내려져 어지러운 치안 유지를 위하여 서울의 깡패를 모두 잡아들였다. 그리고 바른 교육을 시키고 내보냈다. 특히 명동 깡패들이 된서리를 맞았다.

서울 곳곳에서 잡아들인 깡패가 5,60명은 되었는데 그들을 수용할 만한 별도의 시설이 없었다. 그런데 설상가상으로 비가 억수로 퍼부었다.

그들을 수용할 시설이 없는 터라 임시방편으로 그들을 흙을 파내어 뻥 뚫린 흙 터널 안으로 대피시켰다. 처음에는 그 터널 안으로 들어가라고 하니 자기들을 생매장시키는 줄 알고 들어가기를 꺼렸다. 그러나 비가 너무 쏟아지자 우르르 몰려 들어갔다.

좁은 공간에 많은 인원이 빽빽이 들어박혔다. 땅이 질퍽거려서 앉을 수도 없었거니와 공간도 없었다. 무더위 속에서 그렇게 3,4시간을 세워 두었다. 귀퉁이에 자리를 잡은 사람은 끼여서 흙투성이가 되고 말이 아니었다.

서울을 주름잡던 한 세대의 주먹들.

법도 무서워하지 않고 아무도 무서워하지 않던 그들이 코가 쭉 빠진 채 굴속에서 파랗게 질린 모습은 모두가 작은 겁쟁이들이었다.

생매장시키려고 흙구덩이를 파놓은 것으로 생각한 그들은 보기보다 나약하게 떨고 있었다. 죽음 앞에서는 그렇게 허약한 것이 인간이 아닌가. 그런 생각을 하면서 자기들을 보호하려고 하는 것도 모르고 겁부터 먹고 떨던 주먹들이 불쌍해 보였다.

지금은 그들도 7,80대 백발이 되어 옛날 일들이 후회스럽기도 할 것이고 그립기도 할 것이다.

남을 두들겨 팰 때는 인정사정 안 두던 그들이 보호 흙구덩이 속에서는 너무 허약해 보였다.

인생에 영원한 청춘은 없다. 주먹으로 힘을 과시하며 늙지 않을 사람처럼 날뛰던 그들. 서울이 좁아서 대구, 부산 광주까지도 원정 가던 그들. 그들은 지금 노인네가 되어 아직도 그 흙구덩이 속에 묻어 버리려다가 못 묻은 것으로 오해하고 있는 사람도 있으리라.

당시 신문들도 그렇게 기사를 썼으니 무슨 말로 해야 설명이 되는지 알 수 없다. 우리들이 배려했던 그 호의가 영원한 오해가 되지 않기를 바란다.

당시 우리는 체루탄 하나도 함부로 시민들에게 직접 투척하지 않기 위해 공중 높이 던지는 연습을 날마다 했다.

시민을 다치는 일이 없도록 하기 위해 많은 교육을 받았고 시민은 바로 우리 형제라는 사랑을 가슴마다 새기고 매우 조심스럽게 대처하였다

그러나 광화문 안쪽 잔디밭에 앉아 잠시 쉬고 있을 때 돌기둥 담 밖에서 시민들이 우리에게 욕을 하며 던지던 돌을 피하던 그 순간들은 참 섭섭하고 두려웠다. 당시 공수단 전우들의 심정을 시민들은 아무도 모르고 이해하려고도 하지 않을 것이라고 생각된다.

이제 추억담이 되었으니 믿어달라고 해도 고개를 끄덕여 줄 사람이 있을 것이라고 생각한다.

한여름을 경복궁에서 보내고 우리는 철수하였고 나도 귀대하자 새로운 근무처로 자리를 옮겼다.

제일공수특전단 19 / 뒷구멍이 너무 커

다시 본부대로 돌아오자 나는 Px로 근무처를 옮겨야 했다.

나는 그리 가기를 거부했다. 다른 사람들은 안 보내 주어서 못 가는 곳인데 싫다고 하자 나를 이상하게 보았다.

그러나 나는 이유가 있었다. 거기는 근무자마다 모자라는 적자를 자기가 채워야 한다는 것이었다. 그 말을 들어서 가고 싶지 않았다.

내가 거기에 발탁된 것은 계속 적자가 나자 단장님이 부대 안에서 가장 양심적인 사람 셋을 찾아 근무자를 바꾸라는 명에 의하여 내가 선정된 것이었다.

나는 싫다고 했지만 명을 거역할 수 없었다. 본부중대장님이 나를 부르더니 차렷 자세를 시키고

"심상병, 내 명에 어기면 남한산성이다, 알았나?"

하고 겁을 주었다. 남한산성은 군인들이 가장 두려워하는 감옥을 뜻한다.

"네."

"앞으로 갓, 우향 앞으로 갓, 좌향 앞으로 갓."

마치 소를 몰 듯 나를 따라오며 중대장님은 구령을 붙였다. 나는 그대로 걸어 피엑스까지 갔고 카운터 앞에 세운 중대장은

"수고해!" 하고 손을 내밀었다. 나는 억지로 악수를 했다.

그렇게 하여 근무처를 바꾼 나는 이것저것 배워야 했다. 빵값, 술값, 사탕 값, 바니싱크림, 콜드크림, 코티분 등등 화장품값, 공수단

은 다른 부대와 달리 상품이 다양하고 많았다.

근무 요령을 배우고 난 다음 나는 이런 생각을 했다. 장사를 하면 이익이 남는 법인데 어째서 적자가 난단 말인가? 적자가 나는 요인을 찾기 시작한 나는 1개월 후에야 적자요인을 짐작할 수 있었다

가장 큰 문제는 감량을 과다하게 쓴다는 데 있었다. 감량이란 로스분을 말한다. 빵은 100개당 5개, 모자는 100개당 1, 화장품도 100개당 1, 과자 사탕류는 100개당 5개이다. 하루에 빵 1000개면 50개의 여유가 있고 수없이 많은 종류마다 수백 개씩 입고되니 그 감량이 대단했다. 그걸 생각하고 근무자들이 계산도 안 해 보고 과하게 윗분들에게 쓰고 있었다.

막걸리는 하루에 8가마니를 마신다. 큰통 8개다. 소사(부천)에 있는 양조장에서 술을 가져오는데 따라가 보았다. 이유는 언제나 술통에 80%밖에 술이 담겨 있지 않기 때문이었다.

나는 양조장 사장을 만나 따졌다. 왜 한 통 값을 다 받으면서 술은 8할만 넣느냐고. 그의 대답은 간단했다.

"통을 꽉 채우면 차가 달리다가 충격을 받을 경우 통이 터져서 술을 버리게 되는데 그래도 좋으냐?"고.

그건 내 책임이니 한 말씩 더 채우라고 요구했다. 그렇게 하여 날마다 8통에 1말씩을 더 넣으니 전에 비하여 하루에 1통을 더 가져오는 셈이었다.

당시 피엑스 적자는 40만원이었다. 내가 하루에 술로 8말씩을 더 가져오니 통당 100원씩 8백원의 이익이 더 붙는 셈이었다.

술로 버는 이익금을 다 합치면 하루 3천 원은 되었다. 술로만 이익

을 챙겨도 한 달이면 9만원이다. 40만원 적자는 넉넉히 6개월 이내에 채울 수 있다고 생각했다.

그런데 문제는 각종 상품의 감량을 이 사람 저 사람이 싸 가지고 나가는데 그걸 막을 길이 없었다. 아무리 벌어도 감량을 마구 빼내면 적자는 면할 수 없는 것이다.

나는 상병, 계급이 졸병이니 윗분들이 서로 이건 감량이니 우리가 써도 괜찮다며 가지고 나가는데 그걸 막을 길이 없었다. 나는 어떻게 하면 그것을 막을 수 있을까 기회를 보고 있었는데 마침내 하루는 그 기회가 왔다.

제일공수특전단 20 / 도둑보따리 막기

피엑스로 근무처를 옮긴 후 토요일 나는 외출을 하게 되었다. 막 출발하려는데 선임하사님이 나를 불러 세웠다.

"심상병 잠깐만."

선임하사님은 진열대를 이리저리 다니며 각종 물품을 골고루 챙기더니 보따리를 만들어 내밀었다.

"별것 아니야, 작지만 이거 받아, 집에 가면 필요한 것들을 조금 쌌어."

나는 보따리와 선임하사님을 번갈아 바라보았다.

"왜 작아서 그러는가?"

"아닙니다. 선임하사님, 이 물건 다 제 자리에 돌려놓으십시오."

"무슨 소리야. 다음에 나갈 때는 더 많이 줄게."

"작아서 하는 말이 아닙니다. 바로 이렇게 물건을 빼내는 데 문제가 있다고 생각해서 하는 말입니다. 이 물건을 가지고 간다고 우리집이 당장 부자가 되는 것도 아니고 나라가 당장 망하는 것도 아닙니다. 문제는 나라를 지킨다는 군인된 우리의 정신이 썩는 데 있습니다. 당장에 모든 걸 제 자리에 놓으십시오. 그리고 앞으로는 날마다 나가실 때 감량을 가지고 가시는데 그것도 중단하십시오. 이 물건을 모두 제 자리에 놓지 않으시면 이대로 가지고 단장님께 가서 보고하겠습니다. 피엑스가 적자라고 야단이면서 언제까지 감량을 빼내시겠습니까. 앞으로는 누구도 감량을 가지고 나간다면 가만히 있지 않겠습니다."

"정말인가?"

"정말입니다."

선임하사는 한쪽으로 가더니 고개를 책상에 묻고 눈물을 짜고 있었다. 나는 보따리를 풀어 다 제 자리에 진열하고 입대 후 처음으로 가불 장부를 만들어 월급 180원에서 30원을 남기고 150원어치 과자와 에비오제를 사들고 고향집으로 떠났다.

다시 월요일부터 근무를 시작했다. 오후에 선임하사가 감량을 가지고 나가나 안 가져가나 지켜보았다. 선임하사는 빈 가방으로 퇴근했다. 이튿날도 역시 가져가지 않았다. 날이 갈수록 감량이 쌓이고 수입이 늘어났다.

술을 파는 일도 쉽지는 않았다. 그런데 무엇보다도 술에 물을 타지 않아도 물을 타서 싱겁다고 불만하는 사람들이 문제였다. 그런데 어느 날 2일 전에 가져온 술을 따지 못하고 뒹굴리다가 그것을 팔게 되었다. 갑자기 군인들이 와와 술맛 죽인다고 야단들이었다.

거기서 나는 술을 양조장에서 가져오자마자 팔면 맛이 없다는 것을 알았고 여름에는 2일, 겨울에는 3일을 묵히면 술맛이 굉장히 좋아진다는 것을 알았다. 내가 술을 익혀서 팔자 소문이 나서 이웃 외발산동 사람들(당시 그 동네는 농촌이었음)까지도 동네 술집에서 술을 사지 않고 부대 후문을 통해 돈과 주전자를 들여보냈다.

하루에 8통 팔던 것을 10통이나 팔았으니 거기서 돈이 벌어졌다. 술맛 좋다는 소문은 단장님에게까지 알려졌다. 하루는 단장님이 오셨다.

"야, 우리 부대 술맛이 그렇게 좋다지? 한잔 줄래?"

"예."

나는 3일간 묵힌 통을 새로 따서 술을 딸아 내가 먼저 한잔 마셨다. 그랬더니 단장님이 자기 계급장이 붙은 모자를 가리키시며

"야, 이거 안 보이나?"

"보입니다."

"그런데 네가 먼저 마셔?"

"그러니까 제가 먼저 마시는 겁니다. 저보다 계급이 낮으시면 먼저 마시라고 하지요."

"그건 또 무슨 이유인가?"

"제가 먼저 마시는 걸 시식이라고 합니다. 여기서 파는 모든 먹는 것들은 근무자가 먼저 먹어보고 이상이 없을 때 팝니다."

"어, 그런가? 그거야말로 잘하는 것이야."

"부대장님의 안전과 전 부대원의 안전을 위해서지요."

"훌륭해. 역시 술맛도 일품이야!"

나는 그렇게 하여 단장님의 신임을 얻었고 그 덕에 단장님은 나를 믿어주게 되었다

제일공수특전단 21 / 술취한 왕주먹

지금은 어디나 깡패가 없고 질서가 잘 잡혀 있지만 1960년대초는 깡패가 판을 치는 무법천지였다. 깡패 중에도 명동 깡패가 제일 무서웠다.

그러나 명동 깡패가 아무리 무서워도 공수단 앞에서는 종이 호랑이였다. 당시 김포 비행장 일대나 영등포에서는 저녁 시간에 손님이 들끓는 술집에 공수단 얼룩무늬(당시 이 옷은 공수단 하계 점프복이었고 일반 군인들은 입지 않았음) 떼들이 들이닥치면 손님들이 슬금슬금 다 달아나고 마지막에는 우리들만 남는 수도 있었다. 만원 버스를 타도 공수단을 아는 사람은 옷깃이라도 문지르면 화를 당할까 겁을 먹고 슬금슬금 피하였다. 그러나 시민들은 우리의 마음을 너무 모르고 있었다고 생각된다.

우리는 자리를 양보할 수 있는 준비가 되어 있었고 깡패들이 날뛰면 시민의 피해를 막아 줄 태세가 되어 있었다. 명동 깡패가 벌벌 떠니까 일반 시민은 지레 겁을 먹고 무서워했다.

우리 부대 요원을 깡패들이 무서워하는 데는 이유가 있었다. 부대원 80% 이상이 태권도 1단 이상에 특수교육을 받은 사람들이 많아서 웬만한 깡패는 맞섰다가 혼줄이 나기 때문이었다. 멋진 운동선수는 함부로 약한 사람을 치지 않는 법. 공수요원들은 불의를 위해 주먹을 함부로 휘두르지 않는다.

주먹 세계를 주름잡는 실력자들이 우글거리는 우리 부대 안에서 모두가 두려워하는 주먹이 몇 있었는데 그 중에 가장 무서워하는 왕 주먹이 배중사였다.

부대원들이 피엑스에 모여 와글와글 떠들어대며 술을 마시고 TV를 보다가도(당시 흑백 TV이가 처음 나왔고 군부대에는 우리 PX에만 있었음) 배중사가 나타나면 온다간다 말 없이 슬금슬금 다 달아나고 나만 남을 때가 몇 차례 있었다.

하루는 배중사가 술이 잔뜩 취해 가지고 나타났다. 눈 깜짝할 사이에 새떼 달아나듯 모두 도망가고 나만 남았다. 실은 나도 달아나고 싶었지만 그럴 수가 없었다. 배중사는 술이 취하면 공룡처럼 나댄다.

골치 아프게 걸렸다 싶어 어떻게 하면 문을 닫고 달아날까 생각했지만 묘안이 없었다. 만취한 주정꾼 배중사, 비틀거리며 카운터 쪽으로 눈을 부라리고 오더니

"야! 심병장! 술!"

그는 호랑이처럼 대들었다.

"배중사님, 많이 취하셨네요. 오늘은 그만 하세요."

"뭐야? 네가 중사한테 충고야? 임마, 돈 주고 먹는다는데 안 줘?"

아주 잘못 걸렸군— 생각하며 대답했다.

"못 드립니다."

"못 주겠다? 너 말 다했어?"

배중사는 큰 술통을 번쩍 들더니 카운터 쪽으로 폭탄처럼 던졌다. 술통이 베니다로 둘러막은 카운터에 부딪쳤다.

"쾅!"

"!?"

제일공수특전단 22 / 때리고 맞고 정들고

큰 술통이 후욱 하고 날아들어 카운터 중앙에 그려있는 부대 마크인 창공을 나는 파란 독수리 그림을 박살냈다.

동시에 술통은 뒤로 굴러 나오면서 홀 가운데 설치된 난로를 때려 눕혔다. 난로는 저만 넘어지는 게 아깝다는 듯 굵다란 연통을 허리에 안고 뒹굴었다. 동시에 천장에서 왈강쟁강 시끄러운 금속성을 토하며 연통이 밑으로 떨어졌다.

연통은 또 복수나 하듯이 세 줄로 정렬된 긴 테이블을 휩쓸었다. 테이블 위에는 술을 마시다 달아난 양은그릇, 과자 봉지 등 별별 것들이 연통의 횡포에 왈그랑 쨍그랑 땅바닥으로 떨어지며 좌악 나뒹굴었다.

이게 바로 난장판이라는 것이로구나 생각하며 나는 사방에 흐트러진 것들을 바라보고 있었다. 배중사는 더 흥분하여 발로 굴러다니는 그릇을 걷어차고 연통을 들어 테이블을 두들겨 팼다.

이건 전쟁이다. 양은그릇이 굴러가 떨어지며 지르는 비명, 함석 연통이 부서지는 우렁찬 소리. 그 사이에 술 안 줘! 하는 소리가 뒤섞여 굉장한 망난이 연극이 벌어진 거다.

나는 기가 차서 아무 말도 못하고 구경만 했다. 그게 다 내 일인데 남의 일처럼 보였다. 다행히 난로에 불이 꺼져서 화재는 일어나지 않았다.

"야, 술 안 줘?"

"안 됩니다."

"너 죽어 볼래?"

"죽이시오."

"말 다했어?"

"다 했소."

"나 배중사 몰라?"

아무도 없는 빈 홀에서 망난이는 물러날 기미가 보이지 않고 어떤 대안도 서지 않아 막연했다.

이때 함께 입대한 박일원 병장이 초소 근무교대를 나가다가 나를 보러 왔다.

"야, 심병장 아직도 문 안 닫았냐?"

그 소리에 배중사 성난 호랑이처럼 큰 소리로

"넌 뭐야 이— "

그 짧은 순간에 박병장은 배중사를 알아보고 이크 죽는다 생각한 듯 달아났다. 그 뒤를 배중사가 비호처럼 달려갔다. 박병장은 어두운 부대 뒷길로 달렸다. 배중사도 줄기차게 달려 따랐다.

여기서 잠깐 박병장 이야기를 좀 해 두어야겠다. 그 친구는 공수단 입대 동기다. 처음 경비소대에 배치를 받고 만났는데 다른 친구들과는 달리 무슨 일이든 불평을 했고 무슨 일이나 부정적으로만 보는 것이 내 마음에 들지 않았다.

일병 시절 무려 5개월을 함께 지내도록 한 번도 긍정적이고 협조적인 말을 하지 않는 것이었다. 그래서 하루는 마음을 단단히 먹고

"야, 박일병, 넌 어떻게 된 놈이 그 따위냐?" 하고 대들었다.

"뭐? 그 따위? 그래 너 잘났다. 내가 너한테 뭐 잘못한 거 있냐?"

"그건 아니지만 너 언제 한번 불평 없이 협조한 적 있었냐?"

"그래서?"

"그게 못 마땅하단 말이다."

"그래서? 한번 떠보자구?"

"좋다 뜨자."

"좋아."

"나가자."

우리는 밖으로 나갔다. 본부중대 서쪽에는 헬리콥터 비행장이 있다. H자 둘레에는 잔디가 곱게 자랐고 잔디밭은 석양 그늘이 드리워져 뛰기에 좋았다.

우리는 맞서서 치고받기 시작했다. 박이 이단 옆차기로 들어오면 나는 비켜서며 막고 내가 정면 돌파하면 박은 잽싸게 달아났다. 그렇게 한 동안 싸우다가 우리는 적잖은 상처를 피차 입었고 나중에는 지쳐서 더 싸울 힘이 없었다.

"쉬자!"

"좋다."

우리는 정전 합의를 하고 배를 깔고 머리를 마주대고 엎드렸다. 그리고도 한참 동안 눈싸움을 하다가 내가 먼저 입을 열었다.

"미안하다. 너 많이 다쳤는데."

"나만 다쳤냐. 너도 입술이 터졌어."

"우리 터놓고 이야기 해보자."

"말해 봐라."

"넌 왜 남들이 하는 말을 늘 부정적으로 해석하는지 알 수가 없다."

"그런 이유가 있다. 다 내 잘못이지. 나도 그걸 알고 있다. 그러나 내 마음대로 안 되는 걸 어쩔 수가 없었다."

"왜 그럴까?"

"실은 내가 정상적인 가정에서 자라지 못했기 때문일 거야. 나는 육이오 때 고아가 되었어. 부모님을 다 잃었지."

"그래?"

"고아원에서 컸다."

나는 그 말을 듣는 순간 벌떡 일어나 박의 손을 잡고 사과했다.

"그런 줄도 모르고 너를 이해하려고 하지 않은 내가 실수였어. 정말 미안하다. 다음부터는 너를 위해서 최선을 다할게."

"아냐, 그럴 필요는 없어. 내가 조심할게."

나는 그때 마음으로 울었다. 부모 없이 자라기도 힘들었을 텐데 이렇게 성장하여 군인이 되지 않았나. 고마운 사람이다. 너를 내가 때리다니 정말 미안하다.

그런 줄 일찍 알았으면 내가 실컷 맞아주었을 것을—

그렇게 하여 우리는 친하게 되었고 제대한 후 지금도 만나면 서로 늙어 가는 모습을 보며 세월 이야기를 한다.

당시에도 그렇게 친숙하기 때문에 틈만 나면 나를 찾아왔고 밤에 임무교대를 하러 가다가 피엑스를 들렀다가 배중사를 만난 것이다.

박병장이 날쌔게 달아나는데 술취한 배중사가 아무리 달려도 따라잡지 못한 것은 당연했다.

닭 쫓던 개 지붕 쳐다보기로 헉헉거리며 배중사가 돌아왔다. 나는

그 순간 문을 걸어 잠그고 밖으로 나왔다. 그리고 외등 뒤에 숨어 그
의 동태를 살폈다.

"심병장! 야, 문 열어. 안 열어? 이 문 때려부수고 들어간다!"

배중사는 문을 밀었다. 힘이 좋아서 문짝이 안으로 우그러들었다.

"문 안 열어? 너 죽어! 너 내일 가만 두나 보자. 너너너너 내일 죽
었어. 명심해!"

배중사는 비틀거리면서도 심병장을 외치며 어두운 길을 걸어갔고
그 밤은 그렇게 지나고 새 아침이 밝았다. 출근이 시작되자마자 배중
사가 일찍이 피엑스 안으로 들어왔다.

제일공수특전단 23 / 동작 그만!

나는 다른 날보다 일찍이 일어나 엉망으로 흐트러진 홀을 정리했다. 쓰러진 난로를 세우고 그 위에 부러져 뒹구는 연통을 차곡차곡 쌓았다.

다른 날보다 몇 배나 정리하기가 힘들었다. 바닥 청소를 마치고 쓰레받기에 부서진 베니다 조각을 담고 있는데 배중사가 들어왔다.

배중사는 어제와 전혀 다른 사람이 되어 있었다.

"심병장님, 어제 제가 실수를 많이 했지요?"

——심병장님? '님'가 이상스럽게 들렸다.

"……."

"심병장님 미안합니다."

"미안한 건 아십니까?"

"미안해요. 술만 마시면 나도 모르게 엉뚱한 짓을 하니까요."

"저것 좀 보세요. 저걸 어떡하시겠습니까?"

발에 채여 깨진 부대 마크는 말이 아니었다. 독수리 날개며 날카로운 부리가 가슴과 함께 부서져 엉겼다. 배중사는 급히 어디론가 나갔다가 왔다. 망치와 못을 가지고.

그리고 깨진 마크를 톡톡 두드리며 고쳐보려고 애썼다. 그러나 앙상한 베니다판은 건드릴수록 부서져 이제는 날개고 뭐고가 다 없어지고 구명만 뺑 뚫렸다. 난감한 얼굴로 배중사가 말했다.

"심병장님 나 좀 살려주소. 어떻게 보고할 생각이시오?"

"사실대로 해야지요."

"사실대로 하면 내가 어떻게 되는지 아시잖아요."

"대가를 받으시면 되지요."

"강등에다 남한산성감이라는 걸 알고 하는 소리요?"

강등과 남한산성은 장기 복무자들에게는 가장 무서운 형벌이다. 내가 사실대로 보고하면 그는 그렇게 무서운 벌을 받아야 한다.

"심병장님 봐주소."

"모르겠습니다."

이때 교육 시작을 알리는 방송이 있었다. 그는 허둥지둥 망치를 들고 허리를 깊게 숙여 보이고 나갔다. 그가 나가고 바로 선임하사가 출근했다.

"이보라 심뱅장, 저기 뭐꼬?"

"뭡니까?"

"누가 저 부대마크를 저렇게 만들었는가?"

"제가요."

"와? 니 어젯밤에 술 마셨나?"

"아닙니다."

"그런데 와 이리 했노?"

"어제 혼자서 술통을 굴리다가 잘못해서 술통이 난로를 치고 난로를 따라 연통이 쏟아지며 연통과 술통에 부딪쳐 그렇게 되었습니다."

선임하사는 뻥 뚫린 구멍을 보면서 고개를 살래살래 저었다.

"그렇게 해서 된 것이 아닌 것 같다. 참 이상타."

"제 말을 못 믿으시겠다구요? 제가 청소하면서 지저분한 것을 뜯어냈습니다. 그래서 구멍이 더 크게 난 것입니다."

"믿을 수는 없지만— 심병쟁 맴이 원채 좋은 사람이라 남의 죄를 옳게 말하지 않을 끼고만."

그렇게 하여 선임하사는 끝났고 잠시 후에 중대장이 들어와 크게 놀란 얼굴로 물었다.

"아아니, 저게 어찌된 일이랑가?"

"뭐 말씀입니까?"

"이 부대 마크 어느 놈이 이렇게 해 놓았는지 말해 보드라구."

"제가 그랬습니다."

"아아니, 간밤에 술 마셨능가?"

"아닙니다."

나는 앞에서 말한 것처럼 똑같은 거짓말을 했다. 중대장 역시 믿을 수 없다는 얼굴로,

"심병장이 그랬다면 어쩔 것이여. 빨리 단장님 보시기 전에 목공소에 연락혀서 고쳐야지."

그날따라 단장님도 출근하자마자 피엑스로 먼저 나타났다.

"이거 어떤 친구가 이랬어? 부대 마크는 우리 상징인데 이렇게 부순 사람이 누구야?"

"접니다."

"심병장이?"

"네."

나는 역시 똑같은 거짓말을 했다. 부대장님도 머리를 갸웃하더니

"믿을 수 없는 일이야. 그렇게 힘든 일을 할 때는 다른 사람에게

도와달라고 하지 않고 어떻게 혼자서 해. 앞으로는 혼자 하지 말고 다른 사람들에게 도움을 청하도록 해. 빨리 고쳐야지. 이번에는 전보다 튼튼하고 더 멋있게 고치라고 해야겠군.”

단장님은 뒷짐을 지고 홀을 한 바퀴 둘러보고 나갔다. 일은 그렇게 하여 잘 끝냈다. 이제는 배중사를 골려주는 일만 남았다고 생각하고 혼자 킥킥 웃었다.

제1교시가 끝나자 배중사 전화가 왔다.

“심병장님, 나 지금 마음이 말이 아니야. 단장실에서 부를까봐 오금이 저려.”

“기다리세요, 곧 단장님실에서 호출하실 겁니다.”

다시 점심 시간이 되었다. 배중사는 테이프와 망치와 못을 가지고 들어왔다.

“심병장님, 나 살려줄 거야 죽일 거야?”

그는 또 구멍 앞에 쭈그리고 앉아 마크를 고쳐보려고 머리를 조아렸다. 그러나 건드릴수록 구멍이 더 커질 뿐이었다. 그는 점심도 제대로 먹지 못하고 오후 교육을 들어갔다. 마지막 1교시를 남겨 놓고 또 전화가 왔다.

“심병장님, 나 살려준 거야?”

“아직도 호출 전화가 안 갔습니까?”

“아직도야, 나 가슴이 저려 아무것도 못하겠어.”

“더 기다려 보세요.”

하루는 지나가고 퇴근시간이 되었다. 배중사는 가방을 가슴에 품고 허겁지겁 피엑스 안으로 들어왔다.

"심병장님! 나 살려준 거지?"

"이쪽으로 오세요."

나는 그를 술통이 있는 곳으로 데리고 갔다. 그리고 술 한 그릇과 빵을 내주었다.

"속도 쓰리시지요?"

"속도 쓰리지만 그게 문제인가?"

"자, 이 술 한잔 드세요. 안주는 이 빵으로 하시고요."

"아니? 술까지?"

"이제 마음 놓으세요. 잘 해결해 두었어요."

"정말인가? 고맙습니다. 심병장님."

그는 술을 쭉 들이켜며 나를 감사의 빛이 가득한 눈으로 바라보는 것이었다.

아무리 왕주먹도 법은 두려워하는구나, 약한 사람! 술이 원수지. 무슨 술을 그렇게 엉망으로 마셔 가지고—

나는 그렇게 생각하면서

"한잔 더 드세요. 앞으로는 중사님께 날마다 술을 드릴게요. 퇴근 하실 때 컬컬하시면 오세요. 언제든지 마음껏 마시게 해 드릴게요."

"아니야. 용서해 준 것만도 고마운데 그러면 되나. 심병장님 마음 알았으니 우리 잘 지내봅시다."

배중사는 퇴근한다고 나갔다. 나와 악수까지 하고. 그런데 저녁 8 시쯤해서 어디서 마셨는지 잔뜩 취해 가지고 나타났다.

홀에는 수십 명이 술을 마시고 텔레비전을 보며 와글거리고 있었 다. 배중사가 나타나자 모두들 찔끔해서 눈치를 살폈다. 배중사 입에서 호령이 떨어졌다.

"동작 그만!"

피교육자들에게 이 명령은 칼이다. 전원이 마시던 술잔도 든 채 로버트처럼 동작을 딱 멈추었다.

"너너너. 흐트러진 그릇 닦기! 너너너 바닥 청소! 동작 개시!"

지적 받은 군인들은 일제히 일어나 자기 임부를 수행했다. 잠깐 사이에 홀은 정리되었고 나머지들은 슬금슬금 다 달아나고 나는 일을 끝내야 했다.

배중사는 웃으면서 나갔다.

"심병장. 잘자. 나 간다!"

일은 그 날 밤으로 끝난 것이 아니었다. 그 다음 날부터 저녁 8시만 되면 나타나 외쳤다.

"동작 그만! 너너너너너."

나는 그 날부터 저녁 청소며 그릇 정리를 하지 않았다. 그건 배중사의 몫이 되었다. 배중사는 나와 절친한 사이가 되었고 언제나 술을 마음껏 줄 생각이었으나 그는 공술은 맛이 없다며 돈을 내고 마셨고 어쩌다가 한두 잔 내 권에 못 이겨 마시는 정도였다. 참 멋진 배중사였다.

제일공수특전단 24 / 18세 처녀와 19세 총각이

공수단은 참으로 배울 만한 점이 많은 곳이다. 구타하지 않고 자동
군기를 세우고 지키는 점과 계급의 높고 낮음을 불문하고 자기 빨래
는 자기가 하고 자기가 할 일을 남에게 억지로 떠넘기지 않으며 장교
들도 사역을 당연히 하는 것으로 알고 일하고 하기식(下旗式) 때는
일사불란하게 부동자세로 서서 국기가 있는 방향을 향하여 엄숙하게
경례를 붙이는 것 등등.

전방부대에서 위탁 공수교육을 받으러 온 하사관이나 장교들 대부
분은 하기식 때 어슬렁어슬렁 걸어가다가 하기식 나팔소리와 함께
부동자세로 서 있는 본부대 부대원들을 바라보며 엉거주춤 서 있는
것을 흔히 볼 수 있었다.

그들은 거기서 교육을 받고 난 후에서야 경례 붙이는 것을 배우고
실행하지만 자기 부대로 돌아가서도 그런 것을 가르치고 시정하려고
하는 사람이 몇이나 될까 의심스럽다.

이제 내가 하려는 이야기는 공수단이니까 가능했을 것으로 생각한
다. 이 이야기는 남들이 믿기 어려울 것으로 생각한다. 그러나 나는
한 마디도 거짓말은 남기지 않는다.

부대 콘세트 막사에서 독도법 교육이 있던 날이다. 오전 교육 마지
막 시간이었다. 담당 교관은 우리 본부중대 중대장님이었다.

군대 생활이 지루한 것은 같은 교육을 몇 번이고 중복하는 데 있
다. 계속해서 중복하는 것이 바로 훈련이고 교육이다. 독도법처럼 지

루하고 재미없는 시간도 없다.(독도법이란 지도를 보고 읽어 지도와 실제를 이해시키는 훈련)

중대장님 역시 같은 말을 매일 하려니 싫증이 날 만도 했다. 한 20여분 간단히 요점만 설명하고 나서 칠판에다 커다란 원 두 개를 그렸다.

"이게 뭔지 아시겠습니까?"

"——."

"다 아는 독도법, 지루하니 재미있는 이야기나 하나 하려 합니다."

"——."

"좋습니까?"

일제히 좋다고 예! 했다.

"이 동그라미가 무언고 하니 풍만한 유방 아닙니까?"

모두들 와하하 웃었다. 여자 얘기는 누구나 좋아하는 것. 중대장님은 동그라미 가운데에다 왼쪽 것에는 18, 오른쪽 것에는 19라고 썼다. 그리고 유방 아래로 엑스표(배꼽) 그 아래로 숲. 상상해 보면 멋진 음화다.

"이쪽에 사는 18세 처녀가 건너 마을에 사는 19세 총각을 사랑한 기라."

교육자들은 다음에 무슨 말이 나오나 기다렸다.

"요것들이 밤만 되면 여기서 만나는 기야."

그리고 배꼽을 가리키고 나서

"여기서 만나면 둘이 무엇을 먼저 하겠나? 아는 사람."

모두들 킥킥거릴 뿐 대답이 없었다.

"키스를 먼저 하지 않겠소?"

모두가 그 다음은? 하고 기다렸다.

"키스를 뜨겁게 하고 나면 그 다음에는 여기로 가는 기라."

중대장님은 숲 속을 가리켰다.

"둘이 이 속으로 들어가면 어떻게 되것소?"

모두가 자기 좋은 대로 상상을 한다.

"문제는 말이야, 이것들이 여기로 들어가서는 글쎄……"

무슨 이야기인지 클라이맥스에 다다르려는 찰나 출입문이 열리며 미군 고문관 소령과 상사가 바인더를 들고 들어섰다. 그 순간 중대장은 방금 하던 이야기를 180도 돌렸다.

"이 18고지에서 저 건너 19고지를 점령하자면 어떻게 하는 것이 좋을까요? 일단 이 지점(엑스표)을 누가 먼저 점령하느냐에 따라 승패가 가름 납니다."

중대장님은 그렇게 말을 바꾸어 양 고지에서 서로가 전략 짜는 방법을 지어서 그럴 듯하게 미군 고문관에게 눈가림 교육을 하고 있었다. 내용을 제대로 모르는 소령은 무조건,

"훌륭한 교육을 하십니다. 계속 하십시오."

하고 교육 참석 인원 점검을 하고 나갔다.

허망해진 중대장님,

"에이 김빠져서 아무 것도 못하겠네, 남은 시간 10분, 마음 같아서는 끝내고 싶지만 고문관이 아직 안 갔으니 시간을 채워야지."

중대장은 교육생을 둘러보며 물었다.

"누구 10분간 나와서 재미있는 이야기로 시간 채울 사람 없습니

까?"

　둘러보니 병장은 나하고 다른 동기생 하나가 더 있고 120명 정도의 요원 중 소위가 20% 정도, 상사가 20%, 중사가 25%, 하사 35% 정도였다.

　내가 가장 졸병이었다. 나는 손을 번쩍 들었다. 놀랍다는 눈길이 모두 나에게 쏠렸다. 그들 중 나를 모르는 사람은 없을 것이었다. 모두가 피엑스 손님들이니 말이다. 나는 당당히 앞으로 걸어 나가 단상에 섰다.

　"단결!"

제일공수특전단 25 / 졸병도 할 말은 한다

* 이 내용은 내가 한 10분 스피치를 기억나는 요점만 적은 것임.

"저는 우리 부대에서 계급이 가장 낮은 사람입니다. 이 자리에 계신 분들 중에는 저를 아는 분이 모르시는 분보다 많으리라 생각합니다. 저는 피엑스에 근무하는 병장 심혁창입니다. 제가 여기에 선 것은 중대장님의 말씀대로 유머나 장기 자랑을 하려고 선 것이 아닙니다. 이제부터 제가 드리는 말씀이 여러분 마음에 불편하든지 마음에 들지 않으실 때는 중간에 교육장에서 나가셔도 좋겠습니다."

나는 장내를 둘러보았다. 아무도 나가려는 사람은 없었다. 나는 중대장님을 향하여 눈길을 던졌다.

"저는 오늘 중대장님께 실망했습니다. 저는 논산훈련소에 입대 후 오늘이 되기까지 17개월 동안 짧은 군생활 경험을 통하여 느낀 바가 많습니다. 지금까지 매 교육 때마다 '훈련은 전쟁이다. 훈련에서 땀을 아끼면 전쟁에서 피를 흘려야 산다' 이 말은 귀가 닳도록 들어왔습니다. 그러나 훈련이나 작전교육장에서 아쉬운 점이 많았습니다."

부대원들은 내가 중대장에게 실망했다는 말을 하자 모두 긴장하여 내 말에 귀를 기울이고 있는 것을 알 수 있었다. 중대장은 육사생은 아니지만 육사생보다도 더 깐깐하고 원리원칙을 준수하며 부하 관리에 냉엄한 분이었다. 그렇기 때문에 부대원들은 중대장을 호랑이라고 부른다. 그런데 겁도 없이 그 호랑이 수염을 건드리고 있으니 모두들 긴장하지 않을 수 없었을 것이다.

"여기 계신 분들은 현재 교관으로 활동하시는 장교님들도 있고 장차 교관으로 혹은 지휘관으로 활약하실 분들입니다. 이 하찮은 병사가 하는 말도 귀담아 들어 주신다면 감사하겠습니다. 저는 오늘뿐 아니라 그 동안 교육장에서 교관님들에게 많은 실망을 해왔습니다."

나는 소위들이 한 줄로 앉은 쪽에 관심을 가지고 있었는데 아무도 동요하는 기색이 없었다.

"첫째로 실망한 것은 모든 교관들이 교안을 깊이 있게 연구하지 않고 형식적으로 만들고 교육 역시 마지못해 하는 식으로 적당히 시간만 때우기 때문에 교육이 제대로 되지 않는다는 것입니다.

둘째는 교관님들이 한결같이 창의력이 부족하다는 점입니다. 교육은 남들이 하는 방식만 따라서 하면 진전이 없습니다. 교육과 훈련이 전쟁이라면 남들이 하지 않은 방법을 고안하고 남들이 쓰지 않는 전술을 펴낼 때 적을 물리칠 수 있는 것입니다.

매 교육 때마다 지루할 때는 똑같이 간식처럼 들려주는 유머도 그렇습니다. 논산훈련소에서 들은 유머라는 것이 우리 부대에서도 몇 번씩이나 되풀이됩니다. 교육도 그렇고 유머도 들어보나마나 다 아는 것입니다. 어떤 교관은 그나마 남이 한 것도 제대로 전하지 못합니다. 이왕에 남이 한 것이라도 자기가 사용할 때는 120%활용하여 자기 것이 20%는 가미되어야 새롭습니다."

중대장님은 똑바로 앉은 자세로 눈을 환하게 밝히고 나를 바라보고 있었다. 나는 몇 가지 더 교관들에게 하고 싶은 말을 하고 조금 전에 고문관이 다녀간 이야기로 돌아갔다.

"오늘 미군 고문관이 왔을 때 중대장님은 하던 이야기를 슬쩍 바꾸어 작전을 강의하는 것처럼 미군 교육점검반원을 속였습니다. 재치로 보면 아주 뛰어난 재치지만 전쟁으로 보면 패전입니다. 우리나라는 우리가 지켜야 합니다. 남의 눈이 무서워서 강제로 하는 교육이 아닌 우리 스스로를 위한 우리의 교육이 철저하게 이루어져야 합니다.

미군이 우리를 도와준다는 것도 실은 그들이 미국이라는 자기 나라를 사랑하기 때문에 자기를 사랑하기 위하여 여기에 와 있는 것이지 휴머니즘을 위한 순수한 희생을 전제로 와 있는 것은 아닙니다. 남의 눈을 의식해서 하는 형식교육은 아무 의의도 없고 실효성도 없는 것입니다.

자신 있는 국가의 당당한 장교라면 미군 고문관이 아니라 대통령이 왔다 하더라도 당당히 하던 이야기를 계속할 수 있어야 합니다, 왜 도둑질하다 들킨 사람처럼 물러납니까. 교육은 전쟁이라고 했습니다. 오늘은 전쟁을 하다가 물러서서 포기한 형상입니다."

실내는 물을 끼얹은 듯 무거운 침묵 속으로 빠져들었다. 나는 그것을 피부로 느낄 수 있었다.

"오늘 같은 경우 무슨 교육을 하는 중이냐고 물을 때 효율적인 교육을 위하여 저 고지를 열 여덟 살 처녀가 사는 마을과 19세 총각이 사는 마을로 가상하고 연애하는 방법을 이용하여 군인들의 성적 카타르시스와 스트레스 해소를 동시에 해결하는 교육을 실시중이라고 대답한다면 역시 그 고문관도 훌륭한 교육이었다고 같은 말을 했을 것입니다. 그러나 우리는 그를 속이고 엉뚱한 말로 훌륭한 교육을 한다는 말을 들었습니다. 거짓말로 칭찬 받는 것은 당당하지 못합니다. 앞으로는 이러한 일이 없어야 합니다. 떳떳하게 우리나라는 우리가 지킨다는 의지로 국방 문제를 스스로 해결해야 합니다."

나는 약간 내 주제에 넘치는 말을 하고 있었다. 그러나 모두는 진지하게 내 말에 귀를 기울여 주었다. 이러한 요지의 말을 하는 동안 10분이 지나갔다. 나는 정중히 말을 마쳤다.

"짧은 소견을 가지고 귀한 시간을 허비하지 않았나 생각됩니다. 제가 잘못한 점이 있으면 용서해 주시기 바랍니다. 단결!"

내가 경례를 붙이자 장내가 떠나갈 듯 큰 박수갈채가 쏟아졌다. 이렇게 하여 교육은 끝났다. 나는 곧 피엑스로 돌아왔다. 바로 내 뒤를 중대장님이 따라 들어오면서 말했다.

"심병장 나 좀 보자."

중대장님은 밖으로 걸어 나가 건물 뒤에 달려 지은 곰탕실로 들어갔다. 곰탕실이란 점심에 도시락을 싸 가지고 오는 장교들이나 영내에서 밥을 사먹는 경우 곰국을 만들어 아주 싸게 파는 곳이다. 쇠뼈다귀와 소 살코기, 양, 곱창을 듬뿍 넣고 매일 24시간 끓여서 곰국이 진하게 만드는데 거기에는 국이 펄펄 끓는 큰솥이 걸려 있고 아궁이에는 조개탄이 활활 불꽃을 이루고 탄다.

중대장님은 앞장서서 그 안으로 들어가는 것이었다. 나는 긴장했다. 자기를 노엽게 했다는 이유로 나를 국솥에라도 들어가라고 명령한다면? 그곳은 아무도 들어가지 못하는 통제 구역이다. 그 안에서는 때려 죽여도 모른다. 거기로 둘은 들어섰다. 중대장은 문을 안으로 걸어 잠갔다.

제일공수특전단 26 / 정말 멋진 지휘관

중대장님은 내 앞에 부동자세로 딱 서서 나를 정면으로 바라보셨다. 나도 그 앞에 똑바로 섰다. 중대장님이 오른손을 앞으로 쑥 내밀었다. 악수하자는 손이었다.

"심병장, 나는 지금까지 너 같은 부하를 만나 보지 못했다. 너 같은 부하가 나에게 있다는 것이 자랑스럽고 고맙다."

그의 눈은 진지했다. 우리는 힘있게 손을 잡았다.

"죄송합니다."

"심병장, 앞으로 나는 네가 오늘 한 말을 잊지 않을 것이다. 훌륭한 지휘관이 될 것을 약속한다. 앞으로 독도법을 열심히 연구하여 누구보다 확실한 교관이 되겠다."

"감사합니다. 중대장님."

"부탁이 있다. 앞으로 내가 독도법을 강의할 때 세 시간만 참석하여 듣고 평가해 주기 바란다."

"아닙니다. 그건 안 될 말씀입니다."

"아니야. 내가 과연 네 말대로 연구하는 교관인가를 스스로 평가받고 싶은 거다. 부탁이다."

그렇게 몇 마디 나누고 우리는 밖으로 나왔다. 선임하사는 내가 거기 들어가서 죽도록 얻어맞고 눈퉁이가 퉁퉁 부어 나올 줄 생각했던 모양이다. 중대장이 본부 건물로 돌아가자 나에게 물었다.

"이눔아야, 우째자고 그런 말을 함부로 했나? 나 다 들었다. 교육장에서 중대장을 우찌했다면서?"

"……"

"니 괜안나? 어디 아프지 않나? 호랑이가 니를 가만 두지 않을 기라고 하던데? 우쨌노?"

"별일 없었습니다."

"그 호랑이가 그냥 넘어가진 않을 긴데."

"아무 일도 없었다니까요."

선임하사는 고개를 갸우뚱거리며 내 눈치를 살폈다. 자기가 중대장이었다면 용납하기 힘들다는 표정이 역력했다. 어쩌면 내가 한 방 얻어터졌으면 하고 바랐을지도 모른다. 감량을 꼼짝 못하게 했기 때문에.

그로부터 일주일 뒤였다. 오전 11시 교육시간에 하사 하나가 나를 불렀다. 지금 제 9 야외 교육장에서 중대장님이 독도법 강의를 하시는데 내가 아직 도착하지 않아서 시작을 못한다고 급히 오라는 전갈이었다.

나는 급히 달려갔다. 과연 중대장님은 교육을 시작하지 않고 나를 기다리고 있었다. 내가 도착하자 교육을 시작했다.

중대장님의 강의는 전에는 전혀 들어보지 못한 명강의였다. 나는 그 한 시간에 그 동안 이해 못했던 것들을 다 이해하였다. 나뿐 아니라 다른 교육생들도 다 감탄을 했다. 언제부터 저렇게 강의를 잘하게 되었느냐는 것이었다. 나는 속으로 감사 드렸다.

내가 교육 인원에 들어 있지 않은 것을 아는 사람은 아무도 없었다. 다만 중대장만 알 뿐이었다. 다른 사람들은 내가 지각생으로 생각하고 있지만 중대장님과 나만은 말없는 대화가 오가고 있었다.

매우 값지고 훌륭한 교육이었다. 그 날 퇴근 시간쯤 해서 중대장님이 오셨다.

"어떤가? 50점은 되던가?"

"백점 만점입니다."

"고맙네, 다음 시간에 또 들어주기 바라네. 두 시간만 더 들어보도록."

"네, 그렇게 하겠습니다."

그 뒤에도 두 시간을 약속대로 들었다. 시간마다 내용이 달랐고 교육생들이 정신을 바짝 차리고 들어볼 만큼 철저하게 교육준비가 되어 있었다. 나는 그 세 시간을 들음으로써 나도 강의를 하라면 잘해낼 수 있을 만큼 독도법에 대하여 확실하게 이해를 하게 되었다.(여기서 배운 독도법이 이후에 나는 매우 유용하게 쓰게 된다.)

대개들 독도법을 소홀히 생각하는 경향이 있다. 그러나 독도법은 전쟁에서 무엇보다 중요하다. 나는 지금도 중대장님이 강의를 시작하기 전에 한 말을 기억한다.

'독도법은 한밤중에 길을 잃고 헤매는 사람에게 전지가 든 손전등을 주는 것과 같다. 그러나 잘못 가르치면 건전지 없는 손전등을 쥐어주는 것과 같아서 그런 것은 짐만 될 뿐이다.'

제일공수특전단 27 / 맨발 소년에게 신발을

어느 날 오후 지난번에 배중사에게 시달리고 있을 때 나를 도와주었던 박병장이 피엑스로 찾아왔다.

"야, 심병장, 너 내 이야기 좀 들어볼래?"

"뭔데?"

"탄약고 보초를 서고 있는데 말야 그 곁에 있는 사격장에 국민학교 4학년 아이가 와서 탄피를 캐더란 말이다."

"그래서?"

"가만히 보니 어린것이 맨발이더라구."

"맨발?"

"요새는 아직 추운데 맨발로 왔기에 물어 보았지, 왜 신발을 신지 않았으며 탄피는 캐서 무엇에 쓰려느냐고."

"그랬더니?"

"집에서 신발을 사주지 않아 탄피를 캐어 돈을 모아 운동화를 사 신으려고 탄피를 캔다는 거야. 그리고 어머니는 아버지가 병들어 눕게 되자 집을 나가 버렸고 아버지는 병석에서 일어나지 못하고 있어서 그 아이가 구걸을 하여 연명한다는데 사정을 듣고 보니 내가 괴롭다. 어떻게 하면 운동화라도 하나 사 줄 수 있을까? 너라면 여기서 해결할 방법도 있을 것 같은데——"

"운동화가 얼마나 가지?"

"240원이면 산다더라."

"우리 월급이 180원이니 한 달 동안 안 쓰고 사면 되겠지만 우리
도 그 돈이 모자라지 않나?"

"무슨 방법 없을까?"

"피엑스에서 빼내라는 거냐?"

"그건 아니지만, 그래도 여기서 그 정도는 아무것도 아니잖니?"

"절대 안 되지."

"방법 없어?"

나는 잠깐 생각을 해 보았다. 언뜻 스치는 것이 있었다. 부대 안에
는 여기저기 빈 맥주병이며 사이다 병, 양주병까지 여기저기 뒹굴어
다니고 있어서 보기에도 좋지 않고 그것이 자원 낭비라는 생각이 들
었다.

"방법이 있다."

"뭔데?"

"부대 안에 굴러다니는 저 빈병들을 모으자. 한참만 모으면 운동화
한 켤레는 문제없다."

"겨우 그 생각이냐? 어느 천년에 모아 운동화를 사냐?"

"지금부터 시작하자. 당장에 저 앞 비탈에 굴러다니는 빈병을 집어
와 봐."

"야. 치사하다. 안 사주고 말지, 그게 무슨……"

"아니야. 그 방법은 아주 좋은 방법이야."

나는 먼저 비탈로 다니며 빈병을 주워 모았다. 당장에 20여 개가
모였다. 박병장은 어이없다는 듯 바라보다가 그의 말버릇대로

"미친 놈 미친 짓 하네."

하고 눈을 흘기면서 따라와 빈병을 주워들었다. 순식간에 50여 개를 모았다.

"봐라 이놈아. 이게 돈이다. 빈병 하나에 1원씩이지? 240개만 모으면 240원이야."

박병장이 나를 비웃었다.

"잘해봐라 병신. 언제 240개를 모으냐?"

"시작이 반이라고 했어. 하라면 해."

"그런데 이걸 다 어디다 두냐? 여기다 두면 될까?"

"내무반 침상 밑에."

"안 될 걸. 최중사(최두순,선임하사)가 허락할까?"

"되도록 해야지."

"그건 네가 해라."

"알았다."

우리는 빈병을 자루에 담아 메고 경비소대 내무반으로 갔다. 빈병을 잔뜩 들고 들어선 것을 안 선임하사가 눈을 부릅떴다.

"이게 뭐야? 고물상 차릴 작정이냐? 넌 피엑스 두고 왜 이리로 가져왔어?"

"선임하사님 이해하여 주십시오."

최중사가 물었다.

"내무사열에 걸리면 어떡할 거야?"

"그때는 제가 말씀드리고 벌은 제가 받겠습니다."

"그래?"

"예. 좋은 일을 위해서 하는 것을 단장님이 아시면 이해해 주실 것입니다."

"너 책임져.

"알겠습니다."

그렇게 하여 마루 밑에다 빈병을 모으기 시작했다. 동기생들이 그 사정을 알고 빈병을 주워 들이자 다른 사람들도 주워들였다. 마루 밑에 빈병이 굉장한 군대처럼 질서 있게 차기 시작했다. 군대란 항상 닦고 씻고 손질하기를 게을리 하지 않으면 안 된다. 시간이 나면 빈병을 깨끗이 닦아 병 어깨가 반짝반짝 빛났다. 고물상이라기보다는 병사를 도열시킨 것 같은 값진 모습들이었다.

나는 그것이 얼마나 대견한지 가슴이 뿌듯했다. 그러다가 하루는 단장님이 취하는 내무사열이 있다고 하여 급히 달려가 사열을 받았다. 나는 결국 내무사열에 걸렸다. 마루 밑의 청소 상태를 보시려고 들여다보다가 깜짝 놀란 얼굴로 물었다.

"이게 뭐냐?"

제일공수특전단 28 / 화랑담배 연기속에

단장님이 침상 밑에 가득히 도열해 있는 빈병을 들여다보고 다시 물었다.

"누가 이랬나?"

"접니다."

나는 큰소리로 대답했다.

"피엑스에 빈병도 필요한가?"

"아닙니다. 저 탄약고 앞마을에 아주 가난한 소년이 살고 있는데 신발 없이 맨발로 다닌다기에 그 아이 운동화를 하나 사주려고 이렇게 빈병을 모으고 있습니다."

"그래? 좋은 일이로군. 그렇게 하기로 하고 병마다 어깨에 먼지 하나 없도록 깨끗이 닦도록, 알겠나?"

"네엣!"

나는 신났다. 빈병을 모아놓고 언젠가는 단장의 눈에 띄면 크게 야단맞을 걱정을 하고 있다가 이렇게 걱정이 끝났기 때문이다.

기다리는 아이는 나타나지 않고 빈병은 마루 밑에 가득히 찼다. 병을 모으기 전에는 몰랐는데 모아놓고 보니 맥주병은 4원, 양주병은 5원, 사이다 소주병은 1원씩이라는 것도 알았다.

대략 2,3천 개는 모았으니 5천 원(당시 쌀 1가마니에 2,500원 정도 됨)은 될 것 같았고 운동화 20켤레는 살 수 있으리라 생각하니 흐뭇하고 그 아이가 조급하게 기다려졌다. 그러나 그 아이는 빨리 나타나지 않았다. 우리는 기다렸다가 아이가 나타나면 팔기로 했다.

　우리 부대원은 가끔 재미있는 선물을 받았다. 한 달에 한 번씩 차지철 의원(10·26 당시 청와대서 죽음)이 세비를 받으면 옛 전우를 생각하여 과자, 사탕, 빵, 담배 등등을 푸짐하게 사다가 나누어주었다. 특히 아리랑 담배는 부대원에게 큰 인기 선물이었다. 국산 담배로는 처음으로 나오는 고급 담배였기 때문에 웬만한 사람은 피워보기 힘든 담배였다.

　나는 담배를 피우지 않기 때문에 그것을 꼭꼭 숨겨 두었다. 그것은 내가 빈병만 모은 것이 아니라 부대 안에서 담배 안 피는 사람을 찾아내어 담배를 모았다가 관물함이 가득 차면 그것을 싸 가지고 부대 앞 동네로 나가 가정이 어려운 할아버지들에게 나누어줄 때 가져가기 위해서였다.

　당시는 담배도 제대로 사서 피지 못할 정도로 어려운 노인들이 많았다. 그렇기 때문에 노인들은 내가 모아다 주는 화랑담배를 무척 좋아했다. 특히 구경도 하기 힘든 아리랑이 들어 있어서 노인들은 그것을 나누어 피기도 했다.

　나는 담배 냄새를 아주 싫어한다. 그래서 돈이 생기는 일이 있어도 담배에 절어 있는 사람과는 거래를 하지 않을 정도다. 그러면서도 아이러니컬하게도 담배는 흡연가들보다 아낀다.

　애연가 중에는 습관이 나쁘게 든 사람이 많다. 기다란 것을 불이 붙어 있는데 그대로 집어던지고 가는 사람이 있는가 하면 아무데나 비벼 끈다.

　나는 길을 가다가 그렇게 버려지는 기다란 담배꽁초를 보면 그냥

지나가지 못한다. 그것을 집어다 끝을 끊고 가까운 공중화장실 등지
에 꽂아 놓는다. 그리고 다음날 지나가다가 보면 누군가가 꺼내간다.

담배 피는 사람은 담배를 아낄 줄 모르면서 담배가 떨어지면
치사할 만큼 땅바닥에 떨어진 꽁초까지 집어 피우는 모습을 본다.

아리랑을 한 갑 모을 수 있는 선물 받는 저녁은 전우들간에 화기
애애한 시간이 된다. 이런 저런 이야기가 재미있지만 특히 부선임하
사 최중사의 이야기는 지금도 생생하다. 그는 담배에 불을 붙이고 연
푸른 연기를 날리며 입을 열었다.

"모의간첩 침투훈련 때의 일이었지. 내 임무는 그 지역 중심에 있
는 파출소 폭파였는데 접근을 할 수 없었던 거야. 그래서 마을에 들
어가 헌 옷을 구해 걸치고 빨간 물감과 흙을 적당히 문질러 머리띠를
두르고 깡패들에게 맞아서 크게 다친 것처럼 하고 파출소로 비실비
실 기어 들어갔지. 그리고 저기서 깡패들에게 몰매를 맞아서 이렇게
다쳤으니 도와달라고 했지. 경찰들은 내가 다친 것에는 관심이 없고
자기들 할 일만 하더라고. 모의 간첩이 어디선가 나타날 것이라며 경
계를 하기에 바쁜 거였어."

그는 신이 나서 허허거리고 웃다가 이었다.

"나는 큰 소리로 경찰이 이래도 되는 거냐? 다친 사람이 왔는데 내
가 이대로 죽어도 좋단 말이냐? 그랬더니 나를 나가라고 밀어내는
거야. 그래도 나는 다시 기어 들어갔지. 그리고 책상 아래에다 폭파
장치를 완료했지."

점점 신나 하는 최중사는 입을 크게 벌리고 웃었다.

"이놈들아. 두고 보자, 뭐? 모의 간첩이 이 지역에 나타날지 모른

다구? 이히히히. 이미 오셨느니라. 기다려라 이놈들아. 민간이 다쳐서 피를 흘리고 있는데 그건 눈에 안 보이고 간첩만 잡겠다구? 잘해봐라. 잘해 봐. 하하하, 이렇게 비웃고 있는 동안 훈련용 시한 폭탄이 꽝! 하고 터진 거야. 으흐흐흐."

최중사는 얼굴까지 달아올랐다.

"갑자기 꽝 하고 파출소가 무너질 듯한 소리가 나자 파출소장이 놀라 밖으로 달아나더군. 밖에서 경계 서던 경찰은 안으로 뛰어들어오고. 이거야 암행어사 출동 아닌감! 거 볼만하더군. 내가 주머니에서 서류를 꺼내어 파출소장 책상에 놓고 소장 자리에 떡 앉았지. 그 동안 나를 거들떠보지도 않던 경찰관이 눈을 크게 뜨고 나를 바라보고 달아났던 소장이 기가 죽어 들어오더군. 내가 단호히 선포했지. 이 파출소 폭파당했소. 여기 서명하시오."

최중사는 손을 비비며 파출소장 흉내를 냈다.

"몰라 뵈어 죄송합니다. 용서해 주십시오. 하는 거 아니겠소? 그래서 내가 야단을 또 치지 않았겠나. 간첩이 이마에 내가 간첩이요 하고 표를 달고 들어오기를 기다렸소? 내가 바로 간첩인데 그것도 눈치를 채지 못하고 무슨 경계요? 그리고 지역 주민이 이렇게 깡패들에게 피해를 입었다고 하면 빨리 깡패를 체포하고 다친 사람을 응급조치해 주어야 할 사람들이 그렇게 거들떠보지도 않는다는 건 직무유기 아니오? 이 말에 모두들 무릎을 꿇고 빌더군. 파출소장은 서명을 안 하려고 머리를 굴렸지만 그런 사람들을 용서할 수는 없었지. 그 날 거기서 순경들의 아부하는 꼴을 보면서 씨암탉 한 마리 잘 뜯었지."

제일공수특전단 29 / 밀실에서 들리는 소리

저녁 9시, 피엑스 문을 닫고 취사장에 그릇을 건져다 놓기 위해 식료품 재료 창고 앞을 지나자니 안에서 사람 소리가 났다.

이 시간에 누가 저 안에 들었단 말인가? 나는 살금살금 다가가 안에서 새어나오는 소리에 귀를 기울였다. 중대본부 김 상사와 피엑스 선임하사, 취사장 선임하사가 누군가를 불러 놓고 비밀 회식을 하는 중이었다. 모두가 상사인데 누군가 한 사람은 더 높은 듯 상사들이 경어를 쓰고 있었다. 우리 선임하사가 하는 소리였다.

"심뱅장 말이다. 거 이상한 놈이야. 우째자는 건지 감량을 꽉 잡고 있어서 창고가 넘치는 기라. 내도 그러는 걸 우짜지 몬하겠능기라."

중대본부 김 상사 소리.

"그 사람 들이고 나서 피엑스 적자가 지난달에 끝나고 지금 흑자가 많이 났지. 몇 년 동안 적자였는지 아나?"

"아마 2년은 될 기라. 그런데 불과 8개월에 40만원을 채운 기라. 한 달에 5만원씩 번 기지."

"그런 셈이지. 이제부터 흑자가 나는데 좋은 일 있겠지?"

"그야 중대본부에서 알아서 할 일 아닌기요."

취사반장 임상사가 다른 말을 했다.

"야, 그보다 더 기찬 일이 있지 않았나."

"무슨 일이고?"

"얼매 전에 중대장이 독도법을 하다가 처녀 총각 이야기를 하는데 고문관이 와서 교육점검을 하지 않았나.”

“그래서?”

“고문관 때문에 김이 샌 중대장이 10분 남았으니 누구 나와서 이야기할 사람 나오라 한기라. 그러자 심뱅장이 벌떡 일어나 나가더니 중대장을 한방 때리는 거 아니것소. 말 잘하드라. 졸병이 호랑이 중대장을 겁도 없이.”

다른 사람이 그 말을 받았다.

“맞아, 나도 들었는데 졸병이 자기 주제도 모르고 호랑이 콧수염을 뽑았지.”

“하모, 호랑이 콧수염을 당긴 거지. 그 날 중대장이 어디론가 심뱅장을 데리고 갔는데 아마 조인트를 무지무지하게 깠을 거구먼. 그 호랑이가 가만히 있을 성질이 아니지.”

“그런지는 몰라도 그 다음부터 중대장 교육하는 태도가 전혀 달라졌다고 생각했어. 요새 중대장님 독도법은 정말 죽여준다. 나도 감탄했으니까. 너무 잘해, 기막혀.”

“그놈아 요새 빈병을 모았다가 단장님께 걸렸다지?”

“이상한 놈이야. 빈병은 왜 모은다지?”

나는 더 이상 머물고 싶지 않았다. 내 흉을 보는 것이 아니라 칭찬을 하고 있으니 얼마나 다행인가 싶어서 그곳을 조심스럽게 떠났다.

그리고 그제야 피엑스가 적자에서 흑자로 바뀌었다는 것도 알았다. 그렇게 기분 좋은 소리도 들었지만 그 다음 날은 내가 세상에 태어나서 처음으로 죽지 않을 정도로 두들겨 맞아 보았다. 그렇게 실컷 두들겨 맞아보기는 처음이었다.

제일공수특전단 30 / 차렷 자세로 5분간 맞은 주먹세례

내가 맞을 짓을 한 것은 술주정꾼 임상사 때문이었다.

어느 날 1대대장 송서규 소령이 나를 불렀다

3대대장 송서규 소령님(이 분은 연대장으로 월남전에 참전하여 복무기간을 무사히 마치고 귀국하기 하루 전 야간에 근무지를 마지막으로 순시하며 부하들을 위로하다가 월맹군의 공격을 받아 순직. 당시 조선일보 3면 톱기사 '송서규 대령 전사'라는 타이틀을 보고 나는 많이 놀랐음)이 나를 불렀다.

"앞으로 우리 대대 임상사에게 외상을 절대로 주지 말기 바란다. 만약 이번 달에도 외상을 주어 경리과에서 월급 공제를 받게 되면 나한테 죽을 줄 알아. 알았나?"

"네, 알겠습니다."

그렇게 약속을 하고 며칠 안 되어 밤늦게 임상사가 피엑스로 들어왔다.

"야, 화장품 하나 주라."

"안 됩니다."

"안 돼? 왜 안 되냐?"

"대대장님한테 허락 받고 오십시오."

"내가 내 돈주고 사는데 대대장님은 왜?"

"대대장님의 명을 받았기 때문입니다."

이렇게 말씨름이 시작되어 밤 12시가 되어도 나가지 않고 버티는 것이었다. 비루먹은 말처럼 꺼칠하고 키가 멀쭉하게 큰 빼빼 마른 그는 술이 너무 취하여 건들건들 중심도 제대로 잡지 못했다.

그는 화장품이 든 진열장을 밀어댔다. 유리로 된 진열장이 흔들거렸다. 너무 심하게 흔들어서 곧 넘어갈 것만 같았다. 넘어가면 유리가 박살이 날 것이고 그렇게 되면 배중사처럼 될 것이다.

나는 견디기 힘들어 주고 말았다. 그리고 장부에 올리는 것을 미루고 이튿날 선임하사에게 보고했다.

"가져갔으면 달아야지 않겠나. 그 사람 버릇이 없단 말이야."

그렇게 하여 외상장부에 기장되고 한 달이 차자 월급날이 왔다. 대대장님과 약속하여 월급을 그 부인이 타러 오기로 했던 것이다. 월급에 공제된 화장품 값이 문제였다. 부인은 자기도 모르는 화장품을 사다가 누구를 주었느냐고 남편을 잡다가 대대장님을 찾아가 약속을 지키지 않았다고 강력하게 항의했다.

대대장님은 부인보다 더 화가 났던 것이다. 당장에 전화로 나를 불렀다. 나는 급히 대대장실로 달려갔다. 대대장실에 들어서서 차렷 자세로 경례를 붙이자 노란 눈의 대대장 눈에 빛이 반짝 나더니 성난 호랑이처럼 달려들어 나를 치기 시작했다.

"외상주지 말라고 했어 안 했어?"

"했습니다."

"그런데, 내 말이 말 같지 않았단 말이지?"

대대장은 미친 듯이 턱을 올려치더니 가슴 배 닥치는 대로 가리지 않고 주먹세례를 퍼부어 댔다. 나는 군에 입대하여 매를 맞아보기는 처음이었다. 세상에서는 더욱 남에게 매를 맞는다는 것은 상상도 할 수 없는 일이었다.

5분 동안 쉬지 않고 때리는데 나는 아픈 것도 의식할 수 없었다. 그는 주먹이 아파서 더는 못 때렸지만 나는 차렷 자세로 깨끗이 맞았다. 내 잘못을 인정하는 한 많이 맞아도 당연하다는 생각이 머릿속을 채웠다.

5분은 잠깐이었지만 그것은 십년 이상의 긴 시간과 같았다. 나는 여덟 살 때 시골 고모 댁을 찾아갔다가 개한테 혼줄이 난 생각을 했다.

고모 댁 문 앞에 서서 고모! 하고 소리치자 나뭇광 앞에 도사리고 앉았던 송아지만큼 큰 개가 와락 달려들었다. 나는 달아나다가 엎어졌는데 그 놈이 등을 타고 물어서 죽는 줄 알았다. 바로 어른들이 나와서 개를 쫓아 아무 일 없었지만 그보다 무서운 공격을 받고 생명의 위기를 느껴 본 것은 그때가 처음이고 마지막이었는데…….

대대장님은 그 때보다 더 무서웠다. 나는 죽지야 않겠지 하고 참았다. 대대장님은 더 이상 때리기를 중단하고 돌아가라고 했다.

나는 '단결!' 하고 경례를 붙이고 나왔다. 피엑스까지 어떻게 돌아갔는지 기억이 없다.

병장 달고 내 잘못으로 소령한테 실컷 두들겨 맞고 나니 억울하지는 않았다. 비쩍 마른 임상사가 원망스러웠다. 그러나 내 실수를 누구에게 탓할까.

그런 일이 있고 한 달쯤 지나서였다. 외출 나가느라고 김포 비행장 앞에서 시내버스를 기다리고 있는데 지프차가 내 앞에 와서 섰다.

제일공수특전단 31 / 남의 속도 모르고

지프차가 멈추고 문이 열렸다. 3대대장님이 고개를 내밀며 물었
다.

"외출인가?"

"네. 단결!"

"타."

차 뒷문이 열리고 낯모르는 대위가 안쪽으로 들어앉았다. 대대장
이 물었다.

"어디까지 가나?"

"영등포까지 갑니다."

"잘 만났어. 그렇지 않아도 한번 보고 싶었는데. 지난번 일은 잊기
로, 알았나?"

"네."

"나도 그 날 온 종일 마음이 아파서 일을 못했어. 심병장에게 그렇
게까지 하지 않아도 좋을 것을 말야. 나도 참을성이 부족해서였지.
그런데 그 임상사 부인 대단한 여자야. 내 집무실까지 들어와 항의를
하는데 얼마나 귀찮게 구는지 신경질이 나서 견딜 수가 없더란 말
야."

대대장은 키가 작달막하고 동그랗고 예쁜 얼굴에 인정이 많아 보
이는 사람이었다. 그가 오죽했으면 주먹질을 했을까. 나는 외상 준
실수만 생각하고 내 잘못을 뉘우치고 있었다.

"그런데 말야. 그 임상사 물건을 사 가지고 집으로 가면 문제가 없는데 그 물건이 딴 데로 샌단 말야. 그것도 주로 화장품을 사는데 마누라한테는 한 번도 가져다 준 일이 없는 거야. 그러니 여자도 화를 낼 만하지."

가만히 생각해 보니 그가 전에도 몇 번 코티분을 사 간 생각이 났다. 프랑스 제품 코티분은 한 통에 천오백 원인데 밖에 나가서 화장품 가게에서는 이천사백 원이라는 말을 들은 적이 있었다.

필경 그것을 가져다가 술값을 갚는 모양이었다. 그런데 내가 지난번에 준 것은 바니싱 크림이었다. 그건 술값에 쓰기에는 안 맞는 싼 물건 아닌가. 마누라보다 더 좋아하는 여자에게 가져다 준 것일는지도 모른다고 이런 저런 생각을 하는데 대대장님이 물었다.

"영등포 어디까지 가나?"

"영등포역에 내려주시면 됩니다."

차는 금방 영등포에 들어섰다. 나는 용산 시외 버스터미널로 가는 차가 서는 정거장에 내렸다. 대대장님은 웃어 보이며 인사를 했다.

"잘 쉬다가 오도록. 날 이해하겠지?"

"네, 단결!"

대대장이 떠나고 나니 어디서 나타났는지 동기 박병장이 내 어깨를 툭 쳤다.

"끝발 좋네. 대대장 차만 타고 다니고."

"나도 처음 타 본 거다 이놈아."

"송소령이 뭐라고 하던?"

지난 번 일을 알고 있기 때문에 묻는 말이었다.

"응, 아주 기분 좋은 말로 나를 기쁘게 해 주었어."

"네 말을 믿어도 될까? 너는 누구나 다 착한 사람이라고 말하는 거짓말쟁이니까."

"정말이다 이놈아."

우리는 용산 행 버스를 탔다. 토요일이라 차가 만원이었다. 나는 안성으로 가야 하고 녀석은 당진으로 간다.

그런데 앞쪽이 갑자기 시끄러워졌다. 우리는 뒤쪽에 타고 있어서 무슨 일인지를 알 수가 없었다. 오가는 말을 들어보니 누군가가 아가씨에게 성추행을 하다가 시비가 벌어진 듯했다.

추행한 남자가 더 큰소리를 치고 피해자가 오히려 제대로 말을 못하고 울었다. 박병장과 나는 사람들을 헤집고 앞쪽으로 갔다.

당시 일반인들은 공수단원이 입은 얼룩무늬 점프복만 보아도 뒷걸음질을 칠 만큼 공수단원을 무서워했다. 우리가 비비고 들어가자 가운데 통로가 쉽게 열렸다. 다가가 보니 남자는 공군 하사였다.

여자가 하는 소리를 들어보니 그 하사가 아주 잘못한 것이었다. 박병장이 하사의 어깨를 치며 내리자고 했다. 공군 하사도 공수부대를 안다. 우리는 병장이지만 계급장이 안 붙어서 아무도 우리 계급을 모른다. 공군하사는 우리의 위세에 눌려 말 한 마디 못하고 따라 내렸다. 차안에서는 사람들이 시원하다는 듯이 한 마디씩 던졌다.

"저런 놈은 본때를 보여주어야 해."

"잘 걸렸다. 너는 오늘 제삿날이다."

"역시 공수부대는 멋있어."

차가 떠나고 나서 우리는 그 하사를 부동자세로 세웠다.

“너 군인 맞나?”

“넷!”

“누가 선량한 시민들에게 추행하라고 가르쳤나?”

“이 새끼!”

박병장이 하사의 명치 밑을 쳐올렸다.

“헉!”

박병장은 태권도가 2단이다. 주먹맛이 엄청나게 매웠던가 보다.

“또 하겠나?”

다시 한 번 주먹이 날아들었다.

“헉!”

이때 지나가는 시민이 우리를 보고 중얼거리는 투로 한 마디 던졌다.

“저렇다니까. 저래서 공수부대는 깡패들이라는 거야. 얌전한 공군이 무슨 죄가 있다고 손찌검이람…….”

나는 못 들은 척했다. 박병장은 어설프게 들었던 듯

“저 사람 뭐라고 했니?”

“아무 것도 아니야. 저 혼자 중얼거리는 것 같던데.”

“어이구, 공산당을 때려 죽여야 할 이 주먹이 운다, 울어!”

내가 두 사람을 보며 말했다.

“맞다. 이놈도 오늘 재수 없는 날이야. 풀어 주자.”

박병장이 하사를 무섭게 노려보며 오금을 박았다.

“앞으로 조심해. 알았나?”

“넷!”

“널 더 건드렸다가는 사정 모르는 사람들이 우리만 나쁘다고 할 테니 이만 참는다. 알았나?”

“넷!”

“가 봐!”

놈은 꽁지가 빠지게 달아났다. 고향으로 가는 버스를 타고 나는 깊은 생각에 잠겼다.

‘왜 우리는 아무 죄도 없이 공수부대라는 이유 하나로 시민들에게 미움을 받아야 하는가. 치안과 나라의 평화를 위해 누구보다 위험한 가운데서 복무하는 우리가 아닌가. 깡패를 잡아다가 혼을 내주어 거리에서 깡패가 사라지게 한 것이 우리 부대가 아닌가. 시민들에게는 추호도 피해를 주지 않은 것이 우리 부대라고 생각한다. 직접적인 피해를 당한 일도 없는 사람들이 무엇 때문에 미워해야 하는가.’

제일공수특전단 32 / 고래 싸움에 새우등 터지다

하루는 인사과 정하사가 나를 불렀다.

"너 인사과로 올래?"

사실 나는 피엑스 근무가 싫어졌다. 술을 파는 일도 그렇고 외상 달라는데 안 주기도 그렇고 모두가 귀찮은 일이었다. 그래서 인사과로 가고 싶다는 생각이 들었다.

"내가 간다고 하면 갈 수 있을까요?"

"너 글씨 잘 쓰니까 돼. 지금 제대하여 나가는 장하사가 글씨를 잘 썼거든. 그 자리가 비게 되었는데 과장님이 사람을 구해 보라고 했거든. 그래서 너를 추천했지."

"고마워요."

"알았어. 과장님께 말씀드릴게."

그렇게 하여 나는 그리 가기로 결심했다. 그리고 일주일 뒤 1과로 자대 발령이 났다. 나는 이제 술꾼들과 싸우지 않아도 되겠구나 생각하고 좋아했다. 그런데 인사발령이 난 다음 날 아침 정하사가 왔다.

"야, 일이 이상하게 되었다. 너 때문에 어제 저녁에 인사과 임상사와 본부중대 김상사가 크게 싸웠다. 둘이는 군번도 하나 차이기 때문에 싸움이 굉장했어."

"그래서?"

"본부중대에서는 너를 줄 수 없다는 것이고 인사과에서는 인사과가 하는 일이 무엇인데 사람 하나 마음대로 움직일 수 없느냐 하는 문제로 말싸움을 하다가 마지막에는 치고받고 해서 인사과 책상이 엉망이 되었어. 오늘 오후에 인사과장님과 본부중대장님이 단장님한 테 가서 따지기로 했다. 네 운명은 오늘 오후에 결정 난다."

"그렇게 큰 일이 있었어요?"

"양쪽이 서로 자기 소속으로 하겠다는 거야. 넌 어떡할래?"

"어떡하긴 인사과로 가는 게 좋지."

"낮에 올게."

나는 약간 불안했다. 나 같은 사람 때문에 윗분들이 싸우다니 민망한 일이 아닌가. 기다리던 오후가 오고 정하사가 왔다.

"오늘 인사과장님하고 중대장님이 단장님 앞에서 네 문제로 한참 동안 다투었다. 인사과에서는 네가 꼭 필요하기 때문에 데려와야 한 다고 하고 본부중대장은 네가 와서 적자를 흑자로 돌려놓았고 지금 처럼 피엑스가 잘 되었던 일이 없었다고 네가 꼭 필요한 사람이라고 못 준다고 주장한 거야."

"그래?"

그리고 다음 날 오후 정하사가 다시 왔다.

"야, 너 쫓겨날 것 같아. 인사과에서는 데려오지 못할 바에는 다른 부대로 전출을 보내겠다는 거야. 못 먹는 감 찔러나 보겠다는 거지."

"전출?"

"오늘 어쩌면 육본으로 전출 상신할 것 같아."

공수단은 육본 직할 부대라 인사문제는 신속하게 처리되었다. 나 는 공수단 근무 20개월 만에 101보충대로 전출명령을 받았다. 그 소 식을 안 많은 전우들이 찾아와 정말이냐고 물었다. 그 가운데서도 가장 아쉬워하는 사람은 배중사였다.

밤마다 와서 "동작 그만" 하고 나를 도와주었던 은인(?)이었다. 나는 그를 좋아했다. 잘 길들인 호랑이 같은 그는 나의 힘이었다. 누구보다 그와 헤어지게 된 것이 아쉬웠다. 배중사는 헤어지게 된 것을 아쉬워하면서 눈물까지 흘렸다. 그것은 마치 호랑이가 우는 모습과도 같았다.

이윽고 부대를 떠나게 되던 날 나는 중대장님께 전출신고를 했다. 중대장님은 나를 따라 복도까지 나오더니 눈물을 흘리면서

"잘 가라. 계급이 낮은 것이 한이다."

그 한 마디를 하고 돌아섰다. 긴 복도를 걸어 아래층 계단 앞에 섰을 때 돌아보았다. 중대장님은 거기 선 채 나를 바라보고 있었다. 나도 눈물이 나는 것을 참고 계단을 내려 밟았다. 피엑스로 돌아왔을 때 선임하사가 커다란 보따리를 들고 나를 기다리고 있었다.

"가자, 니를 전송하락하는 중대장님의 명을 받았다. 함께 나가자."

나는 많은 부대원들의 따뜻한 전송을 받으며 부대를 떠났다. 20개월 동안 살던 내 집을 떠나는 기분이었다. 마치 집에 살다가 군에 입대하는 기분도 들었다. 모두들 여기서 지내다가 낯선 전방에 가서 어떻게 지내겠느냐며 염려를 했다. 부대를 떠나 뒤를 바라보았다.

1과로 발령하신 과장 정동호 소령(5공 때 청화대 경호실장)님 늘 친절하게 웃으시던 장기호(총무처장관 역임) 소령님 나를 때려주고 마음 아파하시던 3대대장 송서규 소령님(장열한 전사자) 원리원칙에 철저하던 안현태 중위(대통령 비서실장?) 피엑스에 전혀 오지 않은 것으로 기억되는 냉철했던 전두환(대통령) 소령님 키 크고 시원

스럽던 2대대장님, 울며 돌아선 중대장님. 멀리 따라 오던 배중사님.
(당시 부대를 지휘하던 분들이 나중에는 창와대 주인공들이 되었
다.) 나는 아무 것도 모르는 애처럼 선임하사를 따라 영등포까지 나
왔다.

"니 하고 싶은기 뭐꼬? 중대장님께서 뭐든지 다 들어주락했는 기
라."

"아무 것도 없습니다."

"그라문 안 된다. 술집이라도 갈까?"

"집에 가서 쉬고 싶습니다. 이대로 헤어지시지요."

"정 그라문 이 보따리 받아라. 이것도 중대장님께서 준비하신 기
라."

나는 거절하다가 받아들고 헤어졌다. 그 속에는 아리랑 한 보루에
전방에 가면 구하기 힘들다고 칫솔 치약으로부터 별별 것들을 다 준
비해 주었다. 정말 따뜻한 사랑의 선물보따리였다.

제일공수특전단 33 / 고독은 형벌이다

공수단 인사과에서는 나를 내보내면서 1주일 휴가를 주었다. 그래서 나는 집에서 쉬고 새로 입대하는 기분으로 보충대가 있는 의정부로 갔다. 공수단에서 지내다가 그 부대를 보니 시설이며 먹고 입는 것이 천양지차. 그 동안 군 생활을 했다지만 이런 것이 군 생활이로구나 하는 실감도 나고 신기하기도 했다. 그렇게 하여 나는 대기 생활을 시작했다. 날마다 밀려 들어왔다가 밀려 나가는 병사들이 모두 작대기 하나, 아니면 어쩌다가 둘짜리 일등병. 내무반장도 상병 아니면 병장이었다.

공수단에서의 병장은 보조요원에 불과했고 하사 중상사 소위가 전체의 90%를 차지하는데 그곳은 병장 하나에 수십 명씩의 부하가 있었다. 병장이면 대단한 지위였고 하사는 눈을 씻고 봐야 한둘 보였다. 나는 같은 병장이라고 내무반장이 별도로 대우해 주었다. 야간 보초근무도 세우지 않았다. 결국 하는 일이 아무 것도 없었다. 온 종일 내무반 구석에서 잠이나 자든지 나가서 부대 안을 돌아다니며 구경이나 하는 것이 일과가 되었다.

먹고 놀기도 힘들어 무슨 일을 시켜 달라고 해도 부대 배치 명령이 나기 전까지는 그냥 지내라는 것이었다. 일병 이병들은 무슨 일을 그렇게 하는지 하루 종일 바쁘게 끌려 다니는데 나는 아무도 상대를 해주지 않았다. 어쩌다 인사과에서 오라고 하여 나가 보면

"사고를 내고 온 것도 아닌데 어쩌다가 특수부대에서 여기까지 오

게 되었나?"

하는 인사담당 상사의 질문뿐이었다. 그리고 한 마디 던지는 말—

"제대도 얼마 남지 않은 병장을 이리 보내면 어떡해!"

나는 아주 지루하게 나날을 보냈다. 저녁에 일등병, 이병을 붙들고 이야기를 해보려 했지만 좀처럼 접근이 어려웠다. 훈련소에서 병장들이 얼마나 무서운 존재였던가를 아는 그들인지라 나마저 두려워하는 눈치였다. 저희끼리는 웃기도 하고 시시덕거리다가 내가 다가가면 입을 다물어 버렸다. 나는 버림받은 사람 같은 외로움에 사람 속에서 사람을 그리는 고독을 씹어야 했다.

중대본부에 근무하는 병장들이나 하사들도 저희끼리만 어울릴 뿐 나와는 상관이 없다는 듯 아무도 상대해 주지 않았다.

아침에 일어나면 세수하고 맙 먹고, 다들 나가고 나면 종일 내무반 지키고 저녁 먹고 외롭게 자야 하는 신세. 편하기는 공수단보다 100배 편한데, 그게 편한 게 아니었다. 밤마다 보던 텔레비전도 없다. 라디오도 없다. 침대에 누워 팔만 뻗으면 잡히던 과자봉지 하나 구경도 할 수 없다. 주부(피엑스)에도 가 보았다. 피엑스를 주부라고 부르고 비좁은 공간에 이등병들이 바글거려 발 하나 들이밀 자리가 없었다.

넓은 공간에 식탁을 놓고 텔레비전을 보면서 여유 있게 담소를 나누는 하사관이나 장교들이 우글거리는 고향 같은 공수단이 그리웠다. 그렇게 10일쯤 지나서 배치 발령이 났다는 통보가 왔다. 나는 새로운 기대로 짐을 챙겼다. 트럭은 수십 명의 일 이등병과 함께 나를 싣고 전방을 향해 달렸다.

민통선 너머 최전방 34 / 민통선을 넘어

차는 한 시간 이상 달리더니 9사단 배출대라는 부대 앞에 멈추었다. 부대 입구에는 아치형 시설물이 세워졌고 큰 글씨로 '환영'이라고 써 걸렸다. 잠깐 승차 인원 파악이 끝나고 차는 안으로 들어갔다. 그리고 한 채 뿐인 막사 앞에 우리를 내려놓고 차는 돌아갔다.

간단한 신고식을 마치고 내무반으로 들어갔다. 허허벌판에 넓은 마당과 한쪽 귀퉁이에 설치한 주방과 야외 식당. 모두가 낯설고 처음 보는 것들이었다.

어디를 둘러봐도 집 한 채 보이지 않았다. 멀리 산이 보이고 들에는 논도 밭도 없었다. 있는 것이라고는 들판 가운데 우리가 내린 막사 한 채뿐이었다. 나중에 알았지만 거기는 민통선 안이라 일반인은 들어올 수 없는 지역이었다. 사람이라곤 군인들밖에 없다. 공수단은 울타리도 없고 옆으로 사람들이 다니고 자동차가 다니고 하늘에는 비행기가 다녔기 때문에 군부대라는 것의 특수성을 느낄 수 없었다.

그러나 여기는 황새가 어쩌다 하늘을 날아가고 들리는 소리는 보행이나 구보를 맞추는 하나, 둘, 셋, 넷 하는 구령 소리뿐이다.

인사과에서 면접을 했다. 인사담당관을 만났다. 심상환 상사다. 나하고 본관은 다르나 성이 같았다. 그런 속에서도 같은 희성(稀姓)끼리라 그런지 반가워했다. 나도 그 상사가 마음에 들었다.

"심병장, 어쩌다 여기까지 오게 되었나? 사고를 친 건 아니지?"

"아닙니다."

심상사도 내 신상 카드를 보고 나서

"그렇군. 그런데 여기까지 왔으니 고생이 심할 텐데. 견디어낼 수 있을까?"

"남들도 다 하는 것인데 저라고 못할 거야 없지 않겠습니까."

"그야 그렇지만 후방과는 달라. 여기서 나하고 같이 있지 않겠어? 전방으로 들어가면 정말 힘들어."

"감사합니다. 그러나 이왕 여기까지 온 바에야 최전방으로 들어가 소총 소대 소총수가 되어 보고 싶습니다."

"잘 생각해서 대답해. 전방 근무는 장난이 아니야. 사단 안에서는 여기보다 편한 곳이 없으니까. 내일 아침까지 결정해."

민통선 너머 최전방 35 / 전쟁의 상흔을 밟고 서서

인사담당 심상사를 만났다.

"잘 생각해 보았나?"

"네, 최전방으로 보내 주십시오."

"겨우 그렇게 결정했나? 전방은 후방과 달라. 다시 한 번 생각해 봐. 여기 있으라는 것도 아무한테나 하는 소리가 아니니까. 전방은 어떤지 알기나 하나?"

"모릅니다. 그래서 가보고 싶습니다. 남들이라고 다 하는 일인데 저라고 못할 것은 없지 않습니까?"

"그렇게 말한다면 더 할 말은 없지. 그럼 소원대로 가기로 하고 기다려 봐."

그 후부터 나는 대기 생활을 했다. 공수단에서 진급 상신을 해서 보냈던 듯 나는 그 달 하사로 진급했다. 날마다 먹고 왔다갔다하기만 하는 것도 지루했다. 틈이 나면 중대본부에서 바쁜 일을 이것저것 도와주었다. 심상사님은 여전히 나를 따뜻이 대해 주었고 만날 때마다

"전방 좋아하지 마. 여기도 전방이지만 더 들어가면 거기는 장난이 아니야, 후회 막급할 거야." 했다.

그러나 나는 최전방으로 가고 싶었다. 군복을 입지 않으면 최전선을 어떻게 들어가 구경이라도 할 수 있을까. 약간은 철부지 같은 생각으로 전방을 구경하고 싶어하는 건 아닐까 생각도 되었지만 가기로 했다.

하루는 돼지감자를 캐러 간다고 대기병들이 연병장에 모였다. 모두가 일 이병들이고 중사 하나가 인솔자로 지휘를 하고 있었다. 기간병 가운데 병장 둘이 있었다. 그들도 간다고 했다. 나는 열외라 거기도 끼어주지 않았다.

인솔 중사에게 나도 가자고 했다. 그는 쾌히 허락을 하였고 나는 차에 올라 어디론가 따라갔다. 차는 파란 들판을 달렸다. 집도 없고 사람도 없는 들에는 길도 없었다. 보는 이가 없어도 여기 저기 들꽃은 피어 예쁘게 웃음을 날리고 있었다. 펀펀한 땅을 털털거리며 30분쯤 달려 차는 어느 산아래 멎었다. 병사들은 모두 삽과 곡괭이를 메고 산 너머로 사라지고 차 옆에는 나만 남았다.

사방이 얼마나 조용한지 귀가 먹은 듯 멍멍했다. 흐드러진 파란 잡초는 한 여름을 풍요롭게 장식하고 이름 모를 새들만 이따금 날아 어디론가 사라진다.

나직한 산 아래 집터자리가 있는 것을 발견했다. 적어도 30가구는 살던 동네 같았다. 그러나 허물어진 벽 자리와 뜨락에 고여 쌓았던 돌들이 옛날의 집이 있었음을 알리며 지키고 있을 뿐 어디도 기둥 하나 가구 하나 없었다.

전쟁이 한 동네 사람을 뿔뿔이 흩어 버린 것이다. 이웃간에 오갔을 정담들이 아직도 돌들마다 새겨진 채 지워지지 않고 도란거릴 것만 같은데 예 살던 사람들은 이산가족이 되어 지금도 서로 어디선가 찾고 있는 것은 아닌지.

공산당이 밀고 내려오면서 집들을 불살라 가재 도구를 태울 때 겨우 봄만 빠져나와 어디론가 갔을 아버지 어머니 순이 병덕이 지금은 다 어디서 잘 지내고 있는지…….

마을 앞 옥토는 모내기하던 사람들을 잃고 산에서 공산당처럼 밀고 내려온 잡초에 묻혀 황폐하고 산 너머 밭갈이 간 남편 점심 지어 이고 찔레꽃 언덕을 넘었을 새댁은 남편을 잃고 멍든 가슴으로 어디선가 지금도 울고 있으리라.

집 뒤란으로 보이는 빈터에는 돼지감자가 우부룩히 자라 꽃망울을 터뜨리고 주인 잃은 아래 윗방 자리는 행복을 잃어버린 채 쓸쓸하기만 하다.

가만히 귀 기울이면 어디선가 엄마가 아들을 향해 밥 먹어라 부르는 소리가 아직도 메아리로 남아 맴도는 듯한데 집터 자리는 어느 것이나 눈물 자국으로 얼룩졌다.

나는 전쟁의 상처로 모든 것을 잃었을 마을 사람들을 생각하며 울고 싶은 가슴을 안고 마을 앞개울을 따라 걸었다. 얼마 안 가서 누군가 사람이 보였다.

모자도 안 쓰고 흙빛 군용 러닝셔츠에 다리를 걷어 올린 채 물가에 앉아 무엇인가를 하고 있었다. 가만히 보니 썩은 무를 잔뜩 쌓아놓고 다듬고 있었다. 무가 다 썩어서 3분의 2는 버리고 겨우 하얀 속만 도려내고 있었다.

나는 약간 겁을 먹은 채 다가갔다. 22세쯤 보이는 그는 일반인지 군인인지 구분을 할 수가 없었다. 나를 보자 우물쭈물 일어서는데 인사도 하지 않았다. 내가 물었다.

"군인인가?"

"네."

“무얼 한는 중인가?”
“점심 준비합니다.”
“점심을? 누가 먹을 건데?”
“우리 부대 사람들이 돼지감자를 캐러 왔습니다.”
“어디서 왔지?”
“저 산 너머에 부대가 있습니다.”
“계급은?”
“일병입니다.”
“고향은?”
“서울입니다.”
“네가 군인은 맞아?”
“네.”

얼굴이 흙장난하는 아이처럼 아주 순진해 보였다. 갑자기 동생 같은 생각이 솟았다. 그에게 다가갔다. 손을 잡아 보았다. 많이 거칠었다. 얼굴은 햇볕에 새카맣게 타고 수그린 어깨며 목이 왜 그렇게 슬퍼 보였던지 나는 그 아이를 꽉 잡고 눈물을 흘렸다.

“수고가 참 많다. 후방에서는 이런 사정도 모르고 편히 살았어.”

그는 내 마음을 이해할 수 없었던 것 같다. 그저 이상한 사람 다 보았다는 얼굴로 그저 내 모자에 붙은 하사 계급이 무서워서 입도 제대로 못 여는 것 같았다. 그래서인지 겨우 묻는 말에만 대답을 했다.

그 자리를 떠나며 수고하라고 인사를 했더니 겨우 순진한 눈으로 바라보며 거수경례를 붙였다. 전방 군인들이 얼마나 어려운 여건 속에서 근무하는가를 손으로 만져본 느낌이었다.

민통선 너머 최전방 36/ 최전방 도착

나는 배출대에서 9사단 30연대로 발령을 받았다. 사단 배출대를 떠날 때 나와 함께 발령을 받은 병사는 15명. 모두가 일등병인데 나만 어울리지 않게 하사. 마치 인솔자 같았다.

차는 우리를 싣고 산 속으로 숨어 들어갔다. 집도 없고 사람도 없는 산 속에 군용도로만 꼬불꼬불 나 있었다. 해가 질 무렵에야 우리는 연대 본부에 도착했다.

앞에도 산 뒤에도 산이고 어디가 어딘지 구별을 할 수가 없었다. 이튿날 아침 함께 온 초년병들은 어디론가 다시 배속을 받고 떠났다. 그나마 며칠 함께 있었다고 정이 들었던지 모두가 섭섭해 하는 얼굴로 제 갈 길로 갔다. 나만 대기 상태로 남았다.

며칠 있으니 2과에서 중위가 찾아왔다. 자기는 정보과장이라고 밝히고 정보과에서 근무하지 않겠느냐고 물었다. 나는 싫다고 했다. 중위는 놀라운 듯,

"심하사, 정보과가 아무나 가는 곳이 아냐. 나와 함께 있자구. 어디로 가고 싶어서 싫다는 거야?"

"최전방으로 가고 싶습니다."

"여기도 최전방이야. 더 들어가면 최전방이 얼마나 어려운지 알기나 하나? 우리 과는 특과야."

"감사합니다만 저는 최전방으로 가기를 지원했습니다. 그리 가도록 해 주십시오."

"못 말릴 친구로군. 전방이 어떤 곳인지 몰라도 한참 모르고 있어. 꿈 깨."

"감사합니다."

그리고 또 며칠이 지났다. 아무 데고 나를 받겠다는 곳이 없어서인 줄은 나중에 알았다. 결국 내가 간 곳은 굉장한 산 속이었다. 2종(식품)을 싣고 가는 트럭에 타고 하늘만 보이는 산 속으로 가는가 하면 아주 높은 산길을 타고 넘기도 하여 막사만 하나 동그마니 있는 대대본부 앞에 내렸다.

얼굴이 새까맣게 탄 소령이 신고를 받았다. 그리고 내 신상카드를 들여다보더니

"어쩌다 여기까지 왔나? 사고병도 아니고……. 제대도 얼마 남지 않았는데. 이런 사람을 보내면 어떡해."

그는 한참 동안 투덜거리더니

"전방 생활 해보았나?" 하고 물었다.

"처음입니다."

"기다려 봐."

그 후 3일이 지나서 갈 곳이 정해졌다고 했다. 10중대란다. 아침 일찍이 출발하라고 하더니 한 병사를 딸려 보냈다. 상병인데 군번이 나보다 선배였다. 나는 제대가 8개월이나 남았는데 그는 3개월 후면 제대란다. 그래도 그는 나에게 반말을 하지 않았다. 나도 반말을 하지 않았다.

얼마나 먼 곳으로 가는지도 알 수 없는 산길을 걸었다. 그는 길에 익숙하여 잘 걸었지만 나는 허둥거렸다.

좁다란 산길에는 양편으로 철조망이 쳐 있고 그 철조망 길만 따라 걸어야 한다고 했다. 철조망 안쪽은 지뢰가 묻혀 있어서 함부로 들어갔다가는 죽는다고 했다.

울퉁불퉁한 길은 깊은 골짜기 밑으로 돌다가 다시 산허리를 감돌고 다시 밑으로 지그재그 흐른다. 십리 길은 되는 것 같았다. 그러나 지루하지 않았다.

바로 철조망 안 산 속에 볼만한 것들이 많기 때문이었다. 큰 산딸기나무에는 딸기가 아직도 벌겋게 달려 있고 숲 속을 들여다보면 여기저기 눈구멍만 뻥 뚫린 해골이 뒹굴고 앙상한 나무 등걸처럼 여기저기 땅에서 솟아 오른 듯 가슴 모양을 한 갈비뼈.

이름 모를 산새들의 둥지며 달아나는 다람쥐며 산토끼와 팔짝팔짝 뛰는 도마뱀. 모두가 신기하여 제대로 걸을 수가 없었다.

"뭘 그리 보십니까?"

"신기한 것들이 많아서."

"자꾸 보면 아무 것도 아닙니다."

안내병과 내가 나눈 말은 이 몇 마디뿐 나는 두리번거리느라고 정신이 없었다. 얼마를 가다 보니 햇빛이 잘 드는 아늑한 계곡에 막사가 하나 보였다. 거기가 중대 본부라고 했다. 거기는 더 신기한 것들이 많았다. 맨 먼저 눈에 띄는 것은 장기판과 바둑판이었다. 한 아름도 넘을 커다란 통나무를 잘라 울퉁불퉁한 자연 모습 그대로를 곱게 다듬어 반듯반듯하게 금을 그리고 장기판이나 바둑판을 만들었다.

그리고 통나무 말뚝으로 받침대를 세우고 그 위에 판을 올려놓았고 돌아가면서 통나무 의자가 반들반들 길이 든 채 박혀 있었다. 여기저기 바둑판이며 장기판이 놓여 있는가 하면 그 곁에는 허리를 틀고 춤을 추는 듯한 소나무가 지키고 서서 시원한 그늘을 내리고 있었다. 옛날이야기에 나오는 신선들이 산다는 산 속 장면을 연상하며 둘러보니 더 재미있는 것이 보였다.

산 속 위로부터 기다란 통나무에 홈을 파고 만든 관수로를 타고 흘러 온 물이 기다란 물줄기를 이루며 밑으로 떨어진다. 그 아래는 떨어진 맑은 물이 고여 작은 못을 이루고 있고 목욕도 할 수 있으며 빨래도 할 수 있는 빨랫돌이며 건조대가 질서 있게 세워져 있었다.

아! 이것이 전방의 실상인가 보다. 참 멋지다. 여기가 신선 마을 아닌가. 나는 감격하여 구석구석을 바라보다가 중대장님께 신고를 했다. 중대장은 박영호(1997년 서울시 민방위국장) 중위였다. 인물이 좋은 분이었다. 키가 크고 웃는 얼굴에 사랑이 가득한 인상이었다.

"전방 근무 처음이지?"

"예."

"M1 분해할 줄 아나?"

"못합니다."

"총검술을 할 수 있는가?"

"그건 못하고 폭동진압 훈련은 받았습니다."

"완전군장을 꾸릴 줄 아나?"

"못합니다. 배낭에다 짊어지고 다니기만 해서요."

"분대전술은 아나?"

"분대전술이 무엇인지……."

“모른다?”

“네.”

“그럼 할 수 있는 게 뭐가 있나?”

“특수 훈련하고……. 피엑스 물건 값밖에 모릅니다.”

“그럼 여기서 하고 싶은 건 뭔가?”

“소총소대 소총분대 소총수로 보내 주십시오.”

“그건 아무나 하는 건 줄 아나? 하사가 소총수를 한다는 소리 들어 보기나 했나?”

“하면 안 됩니까?”

“답답하군. 아무 데도 쓸데가 없으니. 피곤할 테니 오늘은 편히 쉬도록.”

민통선 너머 최전방 37 / 탄알로 덮인 고지에서

다음 날 아침 중대장이 그의 침실에서 나를 불렀다.

"심하사 이름이 심혁창이라고 했나?"

"네. 그렇습니다."

"혹시 육군지에 글 쓰지 않았나?"

"네, 썼습니다. 그런데 그것을 어떻게 아십니까?"

"제목은?"

"콩트인데 처남이라고……."

"그 글 아주 재미있던데."

"부끄럽습니다. 그런데 언제 그걸 보셨습니까?"

"얼마 안 되지. 그런데 어제 심하사 이름이 책에서 본 이름과 같기에 혹시나 해서 물었지. 됐어, 심하사가 할 일이 하나 있어. 그렇지 않아도 그 담당이 제대를 하게 되어 사람을 찾는 중이었거든."

"무슨 일입니까?"

"오피라고 있는데 거기 가서 이북에서 하는 대남 방송 내용을 받아 쓰는 거야. 글을 잘 쓰니까 할 수 있을 줄 믿어. 아침 먹고 김상병을 따라가 봐."

나는 어리둥절했다. 어떻게 이런 산 속에서 내가 쓴 글을 읽었단 말인가. 나는 시간이 있을 때 끄적거리는 습관이 있어서(1965년 6월호) 썼다가 버리기 아깝기에 한번 보낸 것이 이럴 때 나를 돕는 기회를 마련해 주었다. (여호와 이레)

　김상병을 따라 중대장님이 가라는 대로 중대본부를 떠나 산 속 나무숲 사이로 난 좁고 컴컴하고 질척한 계곡을 따라 걸었다. 거기도 역시 양쪽으로 철조망이 설치되어 있었고 철조망 안에는 어제 본 것보다 더 소름 끼치는 것들이 보였다.

　지뢰가 깔려 있어 산짐승이 돌아다니다 죽은 것도 있고 해골이며 앙상한 갈비뼈가 여기저기 죽었을 당시의 몸짓으로 한을 품은 채 굳어 있었다.

　한 2킬로쯤 가니 넓은 군사도로가 나왔다. 시원하게 뚫린 도로를 따라 걸으면서 또 놀라운 것을 발견했다. 내가 지금까지 밟고 온 길에 자갈이 깔린 것으로 생각했던 것들이 자갈만 있는 것이 아니었다. 포탄 파편과 녹슨 총알들이 돌보다 더 많았다.

　자갈길이 아니라 총알과 파편 길이었다. 얼마나 대단한 전투를 했기에 온 산이 총알로 덮였단 말인가. 상상도 안 가는 얘기 같지만 본 사람은 믿으리라.

　3킬로쯤 갔을 때 큰 봉우리 중턱에 시골집처럼 적당히 지은 막사가 하나 나타났다. 그곳이 소대 본부란다. 마침내 나는 소원대로 최고 말단 소총소대까지 온 것이다. 소총분대까지만 가면 더 갈 곳이 없는데 그건 허락이 안 되었다.

　소대장님께 신고를 했다. 전방에 근무한다고 다 못난 사람만 있는 것이 아니었다. 얼굴은 좀 탔지만 잘생기고 귀티가 나 보이며 지성적인 인상의 걸출한 소위가 신고를 받았다. 그는 나와 함께 1주일쯤 근무하다가 제대하여 떠났다. 얼굴 익히고 정들 등 말 등할 때 헤어졌지만 제대한 뒤 알고 보니 그는 방송국의 맹관영 아나운서였다.

점심을 먹고 내 근무처로 가자고 했다. 총을 메고 허리에는 실탄을 차고 산 정상으로 난 자동차가 다니는 군사도로를 따라 올라갔다. 도로 옆 흙을 깎아 내린 자리에 또 희한한 것이 보였다. 사람 유골이 반쪽으로 갈라져 누워 있는데 머리 가슴 대퇴부를 그대로 알 수 있는데 다 썩고 앙상한 뼈대를 아직도 썩지 않은 가죽혁대가 허리통 모양으로 둥글게 굽은 채 튀어나와 있었다.

사람이라는 것이 가죽 혁대만큼도 질기지 못한 것을 보며 야릇한 감상에 빠졌다. 산은 온통 사람 유골과 파편과 실탄으로 덮인 것이다. 이윽고 내가 근무할 150오피에 도착했다. 그곳은 방카였다. 북한이 눈앞에 내다보이는 산 정상에 시멘트 지하실에 책상과 의자 그리고 옆에 포대경이 있었다.

함께 간 김상병이 나와 함께 근무하게 되어 있다고 했다. 김상병은 군번이 나보다 빨랐지만 미안하리만큼 깍듯이 상급자 대우를 해 주어 감사했다.

민통선 너머 최전방 38 / 구름도 새도 남북을 오가는데

나는 방카 속을 구경하고 나와서 오피 고지 정상에서 북쪽을 바라보았다. 멀리 이십 리쯤 건너편에는 길고 푸른 산맥이 하늘을 받치고 높이 흐르고 그 밑으로 북한 병사들의 초소가 마주 보였다.

산 아래 저 만큼에는 DMZ 분계선이 동에서 서로 내려다보이고 서남쪽으로 멀리 트인 삭녕평야는 안개 속으로 끝이 아득하다. 동으로는 겹겹이 높은 산이 휴전선을 사이에 두고 끝없이 뻗어 흐르고 있었다.

구름은 남에서 북으로 꼬리를 물고 흘러가고 멀리 백로 떼가 북에서 남으로 국경 없이 초연히 날아든다. 구름도 새도 아무 거리낌 없이 넘나드는 휴전선을 유독 사람만은 한 발도 건너 뛸 수 없다고 생각하니 감회가 깊었다.

남으로는 낮은 산들이 등을 숙이고 파도처럼 질펀하고 그 너머 푸릇한 안개 끝으로 아득히 도시가 아물아물 보였다. 거기는 직선거리 40리 밖 연천이란다. 전방으로 많이도 들어왔구나 생각되었다.

나는 이 최전방 끝까지 오게 된 것을 감사했다. 후방에만 있었더라면 이 진귀한 광경을 어디서 볼 수 있겠는가. 빵이나 술이나 화장품을 팔고 있다가 제대한다면 얼마나 억울할 뻔했는가. 전방까지 온 것이 관광이라도 온 것처럼 좋았다.

라디오에서나 듣던 이북의 대남 방송이 시작되었다. 북한군 초소 옆에 마이크를 가로로 4, 세로로 3개씩 포개어 설치했는데 스위치

연결하는 소리가 지지직 지지직 하더니 지축을 울리는 짐승 소리 같은 소리가 터져 나왔다.

친애하는 남조선 국군장병 여러분……. 가난과 굶주림에 얼마 고생을 하십니까. 우리 인민은 위대한 수령님의 영도 하에서 모든 인민이 배불리 먹고 행복하게 살고 있습니다. 미국 제국주의 압제에서 고생하지 말고 북으로 오십이오. 오는 길을 알려드리겠습니다. 현 지점에서…….

처음 들어보는 소리라 잘 이해는 안 되었지만 북으로 넘어오라고 자세하게 안내하는 지형 설명 방송이었다. 그들이 하는 방송소리를 직접 들으니 기가 차기도 하고 어이가 없기도 했다. 나는 처음으로 그 방송 내용을 청취 기록부에 적었다.

오후 5시면 나의 일과는 끝이었다. 여름이라 해가 중천에 떠 있는데 더는 할 일이 없어서 나무 그늘에 앉아 책을 읽기도 하고 주변을 둘러보며 해가 지기를 기다렸다. 38선 건너편에 전시용으로 그럴 듯하게 지어 놓은 전시 가옥에 전깃불이 들어오나 안 들어오나 보기 위해서였다.

어두워져도 아무 집에도 불이 켜지지 않았다. 듣던 대로 빈집에 그럴 듯한 창문만 만들어 놓은 것이 틀림없었다. 나는 그 집들이 어둠에 묻히는 것을 보며 속은 심정으로 막사로 내려왔다.

다른 전우들은 무엇을 하고 있을까 생각하며 돌아와 보니 막사에는 아무도 없었다. 나는 가슴이 철렁했다. 다들 어디로 갔단 말인가. 나는 놀라 오피 경비를 서고 있는 김상병에게 달려갔다.

민통선 너머 최전방 39 / 별빛 쏟아지는 최전선의 밤

"이봐라, 김상병."

"와 그러십니꺼?"

"막사에 아무도 없다. 어떻게 된 거냐? 다들 어디를 갔어?"

"쬐만 있으면 올 깁니더."

"어디를 갔나?"

"다들 사역 나가고 나머지는 경비를 서고 있십니더."

"사역? 그리고 경비는 어디서 서나?"

"아직 그런기도 모르십니꺼?"

"나 10중대에 온 지 이틀밖에 안 되어서 아는 것이 많지 않다."

"하사가 되도록 어디서 무얼 하셨습니꺼?"

"후방에 있었다. 그래서 이곳 사정은 잘 몰라."

"차츰 알게 될 깁니더. 여기는 많이 힘듭니더. 낮에는 사역 나가고 밤이면 초소에 나가 야간 근무를 해야 합니더."

다시 막사로 돌아와 보니 4개 분대 중 2개 분대는 초소로 야간 잠복근무 나가고 2개 분대는 저녁을 먹고 있었다. 내가 도착하니 내 몫도 밥을 따로 떠 두었다. 다 낯선 사람들이라 말없이 식사를 마쳤다. 어두워져도 전깃불은 없었다. 호롱불을 켜고 잠시 도란거리다가 불침번 보초 명단을 짜고 잠자리에 들었다.

최전방에서 맞는 첫날밤은 이렇게 시작되었다. 캄캄한 하늘에는 별무리가 쏟아져 내리고 산야는 죽은 듯 고요하다. 죽은 대지가 바로 이런 것이 아닐까. 잠도 오지 않았다. 다들 곯아떨어졌다. 누구 할 것 없이 모두 코를 골고 잔다. 얼마나 심하게 고는지 트럭이 산비탈 올라가는 소리를 냈다.

나는 일어나 밖으로 나왔다. 총을 멘 동초가 막사 주변을 빙빙 돌고 있었다.

"김상병이라고 했지요?"

"네."

"수고가 많습니다. 전방 근무 오래 하였나요?"

"네."

"몇 개월이나 됐지요?"

"3개월 후면 제댑니다."

3개월 후면 제대라는데 아직도 상병이라니. 나는 이해가 가지 않았다. 나보다 6개월이나 선배인데……. 나는 말을 놓을 수도 없고 올릴 수도 없었다.

"고향은 어딘가요?"

"대전입니다."

"제대하시면 무엇을 하시게 되지요?"

"국민학교 선생을 하다가 왔기 때문에 복직을 하려고 합니다."

"지금 몇 살이신데요?"

"스물일곱이지요."

"그런데 선생님이셨다구요?"

"사범고등학교 나오자마자 발령을 받았거든요."

"전방 생활이 많이 고된가 보지요?"

"힘들지요. 위험하고요. 오늘도 사역을 하다가 지뢰를 밟은 신병이 하나는 죽고 몇 사람은 부상을 당했답니다."

나는 그에게 물어보고 싶은 것이 너무 많았다. 그는 친절하게 알려 주었다. 그리고 그는 앞으로 함께 지내다 보면 다 알게 될 거라는 것이었다.

김상병이 멘 총구 끝으로 진한 어둠이 내렸다. 북쪽 밤하늘을 바라보며 깊은 감회에 잠겼다가 별들이 밤이슬에 졸고 있는 것을 보고 나도 잠이 들었다

민통선 너머 최전방 40 / 나는 빽 없는 엉터리 군인

아침이 되자 소대원은 소대장의 인솔하에 점심을 싸 가지고 어디론지 떠나고 막사는 비었다. 남은 사람은 나와 김상병과 취사병뿐이었다. 나는 실탄이 깔려 밟히는 자동찻길을 따라 오피로 올라갔다. 조용한 아침이 골짜기마다 자욱하게 흐르는 안개를 걷어내고 있었다. 지하 방카는 매우 상쾌하고 시원했다. 9시 대남 방송이 들려왔다. 내용은 어제 하던 소리였고 별 다른 게 없었다.

김상병은 종일 주변을 돌면서 경계를 하다가 포대경으로 북쪽을 살피고 나는 두 시간에 한 번씩 하는 대남 방송만 받아 기록하는 것이 일과였다. 나머지 시간은 책상 위에 잔뜩 쌓여 있는 잡지를 읽는 것이 일이었다.

입대하여 이렇게 편하게 근무해 보기도 처음이지만 너무 편하여 지루하기까지 했다. 그것도 오후 5시면 근무 끝이다. 막사로 내려와 식사 당번이 차려주는 밥을 먹고 나면 해가 아직도 높이 떠 있었다.

처음에는 지리를 몰라 막사에서 낮잠을 잤는데 그것도 싫증이 났다. 그러다가 며칠 지나자 식사 당번이 쌀을 씻어오고 물을 떠오는 계곡이 있다는 것을 알았다.

그 후부터 나는 날마다 다섯 시만 지나면 수건을 어깨에 걸치고 계곡으로 내려갔다. 맑은 물이 흐르고 가재가 기어 다니는 골짜기 물은 매우 시원하고 좋았다.

흙을 파서 둑을 쌓아 작은 저수지를 만들어 놓고 거기에 발을 담그고 해가 지기를 기다렸다. 산에는 알지 못하는 나무며 열매들이 달려 있고 돌마다 들어 올리면 가재가 새카맣게 엎드려 있다가 우르르 달아나는 것이 재미있고 귀여웠다.

그렇게 시간을 보내고 있노라면 계곡 위쪽에서는 군인들이 장교들의 지휘를 받으며 커다란 참나무며 소나무를 베어 메고 나르는 것이 보였다. 처음에는 그것이 무엇을 하는 것인지 몰랐다. 나중에 알고 보니 동해에서 서해까지 155마일 전선을 나무울타리로 철책을 쳐 간첩 침투로를 막는 작업을 하는 것이라고 했다.

하루는 물장난을 치며 가재들과 노는 내 곁으로 나무를 어깨에 메고 지나가는 한 떼의 군인들이 자기들끼리 하는 소리가 들려왔다.

"어떤 놈은 빽이 좋아 물에 발이나 담그고 놀고!"

"우리는 쐬가 빠지게 일을 해도 기합만 받으니 세상 공평하지 않아 못 살겠군."

"야, 조용해. 들리겠다."

다 나 들으라는 소리였다. 나는 빽이 좋아서 거기 앉아 노는 게 아니었다. 나는 나대로 외롭게 고독과 싸우는 중이었다. 그러나 남들이 보기에는 부럽게 보이는 것이다. 나는 아무 말도 못하고 조용히 막사로 돌아와 취사병에게 물었다.

"우리 소대원은 다 어디로 가서 무엇을 하는 거냐?"

"철책작업 나갔습니다."

"철책작업?"

"저기 나무를 베어 울타리를 만들고 있지 않습니까?"

"저게 철책작업이라는 거냐? 많이 힘들겠지?"

“말도 못합니다.”

“밥하는 일은 힘들지 않냐?”

“특과지요.”

“밥 짓는 일이 너는 좋으나?”

“그럼요. 나무를 베어 메고 가는 것 보세요. 무척 위험하고 힘듭니다.”

“그럼 낮에는 저렇게 일하고 밤에는 진지 경계근무까지 하는 거구나?”

“그렇습니다. 하사님은 저런 일 안 해 보셨나요?”

“처음 본다.”

“낮에는 저 일을 하고 밤이면 교대로 야간 진지 경계근무를 하는데 요새는 참 힘듭니다. 모기가 뜯지요, 피로하여 졸리지요. 그래도 졸 수가 없습니다.”

“그럼 밤마다 진지 근무를 하는 거냐?”

“하사님은 모르고 물으시는 겁니까, 알고 물으십니까?”

“아는 게 없다.”

전방 군인이 힘들다더니 이래서 그렇다는 걸 알았다. 낮에는 일하고 밤에는 총을 메고 밤을 새우고. 긴장을 풀지 못하게 기합을 주고.

“하사님은 신선입니다. 지어주는 밥이나 드시고 낮에는 몇 시간 뱅카 그늘 속에 있다가 나오면 물놀이나 가시고……. 누가 뭐라고 하는 사람도 없지 않습니까. 중대장님은 하사님에게 잘해 주라고 하시고요.”

“중대상님이?”

민통선 너머 최전방 41 / 고독한 왕따

"그렇습니다. 그것만이 아닙니다. 하사님이 오시고 나서부터는 중대장님이 우리들에게 씨피엑스도 안 시킵니다."

"씨피엑스가 뭐냐?"

"하사님은 씨피엑스 하는 것 보시지 않았습니까?"

"언제?"

"하사님이 오시고 나서 네 번이나 있었습니다."

"그래?"

"지난 토요일에도 씨피엑스를 걸었다가 하사님이 오시기 때문에 중단했습니다."

"그럼, 지난 주 토요일 오후 소대원들이 받던 기합 말이냐?"

"그렇지요. 전 같으면 한 번 걸면 1시간 이상 2시간도 ×팽이 쳤지요. 그런데 하사님이 오시고 나서부터는 시간이 짧아졌고 하사님이 오피에서 내려오시면 중대장님은 언제나 씨피엑스를 중단하고 두 분이서 이야기하다가 돌아가셨지요."

김상병의 말을 듣고 보니 그런 일이 있었다. 토요일마다 오피에서 일을 마치고 5시쯤 내려오면 중대장님이 소대원들에게 벌을 주고 있었다. 완전군장에 산비탈을 기어오르고 기어 내려가기를 반복시켰고 소대원들은 비지땀을 흘리며 땅바닥을 기었다.

그것을 보고 있으면 나는 매우 민망스러웠다. 나보다 군번이 빨라서 제대를 2개월 앞둔 김병장, 사고치고 강등하여 종신 이등병인 최

이병 등 입대 선배가 열 명도 넘었다. 파견 소대원 35명 가운데 계급 차이는 났지만 제대를 2달도 채 못 남긴 사람들이 많았다.

내가 처음 배치 받고 왔을 때는 일주일 정도 고참병들이 나를 골탕 먹이려고 머리들을 썼다. 자기들보다 군번이 새까만 것이 하사라는 이유로 대접하기도 그렇고 순종하기도 그런 처지였던 것이다. 군번으로 보아서는 후배인데 계급이 위라 어쩌지 못하고 억지로 대접하기도 하고 왕따를 시키기도 했다.

그러나 한 달쯤 되어 가자 나를 대해 주는 눈길이며 말씨가 달라졌다. 나는 그것이 고마울 뿐이었다. 전방에서 하는 일은 아무것도 모르는 내가 무엇으로 잘난 체를 할 수 있을까.

그런데 그들이 나에게 호의를 보여주기 시작한 것은 중대장님의 씨피엑스 때문이었다는 것을 알았다. 언젠가 하루는 소대원들을 괴롭히고 계신 중대장님께 내가 이런 말을 한 적이 있었다.

"중대장님, 소대원들에게 기합을 너무 심하게 주시는 것 같아요."

"그렇게 보였나?"

"그렇습니다. 일주일 내내 낮에는 철책 작업 나가고 밤에는 철야 경계근무를 하자니 얼마나 힘들겠습니까?"

"심하사는 전방의 생리를 몰라서 그래. 여기서는 하루라도 긴장을 풀어주면 안 되는 최전방이야. 방심은 바로 적군이 들어오는 구멍을 내주는 것이기 때문이지. 중대장이 나타나서 한 번씩 혼들을 내 주어야 정신 차린다구. 그렇지 않으면 엉망이 되거든."

"그러나 1시간 이상 벌주는 것은 너무 한 것 같습니다."

"알았어. 심하사가 그렇게 말하니 고려해 보지. 단 심하사가 잘해서 소대원들이 방심하지 않도록 해 주게."

"고맙습니다. 그렇게 하겠습니다."

이런 대화를 나눈 뒤부터 중대장님은 기합을 짧게 주었고 그것도 내가 오피에서 내려오면 중단하고 나를 데리고 언덕으로 올라갔다. 그리고 이런 저런 이야기로 시간을 보냈다. 적어도 일주일에 한두 시간씩 3개월을 이야기했지만 지금 머릿속에는 아무 것도 남아있지 않다. 중대장님이 왜 그렇게 잘 대해 주셨는지는 지금도 이해가 가지 않는다.

소대원들은 내가 중대장님과 어디론가 가서 해가 질 때야 돌아와 저녁 식사를 하고 중대장님이 돌아가면 모두들 한숨 놓는다는 것을 알았다. 그런 이유로 나는 그들에게 왕따를 면했고 좋은 관계를 유지할 수 있었다.

날짜는 기억할 수 없지만 어느 날 중대장님이 파견 소대 순찰을 오시면서 편지 한 통을 가지고 와서 나에게 주었다. 어떻게 알았는지 공수특전단 중대장님이 나에게 보낸 편지였다. 나는 반갑기도 하고 놀라워서 떨리는 손으로 봉투를 뜯었다.

민통선 너머 최전방 42 / 돈보다 값진 사람 대접

나는 편지를 뜯으면서 놀랐다. 어떻게 내가 여기에 있는 것을 알고 중대장님(이혁열)이 편지를 보냈을까 하는 점이었다.

나는 이리저리 돌아 여기까지 오는 동안 아무에게도 편지를 할 수 없었다. 그런데 어떻게 주소를 알고 편지를 보냈는지 이해가 가지 않았다.

편지 내용은 길지 않았다. 내가 있는 부대를 알아내는 데 시간이 좀 걸렸다는 것과 그간 어떻게 지냈느냐, 고생은 크게 되지 않느냐는 안부를 물으셨다. 그리고 중요한 용건은 내가 전에 불쌍한 아이에게 운동화를 사주겠다고 모아 둔 빈병을 팔아 5,000(당시 쌀값으로 2가마니)원을 만들었다는 것과 그 돈을 어떻게 써야 할는지 내가 모아 놓은 것이니 내 의견에 따르겠다는 것이었다. 내가 필요하다면 보내 주겠다고까지 했다.

나는 편지를 읽고 놀라움을 금할 수 없었고 가슴이 뿌듯했다. 그것을 물어보려고 나를 찾았다는 것과 용도를 물으시는 뜻이 여간 고맙지 않았다. 내가 없는데 어떻게 쓰면 누가 무어라 할 것인가. 더구나 그건 나 혼자 모은 것도 아니고 여러 전우들이 힘을 모아 모은 것인데 굳이 나에게 물어 본다는 것은 눈물나도록 고마운 일이었다.

5,000원이면 얼마나 큰돈인가. 나 없는 사이에도 전우들이 더 모았나 보다. 운동화 한 켤레에 240원이라고 했으니 운동화 20켤레를 사고도 남지 않는가. 그 불쌍한 꼬마 녀석이 나타나 운동화를 사

게 되었더라면 얼마나 기뻐했을까.

나는 곁에서 지켜보고 계신 중대장님(박영호)께 편지를 보여드렸다. 그리고 운동화를 사기 위해 공수단에서 빈병을 모아놓고 전출 왔다는 것을 설명했다.

중대장님은 아주 기뻐하시면서 잘했다고 칭찬하시며 어떻게 할 생각이냐고 물었다. 나는 간단히 답장을 써서 중대장님께 드렸다.

"죄송합니다만 중대장님께서 이 편지 좀 부쳐 주십시오. 여기서는 우편물을 보내기도 힘들고 받아 보기도 힘듭니다."

"그래, 좋은 일 하는 심부름이야 해주어야지. 뭐라고 썼나?"

"그 돈은 중대장님께서 좋은 일에 쓰시기를 바란다고 썼습니다."

"그러는 것이 좋겠지."

중대장님이 편지를 가지고 떠나셨다. 그 일은 까맣게 잊고 있었는데 나 같은 것도 인간 대접을 받는구나 하는 생각이 가슴에서 샘솟았다. 나에게 그것을 물었다는 것이 얼마나 고마운 일인가. 중대장님은 무엇인가 좋은 일에 값지게 사용할 것이다. 나는 기분이 매우 좋았다.

중대장님이 내 편지를 가지고 중대로 돌아가시고 난 그 날 오후 장대비가 내리기 시작했다. 비가 얼마나 많이 내렸는지 비탈에 세운 막사가 무너질까봐 밤에는 잠도 제대로 자지 못했다.

밤새도록 비가 내린 다음날 오피에 올라가 북쪽을 바라보니 북한에도 비가 억수로 내렸던가 보다. 멀리 마식령산맥 밑으로 흘러내린 산비탈이 뭉턱 무너져 시뻘겋게 속살을 드러내고 군사도로를 덮었다.

민통선 너머 최전방 43 / 소금 맛을 아시나요?

그 큰비는 연천 읍내를 쓸었다는 방송이 나오더니 우리 파견 소대에도 피해가 돌아왔다. 홍수로 길이 끊어져 보급물자 운송 차량이 들어오지 못한다는 것이었다. 매일 오는 부식 공급이 끊어졌다. 홍수 3일이 지나도 도로 복구를 하지 못하여 차가 오지 못했다. 소대에 쌀은 있는데 반찬이 없었다. 있는 것이라곤 소금이 반 됫박쯤뿐이었다.

반찬 없는 맨밥 몇 끼까지 먹을 수 있을까? 반되쯤 되는 왕소금을 35명이 나누면 한 숟가락 조금 넘는다. 그것을 가지고 언제까지 먹어야 하는지 모르면서 밥 한 그릇을 놓고 밥 한 술에 소금 쬐금, 꼭! 찍어 물고 냠냠. 우물우물……

장정들이 모두 둘러앉아 개미들처럼 거무스레한 왕소금을 놓고 밥 한 숟가락 뜨고 왕소금 한 톨 먹는 사람. 꾹 집어먹는 사람. 그렇게 2일을 먹고 나니 배도 고프지만 식사를 한 것인지 안 한 것인지 구분이 안 되었다.

온종일 기다려지는 건 부식 실은 트럭이 언덕길을 왜왱왱 엔진 소리를 내며 달려오는 모습이다. 그러나 3일째도 차는 오지 않았다.

전방에서는 종종 당하는 일이라 머리 좀 쓰는 친구들은 별도로 꿈쳐 놓은 것이 있었던 듯 적당히 눈치를 살피며 해결하는데 나는 처음 당하는 일이라 소금을 대중없이 먹다가 남보다 먼저 바닥이 났다. 꿈쳐 놓은 것도 없는 나는 3일째는 순수한 맨밥만 꺽꺽 씹어 먹었다.

길이 끊어졌다고 하더니 중대장님도 안 오시고 철책작업도 중단되었다. 전화도 불통이고 답답하기가 감옥이었다.

오전에는 소대원들을 소대장이 군기를 잡는다고 완전군장을 시켜 끌고 다니며 구보. 오후에는 분대장(고참병장)이 분대전술을 시키고, 졸병들에게는 온 종일 쉴 틈을 주지 않는다.

그러나 나는 무슨 일에나 열외.

날마다 간단한 차림에 총만 메고 오피로 올라가 지하 방카에 들어가 북에서 방송하는 시간에 맞추어 기다리다가 내용 요지를 적고 상부에 보고하고 나면 그만이다.

아무도 나에게 이래라 저래라 하지 않지만 말도 걸지 않는다. 왕따 같으면서도 왕따가 아닌 여유를 누리는 얄미운 행운아(?). 매일 오후 5시 반이면 나는 계곡으로 내려간다. 거기는 내가 만들어 놓은 작은 저수지가 있고 물 속에는 이름 모를 고기떼가 놀다가 이리저리 부산하게 달아나 숨고 눈치 없는 가재는 느릿느릿 기어 나와 긴 수염으로 물 속을 휘젓다가 역시 느린 걸음으로 돌 밑으로 기어든다.

맑은 물에 발을 담그고 기우는 해를 바라보며 하루를 먹는다. 진분홍 노을이 하늘을 태우면 계곡 멀리 안개가 잠자리를 펴고 새들은 북에서 종일 놀다가 남으로 길게 꼬리를 물고 날아든다.

해가 지는데도 철책작업을 하는 병사들은 숲 속을 헤집고 다니며 까마득히 높은 나무를 베어 어깨에 메고 구령에 맞추어 산 속을 간다. 큰 먹이를 물고 가는 개미들처럼.

그들을 바라보고 있으면 미안한 생각도 들지만 나는 그 대열에 들 수도 없다. 계곡 물에 발 담그고 목덜미를 감아 도는 산바람과 노니는 것이 남 보기에는 신선 같을지 모르나 나는 매우 지루하고 고독한 하루다.

해가 완전히 지고 작업 나간 병사들이 돌아올 때까지는 다른 소요거리가 없다. 하루 종일 카운터 안에서 물건을 내주고 돈을 받고 세고 따지고 떠들고 웃던 공수단 피엑스가 그리웠다. 여기서는 너무 편하여 하루가 지루하다.

홍수가 나고 5일만에 부식 차가 왔다. 그 날 오후는 된장국 끓는 냄새가 막사에 가득했다. 고향의 냄새 같은 퀴퀴한 그 냄새가 그렇게 좋을 수가 없고 소금에 저린 짜디짠 김치가 입안을 맛있게 감아 돈다. 맨밥을 씹을 때 지독히도 그립던 찝찔한 그 소금맛. 소금이 그렇게 맛있는 음식인 줄은 거기서 절감했다.

민통선 너머 최전방 44 / 놀고먹다 당한 수난

무더운 한여름을 한낮은 벙커에서, 오후는 계곡에서 나무그늘과 맑은 물에 발을 담그고 신선처럼 유유자적하던 나.

이름 모를 물고기와 가재들을 모아놓고 희롱하고 다른 전우들은 아침에 막사를 떠나 어디서 무엇을 하고 오는지조차 모르고 지내던 나는 큰 수난을 겪어야 했다.

하루는 아침부터 장거리 행진이 있다면서 완전군장을 했다. 나도 모처럼 완전군장을 꾸려보았다. 그러나 잘 되지 않았다. 서툰 솜씨로 절절매자 김정웅 상병이 거들어 주어 가까스로 완성했다.

짐을 싸면서 소대원들은 공동 물건은 서로 밀고 자기가 짊어지겠다는 사람이 없었다. 나는 그것이 못마땅하여

"어째서 자기 편한 것만 생각하나? 자, 그런 것은 다 내게 가져오도록."

나는 큰소리를 치며 다들 싫다는 장비를 내가 지고 가겠다고 하자

"역시 하사님이 최고야. 그래서 하사님이지."

하고 한 일병이 말하자 김상병이 내 귀에 대고 말했다.

"심하사님, 그렇게 다 받아 지지 마세요. 힘들어요."

"힘든 것을 아니까 아무도 지지 않겠다는 거 아닌가. 염려 말아."

나는 다른 병사들보다 많은 짐을 맡았다. 오후 5시, 해가 아직도 많이 남았는데 중대장님이 오셨다.

"우리 중대가 첨병중대다. 그리고 1소대가 첨병소대라 다른 중대

원보다 1시간 먼저 출발한다. 출발 준비 됐나?"

소대장 은종길 소위가 네! 하고 힘차게 대답했다.

"그럼 6시 정각에 내가 지시한 도로를 따라 출발하라."

중대장님은 소대장에게 지시를 마치고 나에게 물었다.

"심하사 준비 다 됐지? 나하고 먼저 출발하자. 전령과 통신병만 따라라."

그렇게 하여 나는 중대장님과 함께 남들보다 1시간 먼저 소대를 떠났다. 중대장님도 무겁게 보이는 군장을 하고 대춧빛 얼굴에 미소를 지으며 물었다.

"심하사, 짐이 무겁겠는데, 장거리 행진에 자신 있나?"

"네."

나는 2십리 정도는 끄떡없이 걸을 수 있다고 자신하고 있었다. 중대장님은 약간 걱정스런 듯 또 물었다.

"행군을 해 보았나?"

"해 본 적은 없습니다."

"힘들 텐데 괜찮을까?"

"자신 있습니다."

"좋아 나하고 이런 저런 이야기를 나누면서 가보도록 하지."

나는 중대장님이 유독 나에게 신경을 쓰고 있고 남들보다 1시간이나 앞질러 걸으니 솔직히 기분이 좋았다.

저녁나절 길을 떠나니 가는 곳이 멀어봐야 얼마나 되랴 싶었다. 그래서 해가 지기 전에는 어디든 목적지에 이를 것이라고 생각했다. 중대장님은 나에게 생각보다 잘 걷는다고 칭찬까지 했다.

"후방에서 근무했기 때문에 행군은 별로 못해 보았을 텐데 잘 걷는군."

"예, 걷기는 잘합니다."

"다행이야, 염려가 많이 되어 남들보다 먼저 떠난 것인데. 잘 가보자구."

길도 아닌 길, 숲을 가르며 산을 돌고 들을 지나 언덕을 넘고 내를 건너고 무려 3시간이나 가도 목적지가 나타나지 않았다. 내 예상보다 1시간이나 더 걸었는데도 중대장님은 묵묵히 걷기만 했다. 나는 힘이 들어 걸을 수가 없었다.

"중대장님 목적지가 아직도 멉니까?"

"왜, 좀 쉬어 갈까?"

"네."

중대장님은 3시간을 넘게 걸어오면서도 끄떡없었다. 나를 보고 싱긋 웃으시고는 뒤를 향해 큰소리로 명했다.

"5분간 휴식!"

명을 받은 뒤따르던 병사들이 뒤를 향하여 외쳤다.

"전달! 5분간 휴시익!"

그 소리는 마치 메아리처럼 한 줄로 꼬리를 물고 따르는 병사들을 향해 흘러갔고 어디가 끝인지 알 수 없는 길이를 타고 뒤로뒤로 흘러갔다. 돌아보니 한 줄로 이은 행렬이 내가 있는 언덕을 흘러 다시 고개 저쪽으로 그리고 멀리 산허리를 돌아 이어져 있었다.

1개연대 3천여 명이 한 줄로 꼬리를 물고 따른다는 것을 그제야 알았다. 5분을 쉬고 또 출발, 그 후 얼마 있지 않아 해가 지고 어둠이 내려 산과 들을 덮었다. 달도 없는 밤이었다. 9시가 되었다. 4시간을 걸은 것이다. 나는 세상에 태어나서 가장 먼 길을 걸었다. 2시간 정도는 걸어 보았지만 4시간을 걷는다는 것은 생각도 못해 본 일이었다.

나는 발이 부르트고 전신에 힘이 빠져 걸을 수가 없었었다. 그러나 어디로 언제까지 가는 것인지 알 수가 없었다. 중대장님의 뒤를 따르지 않으면 안 된다고 생각하고 열심히 걸었지만 견디기 힘들었다.

그렇게 하여 9시 30분쯤 어느 학교 운동장 같은 데서 휴식을 취했다. 그리고 저녁 급식을 시작했다. 나는 밥도 싫고 세상만사가 귀찮아졌다. 소대원들이 밥을 타다 주어 먹기는 먹었지만 내가 살아 있는 것인지 죽은 것인지 구별이 되지 않았다. 발이 붓고 터져서 구두를 신을 수 없었다. 구두를 벗어 던지고 가벼운 신발로 바꾸어 신었다.

중대장님은 내가 힘들어하는 것을 알고 내 장비를 소대원들에게 나누어주었다. 총도 배낭도 탄대도 철모까지도 다 나누어주고 나는 가벼운 화이바에 맨몸으로 걸었다. 그런데도 가벼운 화이바도 무거웠고 행렬을 따를 수가 없었다.

"심하사, 힘내고 걸어, 나는 이제 심하사의 걸음 속도로 갈 수가 없어. 저기 산에 도달하면 휴식을 취할 테니 따라오도록 해."

중대장님은 나를 두고 힘차게 걸어 나아갔다. 거기서부터는 산길이 아니라 마차가 다니는 신작로였다. 나는 절름거리며 길 가운데를 걸었다. 그러나 다른 병사들은 길 양쪽으로 2열 종대로 힘차게 걸어가는 것이었다. 어둡고 거친 자갈길을 그들은 늠름하게 걸었다. 어둠 속에서도 묵직한 배낭을 걸머진 믿음직스런 어깨의 흐름이 강물처럼 보였다.

 나는 그들이 세 발 뗄 때 겨우 한 발 정도로 절름거리며 걸었고 발이 어찌나 아프던지 발목을 잘라 버리고 싶었다. 3천 명의 병력이 다 내 곁을 유유히 걸어 지나가는데 창피하게 하사라는 것이 절름거리며 걷자니 그들이 부러워했다. 나는 낙오병이 되어 첨병의 자리에서 미끄러져 연대 최후미 일등병도 안 보이고 이등병도 지나간 아무도 따라오는 사람 없는 어둠 속을 허둥지둥 걸었다.

 밤 12시가 되도록 걸어도 휴식도 없고 목적지도 모르는 지옥 같은 행군은 계속되었다.

민통선 너머 최전방 45 / 중대장님 등을 타고 겔겔

12시 정각, 앞에서부터 "30분간 휴식"이라는 전달 소리가 입에서 입을 타고 흘러왔다. 어둠 속을 늠름히 걷던 대원들은 걸음을 멈추고 잡초가 우거진 길가에 양옆으로 벌렁벌렁 누웠다.

그러나 나는 쉴 수가 없었다. 중대장님이 어디쯤 계신지 알아야 하기 때문이었다. 어떤 장병은 코를 골기도 했다. 그들 사이를 25분간 걸어서야 첨병 소대인 나의 소대에 당도했다. 중대장님이 나를 보자 반가워하시면서 곁에 와서 쉬라고 하셨다.

나는 젖은 걸레처럼 흐트러지고 무너진 모습으로 중대장님 곁에 주저앉았다.

"심하사 고생이 많네. 전방에서는 이런 훈련이 한 달 내내 이루어지고 있어. 후방에서는 잘 몰랐을 거야."

"그렇습니다. 어디까지 가는데 이렇게 밤중까지 갑니까?"

"아직도 한참을 더 가야 하는데, 참을 수 있을까?"

"저는 여기서 죽고 싶습니다. 더는 걸을 수가 없어요."

"저 이등병들도 다 잘 걷는데 하사가 무슨 꼴이야. 참고 걸어 보자구."

"저는 여기다 두고 가시면 안 됩니까? 어디든 내일 부대로 찾아가겠습니다."

"전방 사정도 모르면서 어디를 찾아오겠나? 여기 혼자 남으면 죽는다는 걸 알아야지. 이 산 속에서 호랑이라도 나오면 어떻게 할 텐가?"

"발이 부어서 걸을 수가 없어요."

"그래도 가야 해. 저기 불빛이 보이지? 저기까지만 가면 돼. 자, 이제 쉬었으니 먼저 떠나자구."

중대장님은 앞으로 걸어가면서 나에게 따르라고 했다. 풀섶에 발이 걸리고 발바닥은 엉망, 총도 없고 모자도 쓰지 않고 맨몸으로 가는데 그것도 감당하기 힘들었다. 신발이 무거워서 신을 벗었으면 좋겠다고 생각하고 벗어들고 맨발로 걸어보았다. 열 발도 떼지 못하고 주저앉고 말았다.

다시 신을 신고 중대장님을 따랐다. 중대장님도 속도를 늦추었다. 나 때문에 행군 속도가 느렸다. 그렇게 참고 걸어 불빛이 보이는 지점에 도착했다. 이제 다 왔구나 하고 한숨을 쉬는데 중대장님은 10분간 "휴식!" 하고 전달 명령을 내렸다.

나는 밤이슬이 내려 축축한 풀섶에 벌렁 누웠다. 누운 게 아니라 아예 벌러덩 자빠진 것이다. 내가 살아 있는 건지 죽은 것인지 분간을 할 수도 없었고 아무것도 무서운 것도 없고 살고 싶은 생각도 없었다.

"아직도 다 온 게 아닙니까?"

"조금만 더 가면 된다. 저기 불빛이 보이지? 저기가 목적지야. 저기까지는 갈 수 있겠지?"

"확실히 거기가 목적지입니까?"

중대장님은 그렇다고 하셨고 나는 또 걸었다. 중대장님은 휴식을 자주 주면서 두 번이나 더 나를 속였다. 그렇게 하다 보니 밤 3시.

나는 아예 쭉 뻗어버렸다. 더 이상 중대장님의 말을 믿을 수도 없었고 더는 발을 떼어놓을 수가 없었다. 중대장님은 자기가 멘 배낭과 총을 뒤따르는 부하들에게 나누어주고 내 앞에 등을 들려댔다.

"자, 업혀봐. 이제 다 왔으니까 업어서라도 가야지."

나는 미안합니다 라고 한 마디 하고 등에 업혔다. 중대장님은 나를 업고도 매우 힘차게 걸었다. 첨병중대장님이 부하를 업고 걷는 모습을 상상해 보면 지금도 기가 막힌다. 나는 미안한 나머지,

"죄송합니다. 제가 업어드려야 하는 건데 반대로 제가 업혔으니 면목 없습니다."

"그래서 평소에 훈련이 필요한 거야. 전방 군인들이 끊임없이 훈련을 하지 않고 심하사처럼 편하게 생활을 한다면 전쟁에서는 지는 거야. 심하사는 패잔병이고."

"죄송합니다."

아버지 등에도 못 업혀 본 나였는데 호랑이 같은 중대장님의 등을 타고 있으니 죄송하기가 말할 수 없었다. 키는 서로가 비슷한데 업고 걷기가 얼마나 힘들었을까.

중대장님은 한 500미터쯤 가다가 나를 내려놓으면서 김춘식 하사를 불렀다.

"김하사, 나하고 임무 교대!"

김하사가 다가와 나를 업었다. 김하사는 나보다 군번이 약간 빠른 말뚝이었다. 중대장님은 많이 힘들었던 듯 땀을 닦는 모습이 어둠 속에서도 보였다. 얼마를 가다가 중대장님이 소리쳤다.

"나하사 앞으로!"

나는 다시 나하사 등에 업혔다. 나하사 역시 말뚝. 중대에는 못난 나 외에 2,3,4소대에 하사가 하나씩 있었다. 이게 무슨 망신이람 생각하며

"나하사 미안합니다."했다.

"심하사는 어째서 중대장님이 그렇게 잘 봐 주시는지 모르겠당게. 다른 사람 같으면 업어주기는커녕 구둣발에 벌써 채였을 거구먼. 여기는 전방이라는 걸 알아야지."

"미안하오."

나는 그렇게 업힌 채 큰 연병장이 있는 막사에 들여졌고 침상에 뉘어졌다. 신발도 벗을 힘이 없었다. 그냥 신은 채 누워 있으니 김상병이 와서 신을 벗기고 주물러 주었다. 고맙다는 인사도 할 힘이 없었다. 다른 대원들도 초죽음이 되어 자리에 벌렁벌렁 누웠다.

밤 3시 반이었다. 한 시간쯤 쉬는 동안 여기저기서 코를 고는 소리가 합창을 했다. 정신은 말똥말똥한데 육신은 물먹은 솜이었다. 전혀 움직일 수가 없었다.

여기가 어디일까 생각하고 있는데 중대본부에서 "전달!" 하는 소리가 긴 내무반에 쩌렁 울렸다. 모두가 긴장하여 귀를 세웠다.

"전원 완전군장으로 선착순 연병장 집합!"

이게 무슨 날벼락인가? 지쳐서 허물어져 뒹굴던 중대원들은 번개같이 일어나 군장을 차렸다.

어디선가 "이제 죽었다" 하는 소리가 들리는가 싶었는데 어느새 군장을 차린 사람은 문 쪽을 향해 내달리고 있었다. 이어서 와르르 모두가 달려 나갔다. 그러나 나는 누운 채 꼼짝하지 않았다.

호루라기 소리가 사방에서 귀청을 찢을 듯 들려오고 대대장이 나
타나 외쳤다.
"한 사람도 남지 말고 전원 출동하라!"
그러나 나는 들은 척도 않고 누워 있었다. 텅텅 빈방에 나 혼자 누
워 있었고 대대장님 내 앞으로 다가오며 외쳤다.
"일어낫!"

민통선 너머 최전방 46 / 나는 쫓겨나야 마땅

대대장님의 불호령이 떨어졌지만 나는 꼼짝 않고 뒹굴었다.

"넌 뭐야?"

"환자입니다."

"지금은 비상이다. 환자도 나가야 한다."

"못 나가겠습니다."

"못 나가? 너 계급은 뭐냐?"

"하삽니다."

"하사? 후방에서 온 하사인가?"

"네."

"전방이 어떤 곳인지 알고 있나?"

"네."

"얼마나 아픈가?"

"죽을 지경입니다."

대대장은 내 얼굴을 들여다보고 발을 들여다보더니

"아프겠군. 중대원들이 돌아올 때가지 문 꼭 닫고 경비근무 철저히 하도록 알겠나?"

"알겠습니다."

대대장님도 나를 알고 있었다. 내가 이 부대에 올 때 대대에서 면담을 했고 우리 중대에 후방에서 온 고문관(?)이 있다는 걸 알고 있었던 거다.

　대대장님이 나가고 난 다음 문을 걸어 잠갔다. 그러나 텅 빈 막사에는 아무것도 집어갈 것이라곤 없었다. 내 머리맡에는 누가 가져다 놓았는지 내 관물이 포개진 채 싸여 있었다. 무거운 철모도 거추장스런 총도, 배낭이며 항고까지.

　나는 그것들을 손질하여 맞추어 놓고 모포 속에 들어가 늘어지게 잤다. 얼마를 잤는지 모른다. 문이 열리고 나갔던 대원들이 지친 모습으로 돌아와 제각기 자리에 벌렁벌렁 누웠다. 대단히 힘든 얼굴들이었다.

　김상병이 곁으로 왔다.

　"하사님, 이제 괜찮습니까?"

　"응, 살 것 같다. 어디를 그렇게 갔다가 오는 거냐?"

　"한 백 리는 더 걸었나 봅니다."

　"그렇게 멀리? 어제 저녁에 걸어온 거리만도 백 리는 될 텐데?"

　"그렇게 되지요. 오늘은 연천 뒷산에 간첩이 나타났다는 신고가 들어와 비상이 걸린 것입니다. 근무하기는 최전방이 편하지요. 여기는 훈련투성이입니다."

　"여기는 전방이 아니냐?"

　"후방입니다. 훈련이 심하게 되겠지요. 이젠 ×빼기 치게 생겼습니다."

　"우리는 다시 돌아가지 않나?"

　"어제 저녁에 부대 교체 이동을 한 겁니다. 9사단과 28사단이 바꾼 거지요."

　"전에도 해 보았나?"

"그렇습니다. 부대 이동 처음 해 보셨지요?"

나는 이것이 전방의 실상이라는 것을 알고 몇 달 남은 군 생활을 어떻게 마쳐야 할지 앞이 캄캄했다. 새벽 4시에 나갔던 대원들이 오후 3시에 돌아왔으니 얼마나 다리들이 아플까 말이다. 그런데 저녁 식사 후에는 교육이 있고 순서대로 동초 불침번을 선다. 어린 병사들이 불쌍하게 보였다. 그러나 그들은 용감하게도 나의 철모를 더 들고 총을 더 메고 여기가지 온 사람들이다. 얼마나 장한 모습인가. 그에 비하여 나는 무언가? 나는 자신이 바보 같은 못난 존재인 것을 절감했다.

다음날 아침 소대 편성이 새로 있었다. 나는 분대원도 못 되고 분대장은 더욱 낙제감이라 나에게는 무슨 직분이 주어질지 궁금하기도 했다. 나는 무엇을 하면 내 몫을 할 수 있을까 생각해 보았지만 아무것도 자신이 없었다.

솔직히 말하면 나는 부대에서 쫓겨나야 할 인물이다. 다들 자기 자리를 잡고 새로운 생활을 시작하지만 나는 아무 데도 갈 자리가 없었다. 그 날 오후 늦게 중대장님이 나를 불렀다.

"심하사는 본부중대 소속 작전계를 맡도록. 직책은 사수지만 조수로 있는 정일병이 다 알아서 할 테니 잘 거들어 주면 될 걸세. 해낼 수 있겠나?"

"네."

나는 그것이 무엇인지도 모르면서 잘하겠노라고 대답했고 그래도 직책을 얻었다는 기쁨을 맛보았다. 그러나 무얼 알아야 면장을 하지.

엉터리 작전계 사수, 앞날이 궁금하지 않을 수 없다.

9사단 전곡에서 47 / 쥐뿔도 모르면 가만이나 있어

중대원 편성을 하고 나더니 어느 날 갑자기 중대장님이 바뀌었다. 중대장님의 교체는 나를 당황하게 하였다. 박영호 중대장님은 어느 날 갑자기 떠나시었지만 작별 인사도 하지 못했다. 군대라는 것의 매정한 맛을 보았다.

박중대장님이 떠난 자리에 한 대위님이 오셨다. 내 사정을 모르시는 중대장님은 작전계에서 하는 일에 대하여 물었다. 하지만 나는 아는 게 없어 대답을 제대로 하지 못했다. 다행히 조수 정 일병이 알아서 대답함으로써 무사히 넘겼다. 그리고 며칠 가지 않아서 중대장님은 내가 전방 사정에 대하여는 아무 것도 모른다는 것을 알았고 그 뒤로 나는 열외가 되었다.

직책은 있지만 무능한 나는 노는 게 일이었다. 며칠을 낮에는 창고에 쌓아놓은 매트리스 위에서 낮잠이나 자다가 때 되면 밥이나 축내고 심심하면 부대 주변 풀밭에 나가 혼자 놀았다.

그런데 어느 날 야전 훈련이 있었다. 부대는 야간에 출동한다고 했다. 그 날 해질 녘 3대대 내의 전 중대장과 작전계 사수를 소집했다. 4개 중대에서 2명씩 8명과 대대본부 요원 등 10여 명이 인근 산 정상으로 올라가 대대장님의 지시를 받았다. 대대장님은 중대장과 작전계에게 작전 지역을 손가락으로 가리키며 알려주었다. 나와 중대장님은 2킬로미터쯤 떨어진 곳에 진지를 구축하고 방어태세를 갖추라는 지시를 받고 하산했다.

나는 지도를 자세히 들여다보고 지형을 확인했다. 이 길로 이렇게 이동하고 소대 배치는 이렇게 하면 좋겠다고 생각하고 있었다. 그런데 저녁에 중대원을 이끌고 지시 받은 산으로 가는데 중대장님은 내 생각과는 전혀 다른 곳을 향하여 길을 잡았다.

"중대장님, 이쪽이 아니라 저쪽 산입니다."

"모르면 가만히 따르기나 해."

"작전 지시를 받은 지점은 저쪽입니다. 이 지도를 보세요. 이쪽 길로 가야 합니다."

"모르면 가만히 있으라고 안 했나? 전방 사정도 제대로 모르면서 무얼 안다고 그래? 나는 전방에서 뼈가 굳은 사람이야. 알아도 내가 더 잘 알아서 하는 것이니 그리 알도록, 알겠나?"

"아닙니다. 작전 계획서는 이렇게 되어 있지 않습니다. 이쪽으로 가면 안 됩니다."

"말이 많군. 중대장이 가라면 가는 거지, 심하사가 중대장인가? 뭘 제대로 알기나 하는 사람이 그런다면 모르지. 빨리 가기나 해."

나는 발길이 떨어지질 않았다. 이건 절대로 잘못 가는 길이 아닌가. 한 마디 더 할까 하다가 꾹 참았다. 중대원은 벌써 일렬 종대로 서서 긴 꼬리를 물고 산을 오르고 있었다. 나는 화도 나고 답답하여 참을 수가 없었다.

"중대장님, 중대원이 더 깊이 들어가기 전에 방향을 바꾸세요. 저쪽 산으로 가야 합니다. 이 산에 오르고 나서 저 산까지 다시 가자면 십리는 돌아야 합니다."

"그럼 네가 중대장을 해! 전방에 대하여는 쥐뿔도 모르는 사람이 웬 말이 그렇게 많아?"

중대장님은 이제 작전계 조수 정일병만 데리고 앞장서서 잰걸음으로 나아갔다. 나는 마지못해 행군 대열을 따라 걸었다. 무슨 일이야 없겠지 하고 아무 데서나 하룻밤 산(山) 잠자는 거니까 하고 포기했다. 밤 열 시쯤 4개 소대가 산 중턱을 돌아가며 배치를 마쳤다. 중대원은 모두 자리를 잡자 짐을 내려놓고 2시간이나 산을 오르내린 피곤한 몸을 숲 속에 던지고 누웠다.

모기가 물어도 아랑곳하지 않고 코를 고는 소리가 들렸다. 잠드는 것이 신기할 만큼 머리만 땅에 대면 자는 병사들이 많았다. 나는 잠은커녕 걱정이 되었다. 여기가 아닌데 엉뚱한 데서 진지를 구축한 것을 알기 때문이었다.

11시쯤 대대장님이 각 중대 배치 상태를 점검하다가 우리 중대가 안 보이자 무선으로 불호령을 내렸다.

"야! 10중대 어디 있냐?"

"예, 여기 있습니다. 진지 구축을 마쳤습니다."

중대장님은 완전하게 배치했다고 생각한 듯 자신 있게 대답했다. 그러나 저쪽에서는 버럭 소리를 질렀다.

"야! 한 대위! 거기가 어디야? 어디다 진지를 구축했단 말야?"

"네?"

중대장님은 잔뜩 긴장하여 차렷 자세를 취했다.

9사단 전곡에서 48 / 부모형제 나를 믿고 단잠을 이룬다

나는 짐작하고 있던 터라 앞으로 해야 할 일이 급하다는 것을 느꼈다. 중대장님이 다가왔다.

"심하사, 왜 아까 좀더 강하게 고집을 부리지 않았어. 어떡하지? 대대장님이 진지를 옮기라고 하시는데."

"죄송합니다. 주저할 틈이 없습니다. 당장에 전 대원에게 이동명령을 하십시오."

"심하사가 그 산을 앞장서 갈 수 있겠나?"

"할 수 있습니다. 빨리 출동명령이나 내리십시오."

나는 낮에 지리를 익혀 두었기 때문에 야간이라도 찾아갈 자신이 있었다. 막 휴식에 들어간 대원들이 출동 명령을 받자 여기저기서 투덜거렸다. 누가 잘못해서 엉뚱한 곳으로 왔느냐고 소대장들이 먼저 불만을 터뜨렸다.

나는 그런 것에는 개념치 않고 프레시로 지도를 다시 점검한 다음 서둘러 산을 내려가기 시작했다. 중대장이 따르고 중대원이 불만에 가득한 채 꼬리를 물었다. 나는 생각한 대로 길을 잡았다. 중대장이 물었다.

"심하사, 전방 생활은 안 해 보았다면서 어떻게 잘 알지?"

"저는 여기 오기 전에 공수단에서 독도법과 지형지물을 이용한 작전훈련을 많이 했습니다."

"그래?"

"지도 한 장만 가지면 무엇이든지 할 수 있는 것이 공수단원의 기본 실력입니다. 오늘밤에 한하여는 제가 하라는 대로 하시면 빠른 시간 내에 중대원을 안전하게 이동시키고 진지를 구축할 수 있습니다."

중대장님과 내가 나누는 대화를 선임소대장과 인사계 김상사, 등등 전방 고참들이 다 듣고 있었다. 그러나 아무도 내 말에 토를 달지 않았고 순순히 따랐다. 이 사람들은 무조건 중대장님이 하라는 대로만 하면 되니까 이런 일에 관심이 없었지만 나는 달랐다.

밤길을 걸으면서 공수단에서 독도법 시간에 이혁열 중대장님께 무례를 범했던 기억도 나고 그 덕분에 독도법을 확실히 익혀 오늘 저녁 중대원을 이끌 수 있다는 것을 생각하면 교육이 얼마나 중요한가를 실감했다. 밤 두 시에 진지를 재편성하고 잠시 휴식을 취했다.

새벽이 되자 서쪽에서 시커먼 구름이 몰려들었다. 구름이 몰려드니 불안하고 우울했다. 우리 중대는 연천 앞 높은 산 7부능선에다 12시까지 진지를 구축하라는 명령을 받았다. 대원들은 불과 3시간 정도를 자고 아침 6시에는 다음 목적지를 향해 출발해야 했다.

12시, 우리가 산 정상에 올랐을 때 비가 쏟아지기 시작했다. 그 빗속에서 아침 겸 점심을 배급받았다. 나직한 소나무에 등을 대고 앉아 있자니 식사 당번이 국과 밥을 양동이에다 뚜껑도 없이 들고 와 식기를 내밀었다. 비가 억수로 쏟아져 국 양동이에 빗물이 넘쳤다. 국에서는 생선 비린내가 확확 풍겼다. 명색은 갈치 국인데 갈치는 간 데 없고 무쪼가리 몇 개가 둥둥 떠 있고 냄새만 지독했다. 밥을 받아들자 철모에서 쏟아진 빗물이 밥그릇을 채웠다.

국과 밥을 말았다. 빗물이 철모를 타고 내려 빗물 국물이 철철 넘쳤다. 그것이라도 먹지 않으면 죽는다. 평상시에 비위가 약한 나는 몇 번이나 그냥 버리고 말까 하다가 참고 먹었다. 밥이 넘어가는 게 아니라 인내가 목구멍을 타고 넘었다. 그렇게 지독하게 역겨운 것을 먹어 보기는 처음이었다. 다른 전우들도 철모에 머리를 박고 목을 움츠리고 빗물을 덜 받으려고 별난 몸짓을 다해 가면서 국인지 밥인지 모를 것을 퍼먹고 있었다.

나는 다 먹고 나서 멀리 건너편 산을 바라보았다. 거기도 비가 쏟아지고 온 산하가 뿌옇게 빗속에 머리를 숙이고 있었다. 우리가 이렇게 함으로써 저 아래 내 고향 부모 형제가 편히 자고 일할 수 있는 것이라는 생각을 하면서 하루에도 몇 번씩 부르는 군가를 생각했다.

사나이로 태어나서 할 일도 많지만
너와 나 나라 지키는 영광의 사나다
전투와 전투 속에 새겨진 전우야
산봉우리에 해 지고 해가 뜰 때에
부모 형제 나를 믿고 단잠을 이룬다

군복은 흠빡 젖어 물속에 빠진 상태였다. 속옷도 다 젖어 살갗에 착착 달라붙어 움직일 때마다 진득거리고. 비는 언제 그칠는지 하늘은 점점 어두워만 갔다.

9사단 전곡에서 49 / 우리 딸 예쁘지?

나는 현황판(지도에 군사배치도를 그린 것)을 가슴에 안고 명령받은 대로 병력 배치 점검을 했다. 우스운 것은 중대장님이 말없이 내가 하자는 대로 하시는 것이었다. 그 자신도 지쳐 있었지만 내가 미더웠던 것 같다.

그렇게 하는 동안 작전이 끝났고 비도 그쳤다. 구름 걷힌 서쪽하늘로부터는 새파란 하늘이 커튼을 여는 듯 석양을 뿌리며 밝아 왔다.

야전훈련이 끝나고 며칠 뒤였다. 나도 어딘지 모르는 지역으로 옮겼는데 편지가 나를 찾아왔다. 공수단 이 중대장님의 편지였다. 마치 고향 형님이 보낸 편지처럼 반가웠다.

편지 내용은 빈병 판 돈을 점프 훈련하다가 다쳐서 입원해 있는 부대원을 위하여 위문금으로 썼다는 내용이었다. 그런 것까지 내게 알려줄 이유는 없다고 생각했는데 알려주시니 더욱 고마웠다.

나는 중대장님께 감사의 편지를 보냈다. 그 후 지금까지 만나보지 못하고 있다. 지금은 많이 늙은 노신사가 되어 계실 게다. 어느 날인가 1소대 소대장이 나에게 들으라는 소리로 말했다.

"중대장이 고문관이라 우리가 배로 고생을 했당게. 사단 작전 참모부에서 무능하여 중대로 왔다더니만 그 말이 맞당게. 아무 것도 모르는 심하사보다도 못 하당게."

나는 그 말을 묵묵히 듣고 말았다. 내가 얼마나 아는 게 없으면 나만도 못하다고 했을까. 누구에게 욕을 하는 것인지 듣기 곤란했다.

대대 훈련 첫날 중대장님이 왜 지시 받은 진지를 잘못 이해하였을까 생각해 보았다. 그것은 중대장님의 잘못만도 아니었다. 산 위에서 대대장님이 중대장과 작전계들을 죽 둘러 세우고 손가락으로 지시할 때 방법이 애매했기 때문에 중대장님은 다른 방향을 자기 진지로 오해했던 것이다. 전쟁에서 그랬더라면 우리 중대는 전멸했을 것이 아닌가.

방향 지시를 바로 할 수 있는 방법은 없을까? 궁리 끝에 나는 T자형 방향 지시기를 만들어 보았다.

T자형 지시기는 T자 위에 양 끝 지점에 가늠자를 세우고 지시하고자 하는 방향을 향해 지휘관이 양쪽 가늠자 꼭지점을 일치시켜 멀리 있는 산을 향해 고정시키고 지시 받는 사람이 고정시켜준 자리로 가서 똑바로 앞을 바라보면 지적하는 지점에 꼭지점이 일치하는 지점이 확인된다. 그렇게 하면 자기가 가야 할 지점이 확실히 인식된다.

중대단위 야전 훈련을 할 때였다. 중대장이 소대장들에게 소대 진지 배치를 지시할 때 그 지시기를 사용해 보았다. 소대장은 긴 설명을 듣지 않고도 중대장이 고정시킨 꼭지점을 한번만 보면 쉽게 익혔다. 그리하여 우리 중대는 야전 훈련을 나가면 아주 정확하게 대원을 배치할 수 있었고 그 결과인지 몰라도 우리 중대는 모범중대가 되었다.

하루는 중대장님이 나를 데리고 자기 집으로 갔다. 사모님이 아주 예뻤다. 딸이 셋에 아들이 하나였는데 딸들이 엄마를 닮아서 예뻤다. 큰딸은 스무 살쯤 되어 보였다. 내 색시 감으로 꼭 맞겠구나 생각하는데 중대장님이 웃으면서 "우리 딸 예쁘지?" 했다. "네" 하고 대답했지만 무언가 훔치다가 들킨 것 같아 가슴이 덜컥 내려앉았다.

그 날 중대장님은 작전 계획 기안지를 내놓았다.

"이번에 사단에서 작전계획서 작성 경연이 있는데 내가 혼자 짜자니 심하사의 도움이 필요할 것 같아 오게 한 거야. 이것 좀 검토해 보라고."

나는 중대장님이 일차 써 놓은 것을 들여다보았다. 중대장님은 독도법에 약했다. 지도를 펴놓고 보니 마음에 들지 않았다. 군사 배치를 잘 하자면 독도법이 확실해야 한다. 그렇지 못하면 작전계획서는 무용지물이 되고 만다.

"중대장님이 해놓으신 것을 다 지우고 다른 방법으로 해도 괜찮겠습니까?"

"마음대로 해 보게. 잘만 만들면 되지."

그렇게 하여 밤을 새고 작전계획서를 작성하였다. 그 계획서는 사단 경연에서 1등을 했다. 그렇지만 중대원은 내가 중대장님 댁에 간 사실을 아무도 모른다.

그렇게 중대장님과 사이가 좋아진 나는 팔자가 늘어졌다. 작전계 사수라지만 조수가 다 알아서 함으로 할 일이 별로 없었다. 그래서 낮에는 주로 매트리스 창고로 들어가 산처럼 쌓아놓은 매트리스 더미 위에 올라가 독서를 하다가 낮잠을 자는 등 세상에서 가장 편안한 나날을 보냈다.

그렇게 지내다가 어느 날 할 일을 하나 찾았다. 그것은 훈련소에서 막 배치 받아 온 이등병들을 돕는 것이었다. 하루는 다섯 명의 신병이 왔는데 점심시간에 아무도 밥을 먹으러 가지 않는 것이었다.

"이봐라, 왜들 식사를 하러 가지 않나?"

아무도 대답을 못했다. 막 입대하여 훈련장에서 새카맣게 탄 얼굴에 새카만 계급 이등병이 바라만 보아도 앞길이 캄캄해 보였다. 이등병에게 하사는 할아버지보다 무서운 존재가 아닌가. 녀석들은 무서워서인지 겁먹은 얼굴로 바라만 볼 뿐이었다.

"어디가 아프냐?"

한 아이를 잡고 살펴보았다. 구두가 발에 맞지 않아서 발이 벗겨져 피가 나기도 하고 고름집이 잡히기도 하였다. 다섯 명이 다 그랬다.

"알았다. 너희들 항고(국과 밥을 담는 그릇) 다 내놓아라."

나는 그들의 항고를 들고 식당으로 달려갔다. 전방에서는 하사가 꽤 대접을 받는다. 항고 다섯 개를 들고 맨 앞으로 가 다섯 개에다 밥에다 국을 말아 받았다. 그리고 녀석들이 기다리는 내무반으로 갔다.

"자, 이렇게라도 먹어야 한다. 이리 와."

녀석들은 눈물이 글썽한 채 항고를 들고 순식간에 밥을 먹어치웠다. 나는 그들을 보고만 있을 수가 없었다. 의료실로 가 급한 대로 약을 받아다 바르고 싸매 주었다. 그렇게 이틀을 돌보아도 상처는 쉽게 아물지 않았다.

인사계 김상사는 그 아이들을 빨리 소대에 배치하여 훈련에 참석시켜야 한다고 서둘렀다. 그리고 아침저녁으로 아이들을 발로 툭툭 찼다. 나는 그것이 못 마땅하여 그들의 상처가 다 낳을 때까지만이라도 소대 배치를 늦추자고 했다. 그러나 김상사님은 안 된다고 했다.

나는 중대장님에게 건의하여 승낙을 받았다. 그리고 그들의 식사당번이 되어 주고 의료병이 되어 주었다. 그 일로 하여 나와 김상사는 갈등이 생겼다.

김상사는 내가 못마땅하여 나만 보면 눈을 흘겼다. 그러면서도 중대장님이 뒤에서 받쳐주는 것을 알기 때문에 화도 제대로 못 내고 때리지도 못했다. 상사가 하사 두들겨 잡기는 식은 죽 먹기지만 마음뿐 뜻을 못 이루니 나에게 기회만 있으면 화를 냈다. 중대장님은 내 말을 듣고 아이들을 내가 하고 싶은 대로 돌보아주라고 하면서 한 마디 했다.

"심하사는 마음이 약해서 지휘관이 되기는 힘들어."

"그래서 하사 아닙니까."

그것이 내 솔직한 대답이었다. 이등병 아이들은 나만 보면 눈물을 짰다. 그리고 기어 들어가는 소리로 고맙습니다 소리를 중얼거렸다. 그들이 다 나아서 소대에 배치 받기까지는 일주일이 넘게 걸렸는데 인사계는 자기가 무시당했다는 것 때문에 나와는 사이가 극히 나빠졌다.

인간관계는 참 묘하다. 차라리 주먹으로 몇 대 때리면 좋을 텐데 폭력 없는 압력과 미묘한 눈총을 받는다는 것은 아주 기분을 우울하게 만든다.

나는 차라리 한 대 맞고 편한 관계를 갖고 싶다고 생각했는데 어느 날부터인가는 내가 그를 두들겨주고 싶다는 마음까지 들었다. 그러나 상사에게 감정의 복수를 한다는 것은 어림도 없는 공상 아닌가.

그렇게 한 달쯤 지났을까. 인사계가 전화를 받다가 갑자기 차렷 자세를 취하고 얼굴이 빨개지며 '알겠습니다'를 연발했다. 나는 그 모습을 보다가 슬그머니 문 밖으로 나갔다. 내 등뒤에서 그는 몇 번인가 '하사 말입니까' 하는 소리를 복창했다. 그리고 '알겠습니다' 하고 전화를 끊고 혼자 중얼거렸다.

"좋아하시네. 외출은 무슨 외출."

나는 그게 무슨 소리일까 생각하며 늘 가는 창고 속 매트리스 위로 올라가 벌렁 누웠다. 그리고 깜박 잠이 들었다 싶은 순간, 나를 부르는 소리가 창고 밖 여기저기서 일제히 들렸다. 무슨 큰 변이라도 일어났나? 하고 밖으로 나와 훈련화를 아무렇게나 꿴 채 질질 끌고 중대본부로 들어갔다.

놀랍게도 연대장님이 와 계셨고 실내는 찬바람이 불었다. 연대장님 모자에 달린 무궁화 세 개가 왜 그렇게 커 보였는지! 냉각된 채 중대장님을 비롯한 전 중대 요원이 모두 부동자세로 서 있었고 연대장님은 화가 난 얼굴이었다.

내가 들어서자 중대장님이 "심하사!" 하고 불렀다. 그러자 연대장님이,

"네가 심하사인가?"

했다. 나는 영문도 모른 채 굳어버렸다.

"넷!"

9사단 전곡에서 50 / 인사계 실수에 중대장이 터지다

연대장님이 중대장에게 화난 소리를 질렀다.

"한대위! 들었어 못 들었어?"

연대장님은 중대장을 발로 걷어찼다. 그때 연대 참모 대위가 김상사에게 다그쳤다.

"인사계, 내 전화 받았어 못 받았어?"

"받았습니다."

"그런데 저게 뭐야?"

참모는 나를 가리켰다. 나는 당황했다. 연대 참모가 김상사 따귀를 갈겼다. 그리고 발로 쪼인트를 깠다.

"너 내 말이 말 같지 않아? 전화를 받은 게 언젠데 저 애가 저대로 있어?"

"바로 준비시키겠습니다."

얼굴이 새빨개진 김상사는 어쩔 줄 모르면서 1소대 김하사를 불렀다.

"김하사, 빨리 심하사에게 A급 피복으로 갈아입히고 외출준비 시켜."

나는 김하사에게 끌려 1소대 내무반으로 갔다. 연대장이 나타난 것은 벼락이 떨어진 것과 같았다. 소대원들은 모두 얼어서 침상에 도열해 서 있고 소대장은 정위치에서 보고준비를 하고 있었다. 사열이 있을 경우를 대비한 것이다. 나는 김하사와 몇 사람에 의하여 옷이 벗겨지고 새 옷이 입혀지고 새 구두가 신겨지고 순식간에 말끔한 차림이 되었다.

중대본부로 들어서자 연대장님과 참모가 밖으로 나갔다. 나는 참모의 지시를 따라 연대장 차 뒷좌석에 올랐다. 넓은 연병장은 오가는 사람 하나 없이 말끔했고 4개 중대장은 각기 중대 앞에서 부동자세로 연대장 차가 당도하기를 기다렸다. 차는 4개 중대를 사열하듯 연병장을 돌아 정문을 빠져 나왔다.

중대장들이 차를 향하여 "근무중 이상무!" 하고 힘차게 외치는 소리가 자동차 엔진 소리에 감기듯 멀어졌다. 전방에서는 연대장이 불시로 나타나는 것을 비상이라고 한다. 연대장이 중대를 순시하며 내무사열을 취하면 ×빼기를 쳤다고 할 만큼 겁을 먹는다. 바짝 언 채 연대장 차를 맞았으나 연대장님이 아무렇지도 않게 지나가자 중대장들은 고개를 갸웃거렸다.

차 안에는 보잘것없는 하사가 하나 더 탔을 뿐이라는 것을 알고 더욱 이상스럽게 생각을 했을 것이다. 연대장 차는 곧장 연대 본부로 갔다. 나는 왜 연대장 차에 실려가고 있는지 알 수가 없었다.

연대장실에 들어서자 연대장 서대령님이 물었다.

"연대가(聯隊歌) 공모에서 자네가 쓴 가사가 당선된 거야. 다른 데서 베껴온 것은 아니겠지? 축하하네."

무섭게만 느껴지던 연대장님은 사랑이 가득한 얼굴로 나에게 악수를 청했다. 그제야 나는 실려온 이유를 알았다. 한 달 전인가 공문에 연대가를 공모한다기에 가사를 적어 연대 정훈부로 보낸 적이 있었다. 운 좋게도 내가 쓴 가사가 당선작이 된 것이었다.

연대참모가 나를 부르더니 15일간의 휴가증과 돈이 든 봉투를 내밀었다.

"15일 휴가에 상금 4,000원(쌀 2가마니 값)이다. 자, 받아, 축하한다."

그것을 받아 든 다음 참모와 악수를 하면서 돈 봉투를 도로 내놓았다.

"상금은 돌려드리겠습니다. 부대에서 필요한 곳에 쓰시기 바랍니다."

"그래? 정말인가?"

"네. 휴가면 족합니다. 부대를 위하여 좋은 곳에 꼭 써 주시기 바랍니다."

연대장님은 의성부에 살고 있었다. 덕분에 나는 연대장 차를 타고 의정부까지 나와 휴가 길에 올랐다.

9사단 전곡에서 51 / 미운 놈에게 떡 하나 더 주더라

15일간 휴가를 마치고 귀대하던 날이다. 3대대 연병장에 7백여 전 대원이 질서 정연하게 앉아 군가를 배우고 있었다.

나는 우리 중대로 가지 못하고 가장 가까운 쪽으로 가 맨 뒤에 앉았다. 그리고 뒤에 앉은 사람이 들고 있는 악보가 그려 있는 종이를 들여다보았다.

「30연대가」라고 큰 글씨로 씌어 있고 우측 상단에 심혁창 작사 / 나운영 작곡이라고 되어 있었다.

나는 갑자기 부끄러운 생각이 들고 당황스러웠다. 곁에서 보여주고 있는 사람은 내가 작사자인 줄도 모르고 열심히 따라 부르고 있었다.

나운영 씨 곡이 대개 그렇듯이 템포가 느린 편에 박력이 좀 부족하다 싶었다. 그러나 유명한 어른이 곡을 붙였다는 것만도 내게는 영광이었다.

지금은 그 가사를 다 잊어버려서 기억도 할 수 없다. 대략 앞 몇 구절만 조금 생각난다. 그러나 곡만은 끝까지 소리를 낼 수 있다. 앞 구절은 이렇다.

"군자산 옥녀봉에 진지를 쌓고
임진강 맑은 물에 총칼을 닦아
화랑정신 이어받은 대한의 남아……."
2절로 되어 있는데 앞 절만도 겨우 이 정도 기억할 뿐이다. 혹시 누구라도 그 당시의 악보를 가지고 있는 분이 있다면 그것을 구하고 싶다.

지금도 30연대가로 사용하고 있는지도 알 수 없다. 30개월 군생활에 가장 즐거운 추억거리였다.

그 후 일주일 동안 오후 5시면 매일 연대가 교육이 있었다. 우리 중대 대원들은 그 일로 하여 나를 대단한 작가나 되는 줄로 생각하고 좋아하는 사람도 있었다.

중대장님은 연대장에게 터지기는 했어도 매우 기분 좋아하시는데 인사계는 얼굴을 돌리고 나를 쳐다보려고도 하지 않았다. 나는 미안하여 인사계님을 어떻게 위로해 드릴까 기회를 찾았지만 끝내 그분의 마음을 풀어드리지 못하고 말았다.

중대로 돌아온 나는 무엇이든 열심히 하리라 생각했지만 전방 훈련을 받지 못한 때문에 도로 낮잠이나 자는 신세가 되고 말았다.

며칠을 낮잠만 자고 있던 나에게 인사계가 좋은 근무처를 만들어 주었다. 중사가 나가는 고정 탱크 파견대장에 나를 파견하기로 한 거다. 파견대장이 무엇을 하는 것인지도 모르면서 안내병을 따라 군장을 꾸려 짊어지고 산길을 한나절이나 걸어 파견소에 도착했다.

9사단 전곡에서 52 / 임금님보다 호강하는 잠자리

내가 도착한 파견대는 연천군 군자산 정상에 있었다. 그 일대에서는 가장 높은 산이다. 군자산이나 옥녀봉은 지도에서 본 산일 뿐 실제로 보지 못했던 산이었다.

내가 작사한 군가에서 인용할 만큼 유명한 산이다. 그런데 그 산 정상에 있는 고정 탱크 경비 본부 초소에 오른 것이다.

고정탱크란 6·25때 전쟁에서 사용하다가 폭탄을 맞아서인지 고장이 나서 포신만 겨우 사용할 수 있는 탱크다.

그것이 연천 입구 철다리 앞에서 서쪽 군남면(?)인가 하는 곳까지 십리 정도의 지역에 6대가 동서로 배치되어 있었다.

한 초소에 4명씩 24명에 통신병 하나와 전령 1명과 파견대장 등 27명이 파견 나와 경계근무를 한다. 나는 어울리지 않게 26명의 부하를 거느린 대장이 된 것이다.

군자산 높은 봉에 올라 세상을 내려다보니 감회가 깊었다. 멀리 남으로는 전곡이 보이고 동두천이 보이고 더 멀리는 의정부까지 보이는가 하면 서쪽으로는 멀리 평지보다 낮은 한탄강이 들판 깊이 허리를 박고 꿈틀거리며 흘러가고 더 멀리는 임진강이 아득히 지평선에 꼬리를 묻고 흐른다.

늦가을이라 풍요로운 들판에서는 탈곡기 소리가 은은히 들려왔다. 산 정상에 제비집처럼 지어 놓은 막사에는 부엌도 있고 화장실도 있고 빨래 말리는 건조대도 있었다. 내가 도착하자 파견병들이 반갑게 맞아 주었다. 그리고 김삼화(봉화가 고향이고 씨름 선수였는데 만나 보고 싶다) 상병이 자기가 파견대장 전령이라며 무엇이든지 자기에게 지시만 하면 차질 없이 책임을 다하겠다며 내가 할 일에 대하여 설명해 주었다. 나는 그곳 실정에 대하여는 일병만큼도 모르는 까막눈이었다.

엉터리지만 내가 미워서 인사계가 나를 그곳으로 귀양 보낸 것이다. 이 산 꼭대기에 무슨 낙이 있을까? 군대생활 낙으로 하는 것은 아니지만 여기까지 온 것을 생각하니 기가 찼다.

그러나 그런 실망은 잠시뿐, 나는 어느 제왕보다 호강을 하는 곳이라는 것을 그 날 밤부터 알았다. 저녁에 식사를 마치고 책을 보고 있자니 전령 김상병이,

"그만 누우시지요."했다.

"그래 눕자."

내 말이 떨어지자 다른 일병과 상병이 모포를 마주 들고 자리를 폈다. 그리고,

"심하사님 누우시지요."한다. 나는 놀라서 물었다.

"내가 누우라고 너희들이 자리를 편 건가?"

"네. 이리 누우십시오."

나는 하라는 대로 누웠다. 두 사람이 또 모포를 마주 잡고 덮어 주었다.

"야, 이게 뭐 하는 거야? 자기 모포는 자기가 덮으면 되지 이게 뭐야?"

김상병이 받았다.

"아입니더. 이기서는 이렇게 하는 깁니다. 전통입니더."

"무슨 놈의 전통이 이런 게 있나? 앞으로는 그러지 말아라."

김상병이 내 귀에다 대고 속삭였다.

"심하사님예, 가만히 계시소. 그리 하셔야 아들이 말을 잘 듣십니더. 이기는 이기대로 법이 있는 기라예. 내가 하는 대로 가만히 따르기만 하시소."

"그래도 그렇지, 너희들이 내 종이냐?"

"종은 아이지만 직속 부하 아닌기요? 두고 보이소. 제가 하라카는 대로만 하시소."

그렇게 하여 평생에 처음으로 남이 펴주는 요에 남들이 덮어주는 이불을 덮어 보았다.

'공수단에서는 상상도 못할 일들이다. 지금도 거기 있었더라면 나는 아직도 피엑스에서 씨름을 하고 있을 시간인데 편안히 누워 이렇게 책을 읽다니. 귀양을 온 것인지 휴양을 온 것인지 알 수가 없구나'

그렇게 생각하며 첫날밤을 보내고 새 아침을 맞았다.

아침에는 또 새로운 것들이 나를 당황하게 만들었다

9사단 전곡에서 53 /효자보다 큰 정성, 왕 같은 영화

파견 첫날밤을 곤히 자고 눈을 떴다. 자리에서 일어나려고 몸을 움직이자 나보다 먼저 일어난 김상병이 곁에 지키고 앉았다가 물었다.

"잘 주무셨십니꺼?"

"그래, 김상병은 벌써 일어났군, 자네도 잘 잤나?"

"잘 잤심더."

김상병이 벌떡 일어서더니 다른 일병과 함께 내가 덮고 잔 모포를 마주서서 양끝을 잡고 조심스럽게 거두어 개는 것이었다.

"자기가 덮고 잔 침구는 자기가 개어야지 이게 무슨 짓인가?"

"아입니더. 그기 원칙입니더."

"그런 원칙이 어디 있나? 앞으로는 자기 일은 자기가 하도록 하자."

"이기는 이기대로 법이 있는 깁니더."

"그건 악법이다. 악법은 고쳐야 해."

나는 화장실을 가기 위해 밖으로 나왔다. 산 속의 공기는 코가 시리도록 시원하고 맑았다. 아침 안개가 동쪽 멀리 산과 산을 타고 흐르고 그 위로 수박 속 같은 빛을 뿌리며 빨간 태양이 솟아올랐다. 산 중턱을 감도는 아침 안개가 군자산 봉우리를 하늘 위로 띄워 올려 우리는 마치 천상에 올라 하계를 발아래 내려다보는 신선이나 된 듯싶었다.

화장실에서 나오자 세면기로 쓰는 철모에 맑은 물이 가득히 차 있고 곁에 치약과 칫솔을 든 김상병이 기다리고 있었다. 무어라고 말할 수 없는 놀라운 일이었다. 자기 부모가 화장실에 다녀와도 이렇게 하는 효자는 없으리라.

세수를 하고 나자 수건을 내밀었다. 이거 원 민망스러워서 어찌할 바를 모르겠는데 그것도 거기 법이라고 우길 김상병이니 받아 들 수밖에. 방안에는 이미 아침상이 차려져 있고 그 초소 파견병 여섯이 양쪽으로 마주앉아 질서 있게 식사 대기를 하고 있었다.

그걸 보니 고향집에서 상을 차려놓고 밖에 계신 아버님이 오시기를 기다리던 생각이 떠올랐다. 상에는 부대에서 배급하는 부식 외에 다른 것들이 있었다. 그리고 그것들은 나만 먹으라고 내 앞에만 놓았다. 그것도 혼자 먹을 수 없었다. 군대에서 이렇게 극진한 대접을 받는다는 건 상상도 할 수 없는 일이다.

특히 공수단에서 편히 지내긴 했지만 거기서는 상상도 할 수 없는 거짓말 같은 사실이다. 어쩌면 중대장도 대대장도 연대장 사단장 누구도 이부자리까지 누워서 가만히 있으면 덮어 주고 일어나 눈만 뜨면 개어주는 대우를 받아 보지는 못할 것 같다.

전방 어느 구석에서인가 우리 같은 조건에 있던 경우 외에는—.

상을 치우고 나자 김상병이 전화통을 내 앞으로 가지고 왔다. 통신병이 전화통을 돌렸다.

"제1초소 나와라."

저쪽에서 수화기를 들자 김상병이 몇 마디 하더니 새로 온 파견대장을 소개한다면서 나를 바꾸어 주었다. 얼굴도 모르는 목소리가 들렸다.

"충성! 제1초소 근무중 이상 무!"

"수고했다. 계속 경계근무 충실하라."

이런 식으로 제4초소까지를 점검을 마쳤다. 5, 6초소는 바로 내가 머무는 정상에 있어서 직접 돌아보았다.

김상병이 알아서 해주어 나는 따라 하기만 하는 하루였다.

"오늘은 1초소서부터 4초소까지 순회를 하셔야 합니더."

"그래야겠지. 초소들이 다 어디에 있는지도 알아야겠고 근무 상황도 봐야지. 가자."

제1초소는 전곡에서 연천시로 가자면 시내 들어서기 전에 큰 다리가 있는데 다리 건너 바로 좌측 작은 봉우리 위에 있었다.(지금은 없어졌을지도 모르지만) 내가 도착하자 충실하게 생긴 4명의 근무자가 나란히 서서 경례를 붙였다.

그들과 악수를 나누고 막사로 들어가 이야기를 들었다. 그들은 이미 몇 달을 그곳에서 살았기 때문에 인근 마을 사정을 잘 알고 있었다. 그곳 책임자인 상병이 마을 이야기를 했다.

"하사님, 저 아래 동네에는 지난 여름 대홍수에 수해를 입은 수재민이 집단으로 이주하여 사는데 말할 수 없이 비참합니다. 한번 가보시지 않겠습니까?"

"글쎄, 그렇게 딱하다는데 우리가 간들 무슨 소용이 있을까. 보고 나면 마음만 아프겠지."

"한번 가 보세요. 정말 기가 막혀요."

"그렇게 기가 막혀? 그럼 한번 가 보도록 하자."

9사단 전곡에서 54 / 이불 없이 자는 부부

나는 김상병과 통신병을 데리고 그 상병이 안내하는 대로 마을로 내려갔다. 마을은 아주 단조로웠다. 산비탈 언덕에 계단식으로 땅을 닦고 방 하나에 부엌 하나짜리 토담집들이 막 입대한 훈련병이 엉거주춤 늘어선 모양으로 질서가 잡힌 듯 엉성하게 지어져 있었다. 상병의 안내를 받고 자기들과 친히 지낸다는 한 노인 댁으로 들어갔다.

노인 댁 방안은 어두컴컴했다. 할아버지와 할머니 외에는 이불장은 물론이고 옷장도 아무 것도 없었다. 먼저 들어선 이상병이 인사를 하면서 나를 소개했다.

"할아버지. 안녕하세요? 우리 파견대에 새로 오신 하사님을 모시고 왔습니다."

두 노인의 눈길이 나에게 모였다.

"어서 오시오. 우리는 이렇게 산다오."

"네, 처음 뵙겠습니다."

이상병이 자기가 아는 대로 말을 앞질러 했다.

"심하사님, 이 할아버지와 할머니가 우리를 많이 도와주십니다. 처음에는 물도 어디서 구해 먹어야 할지 몰랐거든요."

노인들께 나는 고맙다는 인사를 하고 이불이 보이지 않아서 물었다.

"방에는 아무 것도 없는데 이불은 어디에 따로 두셨습니까?"

"홍수에 다 떠내려 보내고 우리 두 늙은이 목숨만 건졌다오. 이불도 옷도 다 떠내려갔어요. 군(郡)에서 양은솥과 밥그릇, 숟가락을 주어서 그것으로 밥만 지어먹지요."

"식량은 어떻게 하시나요?"

"군(郡)에서 배급해 주는 좁쌀과 보리로 산다오. 먹는 것은 그럭저럭 끼니를 때우지만 담배는 사서 피워야 하는데 담배 살 돈이 없어서 고생이라오."

"돈은 어떻게 구하시나요?"

"낮에 산에 다니며 나무도 해오고 파편을 주어다 팔아서 겨우겨우 담배 값을 마련한다오."

이때 이상병이 그곳 사람들의 실정을 설명했다. 수재민들은 거의가 수입이 없고 일할 곳도 없어서 산에 올라가 산 속에 묻혀 있는 실탄 알과 대포알 파편을 캐다가 고물상에 팔아 용돈을 만든다는 것이었다. 그곳 역시 150오피보다는 못하지만 어디든지 돌아보면 파편이 널려 있었다.

그래서 그 마을 사람들은 고정 탱크 초소병들에게 각별히 잘해 준다는 것이다. 만약 군사 시설 지역이라는 이유로 민간인 출입을 막으면 마을 사람들은 땔나무는 물론 파편도 캘 수 없으므로 군인들의 비위를 맞추지 않을 수 없다는 것이었다.

"요새는 날씨가 제법 쌀쌀한데 이불도 없이 어떻게 주무십니까?"

"그래서 우리 부부는 나무를 많이 때어 방이 펄펄 끓게 만들어 놓고 잔다오. 밤에 방바닥이 식으면 새벽에 일찍 일어나 불을 때고 자고."

나는 맨손으로 온 것도 잘못이라고 생각했지만 차라리 오지 않았어야 할 곳에 왔다고 생각했다. 내 몸 하나 제대로 못 다스리는 주제에 이 딱한 노인들을 어떻게 도울 수 있단 말인가. 듣지 않음만도 못한 사정 이야기를 듣고 무거운 마음으로 노인들 앞을 떠나 돌아왔다.

아무 힘도 없는 내가 무엇으로 어떻게 하면 노인들을 도울 수 있을까. 나는 그 초소를 둘러보고 돌아오면서 그 생각만 했다. 어떻게든지 도와드리고 싶은데 무슨 좋은 수가 없을까?

나는 다음 날 아침 연대 본부에 있는 군종과로 갔다. 그리고 군인 교회에 나오는 장병들의 소속을 파악했다. 군종과에 등록된 기독교인들은 다 담배를 피우지 않을 것이다. 그들에게 나오는 담배를 모아서 노인들을 돕자는 것이 내 착상이었다.

군목에게 기독교인들에게 배급되는 담배를 모아달라고 했다. 군종 하사와 장병들이 내 의견에 찬성했다. 일주일에 담배 150갑 정도를 모았다. 제1초소 이 상병에게 연락하여 군종과에서 가져다 그 동네 노인들에게 나누어주라고 일렀다.

이 상병과 초소병들은 노인들에게 담배를 나누어주면서 내가 보낸 것이라고 했단다. 그렇게 시작하여 담배를 매주 보내드렸다. 그리고 노인들이 덮고 잘 침구를 마련하기 위하여 연대 2종계에 도움을 청했다. 거기는 사용 시한이 지나 파기할 모포가 약간 있었다. 그것을 수재민 노인들에게 나누어주자고 간청했다.

군목으로 있는 김중위도 나를 도와 호소했고 특히 제대를 며칠 앞두고 있는 김병장이라는 고참이 있었는데 그가 나를 열심히 도와 모포 60장을 구할 수 있었다. 그것도 초소의 이 상병을 통해 보내었다.

마을 노인들이 담배를 받으면서 나에게 감사한다는 말도 전해 들었고 담요를 나누어주자 눈물을 흘리더라는 말도 들었다. 직접 가서 나누어 드리지 못한 것이 미안했다. 그러나 초소병들을 통해 듣는 말로만도 마음은 흐뭇했다.

그 해 겨울 크리스마스에는 부대에서 대대적으로 흰떡과 먹거리를 마련하여 차로 실어다가 군종과를 통해 노인들을 위로했다. 나는 가지 않았지만 나를 보지도 못한 노인들은 무조건 심하사가 보낸 것이라면서 내게 감사하다는 말을 하더란다. 나는 아무 것도 한 것이 없는데 노인들에게 인심은 내가 쓴 꼴이 되었다.

군종과와 부대 여러 장병의 도움으로 노인들의 인심을 얻게 된 나는 어느 날 동네 노인들이 정성을 모아 나를 위한 잔치를 마련했으니 꼭 내려오라는 청을 받았다.

파견대 본부 군자산 정상에서 그곳까지는 3킬로쯤 된다. 그래서 자수 못 가기도 하지만 동네를 찾아가면 폐가 될까 염려되어 가지 않았던 것인데 사양하다가 어른들의 청을 거절할 수 없어서 마을 사람들이 오라는 날 노인 댁을 찾아갔다.

노인 댁 마당에는 멍석이 깔렸고 허름한 차림의 노인들이 와글거리고 큰 교자상에 음식을 차려 놓고 둘러섰다가 내가 들어서자 박수를 치며 맞았다.

9사단 전곡에서 55 / 못 잊을 좁쌀 술 담배연기

홍수를 만나 집을 잃고 수재민이라는 이름으로 사는 사람들. 삶에 찌든 노인들의 얼굴에는 주름이 깊어 웃는 얼굴이 모두 일그러지고 씰그러져 하회탈 같았다.

모두가 심하사님이라고 부르며 손을 잡아주는 걸 보면 그들은 모두 내 얼굴은 몰라도 나를 아는 듯했다. 이장이라는 분이 나를 방으로 안내했다. 마당에 상을 차려 놓았으니 거기 앉겠다고 했으나 굳이 방으로 들어가자는 것이었다. 마당에는 동네 사람들이 앉아 먹기로 되어 있다는 거였다.

미안하고 송구스런 마음으로 방으로 들어서니 거기도 상이 차려져 있었다. 상을 중심으로 둘러앉자 이장님이 술잔을 들어 권했다.

"심하사님, 이 늙은이들을 그렇게 생각해 주시니 고맙수다. 우선 이 술 한잔 받으시오. 우리들이 성의니께니."

"어떻게 제가 먼저 받겠습니까. 이장님이 먼저 받으시지요."

"아니우다. 오늘은 심하사님이 주인공이니께니 먼저 받아도 괜찮수다."

노인들이 둘러앉아 들여다보는 가운데 주전자에서 술이 조르르 흘러나왔다. 약간 걸쭉해 보이는데 내가 생각했던 막걸리 색깔이 아니었다. 아주 새까맣고 희한한 냄새가 나는 것이 먹고 싶은 생각을 싹 거두었다. 그래도 다들 자기들이 보름 전부터 조를 빚어 준비한 귀한 것이니 마셔 보라고 권했다. 사양도 못하고 술잔을 억지로 받아 입에다 댔다. 까맣기도 하지만 얼마나 쓴지 한 모금 물기는 했는데 뱉고 싶었다. 드러나 뱉을 수도 없는 노릇.(조로 술을 만든다는 것도 처음 알았음) 나는 억지로 약 먹는 결심으로 삼켰다. 목줄기를 타고 내려가는 그 괴상한 냄새와 쓴 맛!

나는 더 이상 마실 수가 없었다. 그래서 잽싸게 변명을 했다.

"저는 본래 술을 못합니다. 그리고 기독교인이기 때문에 술은 마시지 않습니다. 오늘은 특별한 날이라 한 모금 마셔보았습니다."

"아, 그래도 한잔은 더 드셔야지요."

받아 든 잔도 못 마시겠는데 한잔 더라니!

"아닙니다. 인사로 잔은 받았으니 이만 하겠습니다. 이장님께서 잔을 받으시지요."

내가 내민 잔을 받아든 이장님은 한 사발이나 되는 것을 단숨에 쭉 들이켜고 잔을 돌렸다.

"아아, 맛 좋다. 여보게 주인, 자네 한잔 받게나."

주인 영감도 한잔 받아들더니 단숨에 잔을 비웠다.

"아주 술이 잘 되었어. 먹을 만한 걸, 자, 자네 받게."

이렇게 시작된 술자리는 웃음소리에 잡담에 대단히 시끄러웠다. 곁에서 담배를 피우는 사람이 나타나자 모두가 한 대씩 피워 물었다.

"이 담배도 심하사님이 준 거라네. 고맙다고들 해."

나는 그만 질식할 것만 같았다. 담배 냄새에 약한 나는 숨을 쉴 수가 없었다. 당장이라도 빠져나가고 싶은데 어른들이 칙사 대우를 하니 함부로 달아날 수도 없었다.

'이 못된 담배를 왜 이 노인들에게 드렸나!'

후회가 막심했지만 내가 안 보내 주었어도 어디서든 구하여 피실 분들이 아닌가. 주인 노인이 큰소리로 말했다.

"나는 6·25에 피난 나오기 전에도 38선 근처에 살아서 인민군들을 보고 살았디오. 인민군 놈들 민폐는 끼쳐도 인정이라곤 없디오, 남한 군인들은 인정이 많아요. 이번에도 보시라요, 이불 한 장 없이 사는 우리에게 담요를 내주디 않았시오. 심하사님 고맙습니다요."

"저에게 고맙다고 하지 마세요. 제가 보내 드린 것이 아니라 부대에서 연대장님이 보내주신 것입니다."

노인들에게 음식보다 칭찬을 배가 터지게 듣고 있자니 머리 둘 곳이 없었다. 나는 칭찬보다 담배나 좀 피지 말았으면 좋겠습니다 하고 속으로 외치며 담배 연기 자욱한 방에서 빠져 나오기 위한 몸부림을 쳐야 했다.

마을 사람들은 방에서 마당에서 취하여 얼굴이 빨개 가지고 춤도 추고 노래도 불렀다. 그 틈을 비집고 함께 갔던 김상병을 데리고 나왔다. 좁은 방에서는 떠드는 소리와 담배 연기가 외짝 문 틈으로 줄기차게 흘러나오고 있었다.

그곳을 빠져 나와 해방감을 맛보며 제2초소를 향했다. 그 초소에도 근접한 마을이 있고 새로운 이야깃거리가 기다리고 있었다.

9사단 전곡에서 56 / 나 아저씨 여자 되고 싶어

제2초소는 산 중턱에 있었고 그 밑으로 2킬로쯤 골짜기 아래 30여 가구가 옹기종기 모여 사는 동네가 있었다. 초소병들은 언제 사귀었는지 마을 사람들과 친하게 지내고 있었고 내가 초소 순찰을 가자 점심은 동네에 가서 하자는 거였다.

마을이 궁금도 하고 주변의 사정도 알아보기 위해 박상병을 따라 마을로 갔다. 이장 댁이라는 곳에 들렀다. 박상병은 이장이라는 분에게 나를 소개했다. 이장님은 아주 친절하게 맞아주며 후한 점심까지 대접해 주었다.

그 마을 역시 계곡을 지키는 보초병이 민간인 출입금지를 시키면 아무도 산에서 나무를 할 수 없는 곳이었다. 그뿐 아니라 마을 사람들의 부수입인 탄알이나 대포알 파편을 캘 수도 없어서 마을 사람들은 군인들에게 선심을 쓰지 않을 수가 없었다.

그런 연고로 마을 사람들은 일주일에 한두 번은 나를 불러 내렸다. 뉘집 돌잔치를 했다고 하는가 하면 어느 어른의 생신이라고 부르고, 지난 밤 할아버지 제사를 지냈다면서 불렀다. 민폐라는 생각이 들어 내려가지 않으면 음식을 싸 가지고 산 정상까지 올라오는 것이었다. 그때마다 미안해서 어쩔 줄을 몰랐지만 초소병들은 당연한 대접을 받는 듯이 신나 했다.

박상병은 아주 수완이 좋은 사람 같았다. 마을 사람들이 그에게 극진히 하는 만큼 내게는 더 마음을 쓰게 만들었다. 나는 그런 것이 싫기도 했지만 그럴 이유가 무엇인지 이해가 가지 않았다. 초소 순찰을 정기적으로 해야 하기 때문에 동네를 자주 가다 보니 며칠 안 되어 동네 사람들을 익히게 되었다.

그렇게 대접을 받고 지내던 어느 날이었다. 전령 김상병이 내게 속삭였다.

"심하사님예, 오늘 좋은 일이 이씹니더."

"좋은 일?"

"예, 점심 묵고 우리들은 모두 빨래를 하러 가기로 했심니더. 아마 두 시간은 걸려야 돌아올 깁니더."

"어디로 빨래를 하러 간다는 거냐?"

"저 아래 큰 웅둥이가 있심니더. 이자 겨울도 돌아오고 더 추어지면 큰 빨래는 하기 힘듭니더. 그래서 오늘 단체로 빨래하러 가기로 했심니더."

"그게 좋은 일인가?"

"아입니더. 우리가 빨래를 하러 내려가문 제2초소 박상병이 오라올 깁니더."

"초소를 안 지키고 여기는 왜 와?"

"그긴 기다려 보시면 알게 됩니더."

본부 초소에 있던 아이들이 어느새 다 산 아래로 내려갔다. 초소에는 나만 남았다. 나는 대포도 쏠 줄 모르고 탱크가 어떤 것인지조차 모른다. 이럴 때 무슨 일이 생기면 어떻게 될 것인가. 좀 불안하기도 했지만 겨울이 오기 전에 빨래를 한다고 다 일하러 갔으니 내가 참는 수밖에 없었다.

오후 2시쯤이었다. 막사에 앉아 책을 뒤적거리는데 제2초소 박상병이 왔다.

"벌써 다들 빨래 갔습니까?"

"그래. 한 사람도 없이 다 갔다. 그런데 박상병은 무슨 일로 초소 안 지키고 여길 왔나?"

"심심하실까봐 하사님하고 두어 시간 함께 놀아줄 친구를 데리고 왔습니다."

"친구라니?"

"저 마을 어른들이 올려보냈습니다."

"그게 무슨 소리야?"

"저도 바로 가야 하기 때문에 데리고 온 친구만 방으로 들여보내고 돌아가겠습니다."

박상병은 밖에 세워둔 사람을 불러들였다. 나보다 한두 살 아래로 보이는 아가씨가 들어왔다. 나는 깜짝 놀라 일어섰다. 그 사이에 박상병은 달아났다. 아가씨는 배시시 웃어 보이더니 내 앞에 앉았다. 짧은치마 밑으로 다리 속이 보였다.

"저 미스 주예요. 오늘 하사님과 놀러 왔어요."

"누가 군사 시설에 함부로 들어오라고 합니까. 여기는 민가가 아니오."

"알아요 아저씨, 사람 사는 곳에 사람이 왔을 뿐인데 왜 화난 얼굴을 하세요?."

"나가요. 여기는 댁 같은 사람이 있을 곳이 못 돼요."

"제가 마음에 안 드세요?"

“마음에 들고 안 들고가 문제가 아니라 여기는 군인들의 근무처란
말이오.”

“싫어, 아저씨, 괜히 그러시면 싫어.”

나는 긴장했는데 이 여자는 눈짓까지 해가며 교태를 부리는 게 아
닌가. 나는 일어나 여자를 끌어내려 했다. 그러나 여자는 나를 잡고
늘어지면서 애교를 떨었다.

“아저씨 이러면 나 싫어.”

“나도 싫어요. 빨리 나가요.”

“그냥은 갈 수 없어어.”

“뭐야?”

“나 아저씨하고 놀다 오라고 돈도 받았거든.”

“돈? 누가 돈을 주었소?”

“다 알면서웅, 내숭떨어도 소용 없어엉. 난 다 알앙. 점잖은 척하
지만 벗고 보면 그 사람이 다 그 사람이양. 아저씨 그렇지잉?”

기가 막혔다. 만난 지 겨우 10분도 안 되는데 이렇게 말을 함부로
하다니! 여자는 나를 오히려 자리에 앉혔다. 때릴 수도 없고 답답했
다. 그런데 이 여자는 점점 나를 놀라게 만들었다.

“자기 나 정말 싫어?”

가만히 보니 여자는 예뻤다. 어디가 어떻게 예쁘다는 말을 할 수는
없었지만 귀여운 데가 있었고 얌전할 것같이 생겼는데 말은 엉망이
었다. 어쩌면 술집에서 막 구르는 여자인지도 모른다는 생각이 들었
다.

9사단 전곡에서 57 / 속옷까지 벗은 여자

"여기는 우리 둘 뿐이야. 다들 우리끼리 즐기라고 자리를 비워 두었거든. 이렇게 만났으니 재미있게 놀자 응?"

"……."

'이걸 죽일 수도 없고 내쫓자니 엉겨 붙고…….'

어이가 없어서 바라보자니 또 기막힌 소리를 지껄였다.

"아저씨, 그 화난 얼굴이 내 맘에 들어. 나 아저씨 여자 되고 싶어."

반말 투에 끈적한 몸짓, 그녀는 뒤로 한 발 물러서더니 옷을 한 겹 한 겹 벗어 내렸다. 뽀얗게 드러난 가슴의 강한 탄력이 출렁이는가 싶더니 마지막 남은 손바닥만 한 작은 삼각 조각이 떨어져 나갔다. 하얗게 쭉 뻗은 다리 위로 깊고 은밀한 숲이 진하게 파고 숨었다. 순간, 극히 짧은 순간, 나는 그 유혹의 깊은 골짜기에 마음을 빼앗겼다. 가슴이 화끈 달아올랐다. 세상에 나서 처음으로 보는 신비로운 알몸이었다. 여자는 묘한 웃음을 지으며 웃어 보였다.

"나 예쁘지이?"

"……."

떨리는 가슴이 더 뜨거워지며 눈길이 자꾸 여자에게 갔다. 순간— 이래서는 안 된다 생각했다. 나는 눈길을 돌리며 단호히 명했다.

"이게 무슨 짓이야? 빨리 옷 입어!"

"싫어. 난 아저씨 여자야."

"나가지 못해?"

"다 알면서엉, 다들 처음에는 점잖은 척하지만 그 사람이 그 사람이야."

"난 달라!"

"다들 그래, 내가 속을 줄 알고, 난 돈 받고 왔어, 그냥 가면 안돼."

나는 문을 차고 나오면서 명령조로 외쳤다.

"빨리 옷 입어!"

그 경황 중에도 나는 습관적으로 철모를 뒤집어쓰고 나왔다. 시원한 바람을 가슴에 안고 먼 하늘에 눈길을 던졌다. 주책없는 하체는 내 마음을 몰라주고 제 욕심을 부렸다.

'안 된다. 동정을 저런 여자에게 빼앗길 수는 없다.'

나는 탱크로 다가가 차가운 쇳덩어리에다 하체를 문지르며 열을 식혔다. 그리고 흐트러진 차림을 고치며 총을 메고 막사로 갔다. 사방이 물에 잠긴 듯 조용하고 방안도 잠잠했다. 하늘에 흘러가는 구름소리도 들릴 듯 고요했다.

그것도 잠깐, 갑자기 저 아래쪽에서 자동차 엔진 소리가 요란하게 들려왔다. 엔진소리가 나무숲을 휘감고 바람을 일으키며 정상을 향해 올라오는 소리였다.

순간 대대장님의 불시 순찰차다 하는 생각이 떠올랐다. 엉겁결에 나는 여자 신발을 막사 뒤로 숨겼다. 순식간에 차가 올라오고 대대장님이 차에서 내렸다.

"충성! 근무중 이상무!"

근무중 이상무? 입으로는 그렇게 복창했지만 근무중 큰 사고가 나지 않았는가. 눈앞이 캄캄했다. 마음을 진정하려 했지만 가슴이 쾅쾅 뛰었다.

"수고한다, 이상 없나?"

"넷!"

"어째 혼자 보초를 서고 있나?"

"다들 빨래하러 저 아래 샘터에 갔습니다."

"인원 이상 없는가?"

"없습니다."

내 마음은 온통 방안을 뒤지고 있었다. 나체로 서 있던 그녀가 아직도 벗은 채 그대로 서 있다면?

"다들 잘 하고 있겠지?"

"넷!"

"내무반 정돈은 잘 했는가?"

"네!"

나는 대대장님 앞을 가로막고 싶었다. 그러나! 내 마음이 온통 타들어가는 줄도 모르는 대대장님은 아무렇지도 않은 듯,

"어떻게 해 놓고 있나 볼까?"

대대장님은 막사 앞으로 성큼성큼 걸어가 문을 활짝 열었다.

9사단 전곡에서 58 / 벗은 채 사라진 여자

나는 대대장님의 뒤를 따라 방안을 들여다보았다. 그 여자가 누드로 서 있다면 나는 어떻게 되는가?! 나는 그 순간 숨이 막힐 듯 가슴이 뛰었다. 그런데 어찌 된 일인가? 방에는 아무것도 없었다. 벗은 채 서 있어야 할 그녀는 어디론가 사라졌다. 분명히 없었다. 관물은 평소대로 잘 정돈되어 있었고 깨끗했다.

"잘들 해 놓고 있군."

대대장님은 이 한 마디를 남기고 문을 닫았다. 나는 막힌 가슴에 큰 구멍이 난 듯한 시원함에 안도의 숨을 쉬었다. 대대장님은 주변을 둘러보고 몇 가지 점검을 하더니 곧 돌아갔다. 대대장 차가 계곡 멀리 꼬리를 감추자 나는 급히 방으로 들어가 보았다. 없어졌던 여자가 방 가운데 태연히 앉아 있는 게 아닌가?

"어떻게 된 거죠?"

"뭐가아?"

"난 죽는 줄 알았다. 하필 이 시간에 대대장님이 올 건 뭐람."

"그렇게 놀랐어어?"

"어디 숨었다가 나왔지?"

"저기이."

여자는 그 지경에서도 정신 못 차린 듯 교태를 부리고 있었다. 그녀가 가리키는 곳에는 총을 나란히 세워놓기 위해 만든 총 진열 받침대가 있었고 그 옆으로 길게 침구 받침대가 설치되어 있었는데 그녀는 그 뒤에 모포를 접어 덮고 찰싹 붙어 누웠던 것이다. 호리호리한 몸이라 그 뒤에 누우면 문쪽에서는 볼 수가 없었다. 얼마나 다행스런 일이었나! 그녀가 그대로 있다가 들켰더라면 나는…… 생각도 하기 싫다. 나는 위기를 면하자 화가 일었다.

"이 자식들 오기만 해 봐라. 나를 이렇게 골탕을 먹이다니!"

박상병이 다시 그녀를 데리러 온다고 했으니 기다렸다가 기합을 주어야겠다고 생각하고 방에서 나왔다.

"아저씨 그냥 나가면 어떡해 응?"

나는 화난 얼굴로 그녀를 한번 돌아본 뒤 관심을 두지 않았다. 얼마 있지 않아 모두가 왁자지껄 시시덕거리면서 빨래를 해 가지고 올라왔다. 박상병도 거기 끼어 있었다.

"빨리 오지 못해!"

나는 화가 나서 외쳤다. 모두가 화난 내 얼굴을 보자 움츠러들었다.

"모두 이 앞으로 모여!"

일곱 명이 긴장한 채 차렷 자세로 횡대로 섰다.

"오늘 일은 누가 꾸민 것인가?"

"우리가 꾸민기 아입니더."

전령이 머리를 꺾어 숙이고 눈은 옆 사람을 힐끔거리면서 어물거렸다.

"박상병, 너지?"

"아닙니다. 저 아래 동네 이장님께서 보내셨습니다."

"이것들이 정신이 있는 거야 없는 거야? 우리는 군인이야! 모두 엎드려뻗쳐!"

전원이 물기가 아직도 빨갛게 묻은 손을 흙바닥에 짚고 엎드렸다. 나는 막사 곁에 뒹구는 몽둥이를 들고 그들 앞에 섰다. 몽둥이로 땅을 쾅 치며,

"이 몽둥이로 맞기 싫은 사람 일어서!"

전령 김상병이 일어나 빌었다.

"잘못 했심더. 한번만 용서하여 주시소."

"안 돼. 너도 다시 엎드려."

"용서하이소."

넓적한 궁둥이를 들고 다시 엎드리는 김상병은 용서를 빌었다.

"나는 구타를 싫어한다. 그 대신 엎드려 뻗치기 70번을 정확히 한다. 요령 피는 자는 이 몽둥이로 깎는다. 각자 큰소리로 센다. 알았나?"

"네!!"

"시작!"

빨래하기에도 힘들었을 녀석들은 배를 깔았다 올릴 때마다 무릎으로 개겠다. 70번씩 뻗치기를 하기에 힘든 듯 숨을 헐떡거렸다.

"박상병, 너 이런 일 다시는 하지 말아, 알았나? 당장에 저 아가씨 마을에 데려다 주고 2초소로 가도록!"

"넷."

박상병은 노을이 짙게 깔린 산길을 따라 여자를 앞세우고 떠났다. 그런데— 잘 데려다 주고 오라고 맡겼더니 고양이에게 생선을 맡긴 격이 되었다.

9사단 전곡에서 59 / 만년필이 샌다고?

대대장님 때문에 경상도 말로 씨껍을 하고 여자를 돌려보낸 뒤 1주일쯤 뒤였다. 여자를 데려다 준 제2초소 박상병이 본부 초소로 왔다.

"저, 휴가 좀 보내주십시오."

"휴가라니? 휴가 다녀온 지 얼마나 된다고 또 휴가야?"

박상병은 평소와 달리 침울한 표정에 고개를 바로 들지 못했다.

"저……. 만년필이 샙니다."

"만년필이 새다니? 만년필이 어딨어?"

나는 그가 하는 말을 이해하지 못했다. 전령 김상병이 끼어들어 내가 알아듣도록 실명했다.

"그기 말입니더, 예에, 그기 말입니더."

같은 말을 되뇌며 그도 어물거렸다. 그러다가 쭉 찢어진 눈을 박상병에게 꽂으며,

"니 임마. 무신 짓 했노? 니 그 기집아 건들였제?"

"그게 무슨 소리냐?"

김상병이 머리를 조아리며 말했다.

"이눔아가 그때 그 기집애하고 그, 그, 그 짓을 한기라예."

나는 감이 약간 잡히기는 했지만 납득이 안 되어 다시 물었다.

"만년필하고 그 일하고 무슨 상관이 있나?"

"만년필이라카는기 그거 아닌기요? 가운데 다리 말입니더."

"거기가 왜?"

박상병이 죽어 가는 소리로 대답했다.

"죄송합니다. 그 날 그 계집애를 데리고 가는데 돈을 받고 그냥 갈 수 없다면서……."

"그래서?"

"그래서 가다가 산 속에서 그 애가 하자는 대로 했는데 여기가……."

나는 그제야 알았다. 그는 임질에 걸린 것이었다.

"많이 아프냐?"

"네."

나는 박상병이 집에서 치료를 받고 오게 하기 위하여 중대장님께 거짓말을 했다. 그의 할머니가 위독하시어 급히 휴가를 좀 보내야 되겠다고. 그렇게 하여 3일간의 휴가를 얻어 고향 원주로 보냈다.

나는 큰 실수를 할 뻔했다고 생각했다. 만약 그녀가 하자는 대로 했더라면 내가 휴가를 가야 할 뻔하지 않았는가.

가을도 지나고 어느덧 추운 겨울이 왔다. 그 동안 수재민 촌에 몇 번 다녀왔다. 담배는 알고 보면 해로운 물건인데 그 별것도 아닌 것을 보내 준다고 할아버지들이 허리를 숙이고 고마워했다.

겨울이 되어 덮을 담요가 부족할 것 같아 노인들을 둘러보고 부족한 댁에는 몇 장을 더 보내준 것 외는 아무 도움도 줄 수 없었다.

높은 군자산 정상에서 내려다보면 언제나 아침 안개가 산허리로 돌아 흐르더니 겨울이 되자 아득히 보이던 마식령 산맥이 눈을 덮고 하얗게 엎드렸다. 그 겨울에도 훈련은 계속되었다. 3박 4일 연대 기동훈련이 있다면서 파견 대원 가운데 2명을 중대로 내려보내라는 것이었다.

추운 겨울에 누구를 내려보낸단 말인가. 문제가 생길 때마다 나는 제3초소를 찾았다. 거기에는 대전 선화동에서 시계방을 하다가 입대했다는 김상병이 있었는데 그는 독실한 기독교인이었다. 그와 의논하면 무슨 일이든지 지혜롭게 대안을 내놓았다.

누구를 파견할 것인가 묻자 그는 선뜻 자기가 가겠다고 했다.

"이번 훈련은 엄청나게 힘듭니다. 춥기도 하지만 야간부대 이동 훈련이라 일병을 내려보내면 다른 애들보다 배로 고생을 합니다. 고참이 가야 고생을 덜합니다. 우리 파견병 가운데는 저보다 고참이 없습니다. 그래서 제가 가야 됩니다. 한 명은 심하사님이 지명하십시오."

9사단 전곡에서 60 / 아름다운 사랑

"그렇게 자진하여 가겠다니 고맙군, 그런데 또 한 사람은 누구를 보내면 좋을까?"

"4초소에 신병이 하나 오지 않습니까. 그 애를 보내시지요."

"내려가면 고생을 많이 한다면서?"

"말도 못하지요, 더구나 파견 근무자는 시집살이가 더 심합니다."

"그런데도 김상병은 스스로 가겠다고 해?"

"저는 고참이라 어디를 가도 고생은 덜 합니다. 그러나 다른 애들은 다릅니다."

"그렇게 어렵다면 다른 애들 보내기가 더 어렵다. 차라리 내가 가는 편이 어떨까?"

"그건 안 됩니다. 장거리 행군에 약하신 걸 제가 아는데요."

"그건 옛 이야기고, 나도 이제 산 속에서 걷는 연습을 해서 견딜 만하다."

"그래도 안 됩니다. 이 추위에 왜 고생을 사서 합니까?"

"아니다. 나는 너무 편하게 생활을 하고 있어. 남을 보내어 고생시키는 것보다는 내가 가는 편이 낫겠다. 누구를 사지로 보내고 싶지 않아."

"신병을 보내십시오."

"아니다. 내가 가고 싶다. 전방에 와서 훈련다운 훈련을 못해 보았다. 얼마나 힘든지 내가 가보고 싶다."

나는 가기로 결심했다. 전령 김상병에게 훈련에 내가 가겠다고 하자 가지 말라고 극구 막았다. 그러나 끝내 아무도 나를 막지 못했다. 훈련에 내가 참석하겠다고 하자 중대장님도 어이없어 했다. 무엇이 부족하여 고된 훈련을 자청하여 하느냐는 거였다.

나는 훈련 대열에서 임시 소속 배정을 받았다. 중대본부 작전계원으로. 하사라는 계급이 전방에서는 어디를 가도 대우를 받는다. 공수단에서 하사는 밑바닥 기본병인데 전방에서는 공수단의 소위보다 편하다. 훈련이 시작되자 전원이 완전군장으로 어디론가 계속 걸었다. 가을걷이도 끝난 지 오랜 들판은 황량했고 해질 녘 산 그림자 길게 내린 계곡은 을씨년스럽기 그지없었다. 계곡을 타고 나뭇가지를 할퀴는 바람 소리는 달빛을 가르고 파고드는 산바람은 철모 속으로 흙먼지를 뿌렸다.

해가 지고 보름달이 환하게 내린 들판을 가로질러 달그림자를 밟고 뚜벅뚜벅 걷는 검은 대열은 무서울 정도로 늠름했다. 그 검은 대열에 내가 끼어 있다는 것, 나도 그림자를 밟고 묵묵히 걷는다는 것, 이게 나의 참 군인된 모습이라고 생각하니 내 그림자가 자랑스럽고 가슴이 뜨거웠다. 하루에도 몇 번씩 부르는 군가,

"부모 형제 나를 믿고 단잠을 이룬다."

얼마나 실감나는 가사인가. 지금쯤 고향에도 하얀 달빛이 평화롭게 내리고 산자락에 웅크리고 엎드린 초가지붕 그림자는 툇마루에 드리웠으리라. 그 고요한 밤에 먼 동네에서 들려오는 개 짖는 소리는 언제나 평화로웠다.

이렇게 전방을 지킴으로 부모님과 동생들이 단잠을 이룰 수 있다

고 생각하니 내가 하는 훈련이 얼마나 값진 것인가 감회가 깊었다. (지금도 전방에서는 우리의 아들들이 밤잠을 나라에 바치고 철조망을 지키기에 우리가 편히 자고, 월드컵 16강 승리의 기쁨을 누리며 마음껏 박수를 칠 수 있는 것이 아닌가. 혹이라도 전방에서 이 글을 읽는 자랑스러운 아들들이 있다면 감사하다고 마음으로 손을 잡아주고 싶다.)

어딘지 알 수 없는 들판에서 환한 달빛을 검은 구름이 가리고 지나가는 것을 보며 우리는 텐트를 쳤다. 한 텐트에 3명씩 잠자리에 들었다. 세상에 나서 처음으로 텐트 속에서 잠을 자 보는 것도 내게는 꿈 같은 즐거움이었다.

나는 훈련이 고생스럽다기보다 추억을 만드는 낭만적인 체험으로 즐기고 있었다. 스스로 택한 고생이라 불만도 없었다. 가끔 나를 찾아온 김상병은 염려스러운 눈으로 안부를 물었지만 나는 오히려 내 고생보다 그의 걱정을 더했다.

텐트 밖에는 바람이 멎고 고요한 달빛이 구름과 구름을 징검다리 뛰듯 숨바꼭질을 쳤다. 텐트 틈으로 그것을 보다가 잠이 들었다. 다음 날 아침, 기상 소리에 일어나 텐트를 열려고 문을 밀었다. 문이 묵직했다. 힘주어 밀자 눈이 쏟아져 들어왔다. 밖으로 나와 보니 언제 내렸는지 함박눈이 텐트가 둥그렇게 덮였다. 들판에 줄지어 선 텐트들이 하얀 곰의 등처럼 웅크리고 있었다. 온 세상이 하얗게 눈에 덮였다.

9사단 전곡에서 61 / 이런 쩍일 놈들

지난 밤 달빛에 흔들리던 작은 나무들도 하얗게 어깨를 늘어뜨리고 고개를 숙였다. 엄숙한 아침이었다. 그 하얀 들판에 끝없이 엎드려 아침을 맞던 텐트의 대열이 지금도 내 가슴엔 아름다운 그림으로 남아 있다.

경비 3초소에서는 김상병의 희생적 전우애에서 나온 아름다운 사랑을 보았지만 4초소는 다른 사건이 기다리고 있었다.

2월 중순이었다. 계곡마다 희끗희끗하던 잔설도 잦아들고 양지바른 숲에는 진달래가 화장을 시작하고 잔디 속에서는 할미꽃이 보송한 얼굴을 들고 햇볕에 조는 모습을 보이기 시작했다.

나는 이제 제대할 때가 가까워오고 있구나 생각하고 잠지리에 들었다. 밤 2시쯤이었다. 단잠을 자고 있는데 불침번이 깨워서 일어났다. 언제 왔는지 3초소에 근무하는 김상병이 와 있었다.

"주무시는데 깨워서 죄송합니다. 급한 일이 생겨서 제가 이렇게 왔습니다."

그는 아직도 숨을 헐떡거리고 있었다.

"무슨 일이냐?"

"저 아래 4초소에 문제가 생겼습니다."

"문제라니?"

"탱크 바퀴 속에 베아링인지 하는 둥근 쇳덩어리가 있답니다."

"그래서?"

"지금 초소 애들이 민간인과 짜고 그것을 빼내고 있습니다. 그것을 빼내면 탱크가 움직이고 그러면 포신 각도가 변하여 화점(火點) 조준사격이 안 됩니다. 빨리 막아야 합니다."

나는 급히 총에 실탄을 장전하고 전령 김상병과 3초소 김상병을 앞세우고 4초소를 향해 떠났다. 김상병이 덧붙였다.

"저에게 3천 원을 주면서 모르는 척하라는 것입니다. 그렇지만 이게 돈으로 해결할 수 있는 문제입니까? 나중에 부대가 바뀔 때 인수인계를 하면 쇳덩어리 빼낸 것이 밝혀질 것이고 그렇게 되면 심하사님이 책임을 지셔야 합니다. 영창 갈 일이지요. 저는 심하사님과 기동훈련을 다녀오면서 다른 애들을 보내지 않고 직접 가셨던 것을 고맙게 생각하고 있었습니다. 그 의리도 모르고 저놈들이 이 짓을 하다니, 말이 됩니까."

전령 김상병이 흥분하여 말했다.

"하모, 이놈아들이 심하사님 골탕 메길 일을 하고 있다 이 말 아이가. 이런 쥑일 놈들."

"들어보세요, 탱크 뜯는 소리가 들리시지요?"

1길로쯤 다가갔을 때 탱크 뜯는 망치 소리가 쨍쨍 울려 퍼졌다. 보름달이 높이 떠서 온 세상을 환하게 비쳐서 다니기는 좋았으나 위험스럽게 느껴졌다. 중간에서 3초소 김상병을 돌려보내고 전령과 나만 4초소로 향했다. 우리는 나무 그림자를 타고 발소리를 죽이며 다가갔다. 저쪽에서 이쪽을 발견하지 못하게 나무 그림자 사이를 건너뛰었다.

전방에서는 야간 근무 시 실탄을 장전하기 때문에 수상한 자가 접근하면 무조건 사격을 하게 된다. 그러므로 초소에 통고 없이 함부로 접근한다는 것은 매우 위험한 일이었다. 초소 3백미터쯤 이르렀을 때는 탱크 뜯는 소리가 쩡쩡 울렸다. 그러나 깊은 산 속이라 그 소리는 어디서도 들을 수 없을 것이었다.

김상병과 나는 나무숲을 헤치며 그림자를 이용하여 저쪽에서 알아채지 못하게 낮은 자세로 살금살금 접근했다. 만약에 저들이 우리를 수상한 자로 알고 발포하면 우리는 그 밤이 제삿날이었다.

이윽고 초소 바로 앞에 도착했다. 경비병의 그림자는 보이지 않았다. 다만 탱크 밑에서 쨍쨍 울리는 쇳소리와 두 사람이 주고받는 목소리가 들릴 뿐이었다. 김상병이 나직이 속삭였다.

"우찌 할까예?"

"잠시 기다려 보자."

우리는 나무 숲 뒤에 엎드린 채 동향을 살폈다. 초소 막사 안에는 불이 켜져 있고 아무도 보이지 않았다. 나는 나직이 지시했다.

"김상병, 네 엠원(총M1)으로 탱크 등에다 한 방만 쏴라."

"알겠심더."

김상병이 총을 겨누었다. 동시에 고요한 달빛을 깨고 "꽈앙!"하는 총성과 함께 탱크에 실탄이 번쩍하고 불꽃을 뿌렸다. 총소리는 먼 계곡을 타고 웅성거리는 메아리를 이루며 달빛을 타고 흘러 퍼졌다. 나는 초소 막사로 와락 뛰어들었다. 초소병 세 명과 병기계를 보는 백병장이 둘러앉아 술자리를 벌이고 있었다. 내가 나타나자 모두가 사색이 되어 얼어붙은 듯 꼼짝을 못했다.

"동작 그만! 움직이면 쏜다!"

9사단 전곡에서 62 / 묶어놓고 두들겨 패기

나는 총을 초소병들 앞에 들이댔다. 그 순간 백병장이 엠원을 잡아 들며 나를 향해 총뿌리를 돌렸다. 위기를 느낀 나는 잽싸게 달려들어 그의 총을 걷어찼다. 나는 나뒹구는 총을 잡아들면서 소리쳤다.

"무릎 꿇고 손들어!"

대경실색한 초소병들은 일제히 손을 들었다. 나는 그들 곁에서 총을 거두어 들었다. 내 총부리는 백병장을 향해 들이댄 채였다.

"김상병, 저 빨랫줄로 이놈들을 다 묶어라!"

마침 빨랫줄을 거두어다 놓은 것이 보였다. 김상병은 날쌔게 달려 들어 네 사람의 손목을 줄줄이 묶었다.

"끌고 나와!"

굴비처럼 엮인 네 사람이 끌려 나왔다.

"일렬횡대로 차렷!"

네 사람을 나란히 세워놓고 한 사람씩 조인트를 까고 주먹으로 쥐 어박았다. 나는 세상에 태어나서 내 주먹이 아프도록 사람을 때려 보 기는 처음이었다.

"나쁜 놈들 너희가 군인이냐? 이 도둑놈들! 탱크를 뜯어?"

공수단에서 송서규 소령에게 죽을 지경으로 맞아 본 경험이 처음 이었고 이때 졸병들을 때려 본 경험도 처음이자 마지막이다.

"김상병, 이놈들 정신이 들 때까지 쳐라, 알았나?"

"네, 알겠심더."

김삼화 상병은 사단 씨름 선수로 힘이 장사였다. 그의 주먹이 무자비하게 날아들어 네 사람을 차례로 쓰러뜨렸다. 마지막에 백병장이 발악하듯 항의했다.

"상병이 병장을 쳐?"

그 말에 김상병이 멈칫 했다.

"심하사님예, 우쩰까예?"

"뭘 우째? 명령이다. 백병장을 더 쳐라!"

흥분한 김상병은 주먹질을 하면서

"이기는 내가 때리는기 아입니더. 내는 심하사님 명령대로 하는 깁니더."

상병이 병장을 때리자니 마음이 캥겨서 하는 소리였고 그의 주먹은 이판사판 더 무섭게 백병장을 두들겨 팼다. 김상병은 마치 미친 듯이 이놈 저놈 닥치는 대로 돌아가며 치면서 주절거렸다.

"이눔아들아. 니들이 대한민국 군인이가? 이 도둑놈들. 탱크를 뜯어먹을라꼬?"

얻어맞고 어우어푸 하는 비명이 계속되었다. 나는 탱크 곁으로 갔다.

탱크를 뜯던 민간인은 달아나 숲 속에 숨어 보이지 않았다.

달빛에 진하게 그림자를 내린 숲 속에다 대고 외쳤다.

"나와라! 민간인! 당장 나와!"

그리고 백병장에게 민간인이 몇이나 들어왔는지 물었다. 2명이라고 했다.

"빨리 나오지 않으면 조준 사격한다. 알았나?"

나는 허공에다 총을 쏘았다.

"쫘앙!"

물속처럼 조용한 계곡에 다시 한 번 지축을 흔드는 총성이 요란하게 울려 퍼지며 교교한 달빛을 깨뜨렸다. 먼 산 끝까지 웅웅거리며 메아리도 아니고 우는소리도 아닌 굉음이 뚤뚤 뭉쳐 흘러갔다. 나는 또 단호하게 외쳤다.

"다섯까지 셀 동안 나와라. 나오지 않으면 총살이다. 하나, 둘, 세엣, 네엣!"

다섯이 채 나오기 전에 숲 속에서 두 사람이 엉금엉금 기어 나오면서 죽는소리로 빌었다.

"심하사님, 심하사님 살려주십시오."

두 사람은 숨어서 아이들이 하는 소리를 듣고 내 성을 알고 심 하사님을 불러댔다. 두 사람은 벌벌 떨면서 내 앞에 와 무릎을 꿇었다.

"잘못했습니다. 살려 주십시오, 심하사님……."

"김상병, 이 사람들도 묶어라."

"알겠심더."

김상병은 민첩한 동작으로 두 사람을 묶어 초소병들과 함께 엮었다. 민간인들은 때리지 않았다.

"연대본부로 간다, 알았나? 너희들은 영창감이다."

"용서해 주세요, 하사님."

"공산군보다 나쁜 놈들, 무슨 용서를 해? 김상병 앞장서라."

맨 앞에 김상병이 총을 장전한 채 섰고 맨 뒤에 내가 섰다. 구름 한 점 없이 맑은 하늘에서는 보름달이 환히 내리비치고 있었다. 고요한 살길을 한 줄로 묶인 여섯에 앞 뒤 호위자 두 명 등 여덟 명이 긴 꼬리를 이루었다. 달빛을 받고 놀이하듯 걸어가는 그림자가 이리 꺾이고 저리 꺾이는 모습이 처량했다.

연대본부까지는 2십리 길이었다. 새벽 3시, 다섯 시나 돼야 연대본부에 도착할 수 있을 것이었다. 약 5백 미터쯤 걸어갔을 때 백병장이 입을 열었다.

"심하사님, 비밀로 드릴 말씀이 있습니다."

"비밀?"

"네."

나는 그의 곁으로 갔다. 그는 내 귀에다 대고 나직이 속삭이듯 말했다.

"오늘 일은 중대장님이 시켜서 한 것입니다."

"그래?"

"저 애들이 알면 안 됩니다. 중대에 분실 관물이 많답니다. 그것을 충당하기 위해 중대장님이 시켜서 한 것입니다. 내 잘못은 없습니다."

"전원 제 자리 섯."

행진을 멈추고 모두 앉혔다. 중대장님이 시켰다면 어떻게 되는 것인가? 연대에 보고하면 이 사실이 알려질 것이고 연대장은 중대장을 용서하지 않을 것이다.

나는 곤혹스러웠다. 그 동안 중대장님이 내게 베풀어준 사랑이 새삼 크게 느껴졌다. 동시에 그의 처사가 밉다는 생각도 들었다.

이런 저런 일들을 생각하는 가운데 중대장님 댁에 갔을 때 "우리 딸 예쁘지?" 하던 소리가 다시 들리는 듯하고 순박하게 생긴 사모님이 안쓰럽게 떠올랐다. 40이 넘도록 진급도 못 하는 군인 남편을 따라 전방까지 온 사모님과 조르르 달린 순진한 딸들…….

'어떡한다? 어떡한다?'

9사단 전곡에서 63 / 안 도둑이 바깥 도둑보다 위험

새벽 3시가 조금 넘었다. 환한 달빛에 하얗게 질린 얼굴로 나를 바라보는 초라한 민간인들을 향해 물었다.

"당신들 지금까지 뜯어놓은 것 원상 복구할 수 있겠소?"

두 사람은 땅에 넓죽 엎드려 빌면서 대답했다.

"네, 네, 할 수 있습니다. 용서만 해주신다면 원상대로 해놓겠습니다. 살려만 주십시오. 심하사님."

"3시간 내로 고쳐 놓으시오. 대대 순찰차가 오기 전에 마쳐야 합니다."

"네, 네. 심하사님 감사합니다."

그 두 사람은 어쩌면 지금까지도 심히사라는 사람을 잊지 못하는지도 모른다. 무슨 말만 하면 네네 심하사님을 연발하면서 뜯어진 탱크 밑으로 기어 들어갔으니까.

초소병과 백 병장은 묶은 채로 동이 틀 때까지 탱크 곁에 세워 두고 민간인들이 복구 작업하는 것을 보게 하였다. 더 때려주고 싶은 것을 참고 이렇게 욕을 해주었다.

"적군은 38선 저쪽에만 있는 것이 아니었어. 바로 너 같은 놈들이 적이야. 나라를 지키라고 했더니 탱크를 뜯어? 이 공산당보다 나쁜 놈들."

3시간만에 작업이 끝났다. 쇳조각 몇 개는 용접을 하지 않으면 붙일 수 없다면서 내 처분을 기다렸다. 내가 보기에도 그런 쇳조각은 붙어 있으나 없으나 마찬가지 같았다.

원래가 고장난 탱크를 이용하여 적군의 진지를 파괴하는 것이 목적이니 포신이 조준만 정확하게 하면 되리라 생각했다.

6시가 조금 지나 민간인들을 내보냈다. 그들이 끌고 왔던 리어카에 쇳조각을 가지고 나가라고 했다. 그런 것들이 굴러다니면 화근이 될 소지가 있기 때문이었다. 민간인들은 돌아가면서 내 앞에다 2천원을 내밀었다.

"이건 고물 값으로 드리는 겁니다. 받으십시오."

"이 사람들, 아직도 정신이 안 들었소? 돈을 내밀다니! 넣으시오. 만약 그 돈을 내가 받으면 당신들은 영창이야, 영창 가고 싶소?"

그들은 영창이라는 말에 목을 움츠리고 굽실거리며 돌아갔다.

새벽이슬을 밟고 나는 백병장을 앞세우고 중대 본부로 내려갔다. 중대장님이 나와 있었다. 내가 나타나자 중대장님 얼굴이 새까맣게 질리는 것을 느낄 수 있었다. 나는 순간 중대장님에게서 배신감을 느꼈다.

"심하사 어떻게 된 거야? 이렇게 일찍이……?"

"중대장님 저하고 잠깐 저리로 가시지요."

나는 중대장님을 창고 뒤로 모시고 갔다. 주위에 아무도 보이지 않았다. 나는 화난 얼굴로 대들어 중대장님의 멱살을 잡았다.

"이래도 되는 겁니까? 부하에게 도둑질을 시켜요? 탱크를 뜯다니, 군인이 할 일입니까? 탱크를 뜯어내면 어떻게 되는지 알아요? 포신이 움직이면 포탄이 어디로 날아갑니까?"

"심하사, 이러지 말게, 나도 애로가 있어서 그랬어."

중대장님은 나보다 키가 약간 작고 호리호리하여 멱살을 잡힌 채 얼굴만 빨개져 있었다. 만약 대위 계급을 내세워 나를 억누르려 했다면 나는 용서하지 않았을 것이다. 그러나 중대장님도 자기가 잘못한 것을 인정하기 때문에 중대장으로의 위력을 발휘하지 못했다.

"내 말 좀 들어보게. 나도 잘못했어."

나는 손을 놓았다.

"탱크 뜯어낸 것이 적발된다면 누가 책임을 지지요? 중대장님은 내가 영창 간다는 것을 알면서 그런 일을 시켜요?"

"미안해 중대에 분실 관물이 너무 많아서 그것을 채워 볼 생각에 그렇게 되었네. 이해해 주게."

"이미 이해는 했습니다. 아니었다면 오늘 아침 백병장은 물론 중대장님도 초소병들도 다 영창 갔을 겁니다."

"고맙네. 고마워."

중대장님은 내 손을 잡고 안타까운 얼굴로 호소하듯 바라보다가

"심하사, 이제 제대도 얼마 남지 않았으니 제대 통지가 나올 때까지 집에 가서 있다가 연락하면 오지 않겠나?"

"안 됩니다. 군복무기간은 떳떳이 채워야 합니다. 그런 생각을 고치십시오."

나는 다시 군자산 정상 초소본부로 돌아왔고 거기서 며칠 지내지 못하고 다시 본대로 돌아와야 했다. 우리 부대(백마)가 월남전에 파병부대로 선정되었기 때문이다.

9사단 전곡에서 63 / 여자 그물에 걸린 도망자

군인들은 대개 어떡하면 사역을 하지 않고 내무반에서 뒹굴뒹굴 놀던지 일요일에 밖으로 나가 자유를 누릴까 생각한다. 그러나 그것이 여의치 못하므로 자유를 얻기 위해 온갖 잔머리를 다 굴린다. 입대할 때 논산훈련소 연병장에서의 일이 생각난다. 인사 장교가

"기독교인 앞으로!"

하고 명하면 교회가 무언지도 모르는 것들이 우르르 앞으로 나선다. 불신자 중에 나선 자들은 머리가 매우 영리한 인물들이다.

교회에 나간다고 하면 주일마다 교회 갑네 하고 영내를 벗어나 자유를 누릴 수 있고 특별 사역을 하지 않아도 된다는 것을 알기 때문이다.

그러나 크리스천들은 자연스럽게 앞으로 나간다. 이렇게 하여 믿는 사람 안 믿는 사람 나온다. 그러면 인사 장교가 사이를 두고 떨어져 책상에 앉아 한 사람씩 불러 앞에 세우고 질문을 한다.

"주기도문 외워 봐."

기독교인들은 아무렇지도 않게 술술 왼다. 그러면 장교는 '좌로' 하고 따로 세운다.

그리고 다음 사람! 하고 부르면 대기자가 그 앞에 선다. 그러면 또 묻는다.

"사도신경 외워 봐."

"사도신경이라구요? 사도신경이 뭡니까?"

이 한 마디에 장교의 주먹이 보기 좋게 날아간다.

"이 자식, 거짓말이 통할 줄 알아."

한 대 맞고 얼굴을 가리고 장교가 지시하는 쪽으로 가는 곳은 지옥이다. 사역병 대기자 집합소. 그렇게 하여 수백 명의 입대병을 기독교인과 비기독교인을 순식간에 갈라놓는다.

믿지 않는 녀석들은 세상에 나와서 처음 들어보는 질문에 막혀 따귀를 맞는 것이다.

개중에는 장교가 어떻게 하여 말 몇 마디로 신자와 불신자를 가려내는지 아주 신기하다는 듯 바라보기도 한다. 그리고 기독교 신자들을 부럽게 바라보는 것이다.

훈련소에서 기독교 신자로 인정받은 사람은 주일날이면 천국엘 다녀오는 만큼이나 신나는 날이다.

그러나 믿지 않는 사람들은 어떻게 해야 기독교인으로 인정을 받아 그들 틈에 낄 수 있을까를 생각하지만 그렇게 성급히 해결되는 문제가 아니다.

나는 그때의 경험을 생각하면서 장차 내가 이 세상을 다 살고 하나님의 심판대 앞에 서는 날도 꼭 그러하리라고 생각했다.

하나님을 전혀 믿지 않고 세상의 부귀영화에만 매달려 하나님을 비방하고 세상 자랑에 흥청거리다가 막상 죽어 군에 입대하듯이 꼼짝 못하고 하나님 앞에 서서 믿음의 심사를 받는다면 신실한 신자들이야 자연스럽게 천국 문을 들어서겠지만 죄를 지은 자들은 지옥 벌을 받지 않겠나.

그때 믿지 않던 이들의 후회와 낙망은 어떠한 것일까. 믿지 않고 살다가 죽음을 맞아 다 낡은 가죽과 앙상하게 삭은 뼈만 세상에 두고 심판대 앞에 선 영혼이 후회하며 믿겠노라 호소해도 그때는 이미 소용없는 노릇이 아니겠는가.

그들은 영원한 지옥 불에 떨어져 이를 갈며 울고 발버둥질치는 불쌍한 영혼이 되고 말리라.

나는 군에 입대하여 제대할 때까지 주일은 빠지지 않고 교회를 나갔다.

우리 부대가 월남 파병부대로 결정됨으로 파견병이나 휴가병이 모두 본대로 귀대했다. 나도 군자산에서 내려와 중대로 들어왔다. 대원들은 매우 불안해하고 있었다. 지원자만 보낸다느니 강제라느니, 모두가 상부의 명령에 신경이 곤두서 있었다.

그런 분위기 속에서 주일이 왔다. 분위기 탓인지 갑자기 교회가 가기 싫어졌다. 부대에서는 교회에 간다고 찬송가와 성경을 들고 나서서 엉뚱한 곳으로 발길을 돌렸다.

그 날만은 교회를 가지 않고 부대에서 2십리쯤 떨어진 곳에 사는 친척집에 가서 놀다가 오리라 생각했다. 그래서 부대 정문을 벗어나자 찬송가는 왼쪽 주머니에 성경은 오른쪽 주머니에 넣고 군복 단추를 꼭꼭 채웠다.

오늘만은 교인이 아닌 외출병이다.

나는 그렇게 생각하고 길을 재촉했다. 그 날은 하늘이 매우 청명했다. 가슴으로 파고드는 봄바람은 부드럽고 따사로웠다.

가로수는 새파란 가지를 한껏 펼쳐 푸른 하늘 높이 손짓하고 그 사이로 나비가 납신납신 춤을 추며 날았다. 도로변은 온갖 잡초가 파란 그림을 흐드러지게 그려 놓았고 그 풀잎 사이로 가지가지 꽃들이 방실거렸다.

평화가 가득히 내리는 한나절이었다. 나는 휘파람을 불며 신나게 걸었다. 아득히 파란 들판 가운데로 가르마처럼 뻗은 가로수 길은 한 폭의 입체화였다.

그 가운데를 활보하는 나는 그림의 주인공이었다. 이럴 때 좋아하는 사람이라도 곁에 있어 대화를 나눌 수 있다면 얼마나 즐겁겠는가 생각했다.

십리쯤 걷다 보니 5백 미터 전방 샛길에서 여자 둘이 들어섰다. 한 사람은 부인이었고 한 사람은 허리가 잘록하고 단정한 차림의 아가씨였다.

나는 눈이 휘둥그레졌다. 웬 떡이냐 싶었다.

아가씨의 뒷모습이 예뻤다.

나는 걸음을 재촉했다.

9사단 전곡에서 65 / 딸만 주신다면 네네

나는 두 여자의 뒷모습을 바라보며 걸음을 재촉했다. 그들은 느릿 느릿 산책하는 걸음이었고 나는 속보였기 때문에 순식간에 그 두 사람의 뒤를 바싹 따라 잡았다.

그들 가까이 이르자 곁눈질로 아가씨를 훔쳐보았다. 아가씨는 뒷모습도 예뻤지만 얼굴은 더 예뻤다. 가슴이 설레었다. 급히 걸어서 따라 잡기는 했지만 그 곁에 이르러서 갑자기 속도를 줄일 수는 없었다.

만약 그들과 맞춰 느린 걸음으로 걷는다면 그들이 어떻게 생각할 것인가. 아무래도 이상한 녀석 다 보겠네 하고 생각할 것이 아닌가. 그렇다고 그냥 빠르게 지나쳐 버리면 아가씨 얼굴을 돌아볼 용기까지는 없는 터라 안타까울 수밖에 없었다.

무슨 구실로 속도를 늦출까 궁리해 봤지만 묘안이 없었다. 바로 그때였다.

"군인 양반, 어디를 그리 급히 가시오?"

이렇게 말을 건 것은 부인이었다.

옳지 기회다 하고 생각한 나는 고개를 돌려 눈길은 아가씨를 향한 채 대답했다.

"예, 뭐 그리 급한 일은 없습니다."

"그런데 웬 길을 그렇게 빨리 가시우?"

"저는 걸음이 좀 빠른 편입니다."

"아무리 빠른 걸음이라지만 우리 이야기나 나눠가며 걷지 않겠수?"

"좋습니다."

절호의 기회는 이렇게 하여 왔다. 나는 어느새 두 사람 사이에 끼어 걷게 되었다. 아가씨는 한 마디도 하지 않았다. 하얀 얼굴에 동그란 이마며 웃음이 가득히 담겨 있는 아기 같은 눈빛은 파란 봄 들판 위에 인형 같은 모습이었다.

이따금 내 이야기가 재미있다는 듯 돌아보며 웃어 줄 때 귀엽게 들어가는 보조개며 햇빛에 하얗게 빛나는 치아는 정말 아름다웠다. 대화를 나누는 동안 그들은 모녀간이라는 것을 알았다.

부인은 아주 덕스럽게 생긴 데다가 온화한 얼굴이 좋았고 무슨 말이든 내가 하기 쉬운 이야기를 물어 옴으로 웃으면서 대답할 수 있었다.

그러나 속이 시커먼 나는 입과 귀만 부인 쪽에 주고 마음은 아가씨 얼굴로, 가슴으로, 허리로, 하얀 다리로 훔쳐보고 쓸어 보고 그쪽에 쏙 빠져 있었다.

그것도 모르는 부인은 내 고향은 어디냐, 부모님은 계시냐, 형제는 몇이나 되느냐, 제대는 언제 하느냐는 등등을 물었다. 나는 성실하게 대답하면서 속으로는,

'뭐든지 물어 보슈. 예쁜 딸만 주신다면……. 저 정도면 색시를 삼아도 좋겠는데…….'

나는 함께 걷고 있는 부인은 보지 않고 오른쪽에서 방싯거리며 웃어 주는 아가씨에게 홀딱 반해 있었다. 참으로 즐거운 시간이었다. 아가씨가 마음에 든 나는 온갖 수식어를 써 가면서 부인의 환심을 사

기 위해 노력했다.

부인은 내가 마음에 드는 모양이었다. 그렇게 길을 따라 걷다가 방향을 꺾었을 때 또 새로운 전경이 앞에 펼쳐졌다. 역시 곧장 난 신작로에 가로수가 끝없이 뻗어 있었다. 아직도 한참 걸어야 그 끝에 닿을 것이라고 생각하며 어떻게 해야 아가씨와 대화를 할 수 있을까 궁리했다.

부인이 나직이 물었다.

"군인 양반, 내 청 하나 들어주시지 않겠수?"

"네, 무슨 청이든지 들어 드리겠습니다."

이렇게 말하면서 속으로는

'무슨 말씀이든 하십시오, 다 들어 드리고 말고요, 딸만 주신다면 무엇이든 좋습니다.'

하고 엉뚱한 생각을 하고 있었다. 부인이 다짐했다.

"꼭 들어주시는 거지요?"

"네, 꼭 들어 드리겠습니다."

"약속했어요."

"네."

"다른 것이 아니라……."

"말씀하세요."

부인은 멀리 가로수가 뾰족하게 맞닿은 지점을 손가락으로 가리켰다.

"저기 저 끝에 뭐가 보이지요?"

9사단 전곡에서 66 / 그래도 네가 기독교인이냐?

아주머니 손이 가리키는 길 끝 멀리 거기에 또렷이 보이는 것이 있었다. 무성한 솔밭 위로 파란 하늘 높이 십자가가 선명히 떠올라 있었다. 나는 가슴이 뜨끔해진 채 엉뚱한 말을 했다.

"솔밭이 보이는군요."

"군인 양반 눈이 나쁘시우?"

"아뇨."

"솔밭 말고 또 보이는 게 없수?"

"네, 십자가가……."

"십자가가 뭔지 아시우?"

"……."

"십자가가 뭔지 모르시겠지……."

나는 순간 정신이 번쩍 들었다. 십자가가 뭔지 모르다니! 그 순간 내 마음이 제 자리를 찾았다.

오른쪽에 있는 아가씨에게 흠뻑 빠져 있던 정신이 돌아왔고 마음은 부인에게로 옮겨갔다. 부인은 나를 불신자로 생각하며,

"이제부터 십자가가 무엇인지를 설명해 드릴 테니 잘 들어보실라우?"

하고 하나님은 어떤 분이시며 예수는 또 어떤 분이며 우리는 왜 하나님을 믿어야 하는가에 대하여 교회에서 귀가 닳도록 들은 이야기를 들려주었다.

나는 예수에 대하여 전혀 모르는 사람처럼 그 이야기를 공손히 들었다. 부인은 이야기를 끝내고 물었다.

"내가 부탁하겠다고 한 말 생각 나시우?"

"네."

"그렇게 어려운 부탁이 아니니 부담 가질 것은 없어요. 내 부탁을 들어주겠다고 했으니 믿고 말하리다."

나는 무슨 부탁일까 하여 긴장해 있었다. 부인이 입을 열었다.

"오늘은 주일이라 모두들 하나님 앞에 나아가 예배를 드리는 날이라우. 나와 함께 교회에 가서 예배를 드리고 가는 것이 어떻겠느냐는 부탁이라우. 함께 교회에서 예배를 드리고 가도 늦지 않다면 내 부탁을 꼭 들어줘요."

나는 곁에 아름다운 아가씨가 있다는 것도 잊었다. 부인이 부탁한다는 소리보다는 내 가슴 밑에서 들려오는 소리를 듣고 있었다.

"이녀석아 어디를 가겠다고? 교회에 간다고 속이고 나와서 어디를 가는 거냐? 그래도 네가 기독교인이냐? 하나님을 믿는다는 녀석이 세상을 속이고 제 멋대로 하려 해? 아주머니의 청을 거절할 수 있겠느냐? 거절할 수……."

이런 소리가 가슴에서 나오는 것을 들으며 대답했다.

"네 그렇게 하겠습니다."

"고맙수, 정말 고맙수."

부인의 눈에는 진실로 고마워하는 빛이 역력했다. 그런 눈을 보니 나는 부끄러운 마음이 더욱 들어 바로 볼 수가 없었다.

앞주머니에 숨겨 둔 성경과 찬송가가 무거운 중량으로 가슴을 눌렸다. 그러나 나는 어떻게 된 일인지 나도 성경 찬송가가 있다는 말과 이미 하나님을 아는 크리스천이라는 말을 할 자신이 없었다.

끝내 숨기기로 하고 부인의 친절한 예수님 이야기에 귀를 기울였다. 교회에 이르도록 그녀는 여러 가지 이야기를 해 주었고 옆에서 아가씨도 낭랑한 음성으로 어머니를 도와 내가 못 알아들을 것 같다고 생각되는 부분에 대하여 보충 설명까지 해주었다.

정말 아름다운 아가씨였다. 어느새 내 마음에는 그 아가씨가 내 색시감이 아니라 거룩한 천사로 곁에 다가와 있음을 느꼈다.

마치 도둑질을 하다 들킨 기분이었다. 교회를 간다고 나서서 다른 곳으로 가던 것이며 엉큼한 생각을 가지고 바라보던 마음의 비밀들이 모두 들통난 기분이었다.

우리는 한 가족이라도 된 듯 다정한 모습으로 교회 문을 들어섰다. 교회는 아담하고 잘 꾸며져 있었다. 부인은 교회에 들어서자 내가 아무것도 모르는 사람으로 생각하고 미리 주의를 주었다.

"처음에는 쑥스럽고 이상할 거예요. 내가 하는 대로 따라 하기만 하면 돼요."

"네."

부인은 옆에 있는 교인들과 인사를 나누었다. 호칭을 들으니 홍 집사님이었다.

나는 고개도 들지 못한 채 숙이고 앉아 처음 교회에 나온 사람처럼 부인이 하는 대로 따라 했다. 부인은 오른쪽에, 아가씨는 왼쪽에 앉았다.

아가씨가 찬송가를 펼쳐 내 앞으로 밀어 주었다. 나는 그것을 받아

들었다. 아가씨는 고개를 빼고 내가 들고 있는 찬송가를 보며 고운 목소리로 찬송을 했다.

나는 가슴 주머니에 무겁게 느껴지는 찬송가를 의식하면서도 그것을 꺼내지 못했다. 불편하지만 아가씨의 찬송가책을 함께 보는 수밖에 없었다.

어머니 찬송가는 무곡이니 곡조 찬송가책을 같이 보자고 했다. 나는 속으로 하나님께 사죄했다.

'하나님, 잘못했습니다. 저는 교회를 빠지지 않고 잘 다녔습니다. 하나님도 아시잖습니까. 어쩌다 딴 맘을 먹고 딴 짓을 하려다가 이렇게 잡혀 왔습니다. 죄송합니다.'

설교가 시작되었다. 목사님은 성경을 펴들고,

"오늘은 마태복음 4장 17절에서 19절까지의 말씀을 보겠습니다. '이때부터 예수께서 비로소 전파하여 가라사대 회개하라 천국이 가까웠느니라 하시더라. 갈릴리 해변에 다니시다가 두 형제 곧 베드로라 하는 시몬과 그 형제 안드레가 바다에 그물 던지는 것을 보시니 저희는 어부라 말씀하시되 나를 따라 오너라 내가 너희로 사람을 낚는 어부가 되게 하리라' 이 말씀은……."

하고 설교를 시작하였다. 그 요지는 이런 것이었다.

"내가 부르지 아니하면 너희 중에 내게 올 자가 하나도 없느니라 하신 말씀을 기억하실 것입니다. 여러분은 예수 그리스도를 자기가 선택하여 믿기로 작정했다고 생각하겠지만 사실은 그렇지 않습니다. 여러분은 하나님의 선택을 받아 이 자리에 오신 것입니다. 아무나 이 자리에 오게 되는 것이 아닙니다. 반드시 하나님의 초청을 받은 사람만이 올 수 있고 또 하늘나라에도 들어갈 수 있는 것입니다.

여러분은 하나님의 초청을 당당히 받은 분들입니다. 그런데 아직도 자기가 어떻게 하나님의 초청을 받고 그의 백성이 되었는지를 모르는 사람이 있습니다. 그래서 그런 사람 가운데는 항상 하나님의 그물에 걸린 자신을 깨닫지 못하고 하나님의 품을 떠나 지옥길로 달아나려는 사람들이 많습니다. 지금 이 자리에도 하나님을 배반하고 달아나다가 잡혀온 사람이 있을 수 있습니다.

만약 그런 분이 계시다면 회개하십시오. 그리고 다시는 하나님의 품을 떠날 생각은 버리십시오. 절대로 자기의 능력으로 하나님의 품을 떠날 수 없다는 것을 명심하시기 바랍니다……."

나는 이 말씀이야말로 나를 두고 하는 말이 아닌가? 도망치는 나를 두 모녀 성도를 앞세워 교회로 인도하신 하나님이시라면 지금 나를 보고 계시지 않을까.

이런 일이 있다니 참 신기하다고 할 수밖에 없는 일이다. 이렇게 생각하는 동안에도 목사님은 계속하여 설교를 하고 그 말씀은 모두 내 귀에 채찍처럼 들렸다.

"좁은 길로 가라 하신 말씀이 어떤 것입니까? 실로 좁은 길로 가기는 힘듭니다. 세상은 죄로 가득하여 죄악으로 통하는 길은 신작로같이 넓으나 선으로 가는 길은 심히 좁고 택하여 가기 힘든 세상입니다. 그물에 걸린 고기가 바로 우리와 같이 선택받은 사람들입니다.

그물에 걸린 고기들은 도망할 곳을 찾아 동분서주합니다. 이쪽으로 한참을 달아나다가 이제는 그물을 벗어났나 보다 생각하는 사이에 그물에 부딪치게 되면 그제야 여기도 그물이 있었구나 하고 돌아서서 그물을 피하여 더 달아납니다.

그러나 어느 만큼 달아나다 보면 거기에도 그물이 막고 있습니다. 일단 그물에 걸린 고기는 그물이 찢어지지 않는 한 달아나지 못합니다. 그러나 하나님의 그물은 찢어지지도 않고 늘어나지도 않습니다. 다만 너무 넓어서 그 크기를 사람의 지혜로는 알아낼 수 없다는 것입니다. 하나님은 자기가 택한 백성을 잡아 가두기만 하는 것이 아닙니다. 그 안에 잠잠히 머무는 한 언제까지나 평온하고 안전하게 지낼 수 있도록 보호해 주십니다.

그러나 달아나려 하는 자는 그물에 걸려 상처를 받기도 합니다. 그것이 하나님의 사랑의 매입니다. 얼마나 감사한 일입니까. 천국 백성으로 삼아 주시고 천국 갈 때까지 실족하여 지옥으로 떨어지지 않게 하기 위하여 큰 그물로 잡아 가두시고 마귀의 침범을 막아 주고 있는 가운데 있는 우리는 하나님의 사랑에 감사해야 하는 것입니다."

나는 완전히 고개를 숙이고 하나님의 말씀에 귀를 기울였다. 하나님은 나를 얼마나 사랑하시고 계신가. 나 같은 것도 버리지 아니하시고 이미 나의 할 일을 미리 알고 계셨다가 오늘 이렇게 달아나려는 것을 붙들어 오셨고 예비하신 종의 입을 통하여 나에게 들려주시는 그 사랑의 말씀을 어찌 소홀히 들을 수 있단 말인가.

나는 그 날 '다시는 하나님의 그물 안에서 달아나지 않고 살겠습니다' 하고 다짐하였다.

그 날 예배가 끝난 후 나는 그 홍집사님이라는 부인에게 교회로 인도해 주셔서 감사하다고 인사를 드렸다. 그 집사님은 내가 자기의 말을 잘 들어준 것이 고맙다며 돌아갈 때는 자기 집에 들러 저녁 식사를 하고 가도록 하라고 부탁했다.

그 날 나는 친척집에 들렀다가 돌아가는 길에 그 댁을 찾아갔다.

그 집사님은 나를 위해 저녁을 준비하고 이웃들을 불러 모아 큰 잔치를 벌였다. 대접을 잘 받고 나오면서 아가씨의 모습을 찾았다.

아가씨는 상냥하게 웃어 보이며 참 잘 오셨다고 했다. 그때 그녀의 밝은 미소는 천사의 모습이었다.

그 얼굴을 티 없이 맑은 마음으로 바라볼 수 있던 내 가슴에는 오직 하나님의 사랑으로 가득했다.

지금은 그곳이 어딘지 알 수 없는 마을이지만(연천군 군남면?) 아직도 내 가슴에는 모녀의 따뜻한 마음이 살아 있고 하나님은 우리를 사랑의 그물로 가두고 지켜 주신다는 것을 믿는다.

제대 2개월을 앞두고 우리 백마부대가 월남 파병 부대로 결정되어 전곡을 떠나 여주로 이동함으로 그 댁을 두 번 다시 찾아가지 못했다.

월남 파병과 제대 사이에 갈등하다가 여주군 대신면 산 속에서 나는 새로운 경험을 해야 했다.

여주사격장 67 / 어떤 놈은 빽이 좋아 월남도 안 가고

월남 파병부대로 정하여지자 부대가 또 이동을 해야 한다고 했다.

나는 그간 모아 둔 채 미처 전하지 못한 담배를 김상병을 시켜 수재민촌 노인들에게 전하여 주게 하였다.

김상병은 담배를 전하여 주고 와서 마을 노인들의 소식을 전하여 주었다. 노인들이 모두 고마워한다는 것과 언제든 내가 한번 찾아 주기 바란다는 말. 그러나 다시는 가보지 못하고 말았다.

우리 부대는 아침 8시 연천역에서 모두 기차에 올랐다. 나도 차에 올라 그 마을이 보이는 창가를 택하여 앉았다. 8시 10분쯤 기차는 그 마을 앞을 지났다. 마을 노인들이 하얀 바지저고리 차림으로 마을 앞길에 나와 손을 흔들었다.

나는 착잡한 마음으로 노인들을 바라보았다. 곁에 앉은 전우들은 동네 사람들이 아침이 이른 데도 일찍이 나와 기차를 보고 손을 흔든다고 했다. 그들은 그들대로 자기 좋게 생각하고 나는 나대로 그 노인들이 나를 위해 일찍이 나와서 환송한다고 생각하며 울적한 마음을 달래야 했다.

연천역을 떠난 기차가 10분을 달리도록 다른 동네에서는 아무도 내다보지 않았다. 오직 그 산비탈 두 칸짜리 토담집 노인들만 나와 손을 흔들었다. 그렇기 때문에 나는 그들이 내가 그 앞을 지나가고 있다고 생각하여 나와 있는 것이라고 생각한 것이다. 또 부대가 아침

8시에 출발한다는 것을 아는 것도 그 동네 노인들뿐이었다.

기차는 긴 꼬리를 물고 2개 대대 병력을 싣고 달렸다. 마을 노인들도 아득히 멀어졌다. 꾸부정한 허리에 이불도 없이 자던 노인들, 광대뼈가 튀어나온 꺼칠한 얼굴들. 다시 보지 못하겠구나 생각하니 부모라도 잃는 듯 가슴에서 울음이 솟았다.

쓴 담배 몇 갑 받고 다 닳아빠진 이를 드러내고 웃던 노인들의 순박한 모습. 새까맣고 쓰디쓴 좁쌀 술을 빚어 놓고 대접하던 소박한 정이 담긴 얼굴들. 몇 번 만난 것도 아닌데 토담집 체취가 묻은 채 정겨워하며 우글쭈글한 손으로 내 손을 잡던 따뜻한 손길들.

기차는 몇 시간을 달렸다. 양평을 지나 용문, 지평, 또 어딘지 기억에도 없는 작은 산골 역에 내렸을 때는 해가 서산에 걸렸다. 거기서 또 얼마를 걸어 밤이 되어서야 부대 막사에 이르렀고 잠을 자는 둥 마는 둥 아침이 오고 눈을 뜨자 대원들은 월남 이야기뿐이었다.

월남에 가면 다 죽는다. 거기는 게릴라전이 벌어지고 있어서 쥐도 새도 모르게 잡혀가고 죽는다는 둥 모두가 불안한 정보들만 난무했다. 처음에는 지원자만 보낸다고 했다가 지원자가 적어서 강제로 다 가야 한다는 둥, 일반병은 무조건 말뚝을 박아야 한다는 둥. 아는 체하는 사람도 많고 불안으로 얼굴이 똥색이 된 채 잠을 못 이루는 사병도 태반이었다.

중대장님은 나에게 월남을 함께 가자고 했다. 거기를 가면 자기는 사단 참모부에 있게 되고 자기와 함께 가면 안전하고 위험은 없을 거라는 거였다. 그러나 나는 거부했다. 제대도 두 달밖에 안 남았고 말

뚝 박기 싫어서 공수단에서도 전방 갈 각오를 했던 적이 있다고 말했
다.(지금 생각하면 갔다가 왔더라면 하고 후회도 되지만)

파병 문제는 급속도로 빠르게 진행되어 부대원은 이유 없이 다 가
야 한다는 분위기였다. 어떤 아이들은 안 가겠다고 발버둥을 치고.
매우 어수선했다. 지금도 이야기하고 싶지 않은 분위기였다. 나는 파
병에서 제외되었고 3일만에 근무할 곳이 정하여졌다.

여주군 대신면 어느 산골 동네였는데 멀리 한강을 앞에 하고 모랫
벌이 있고 골짜기를 북으로 십리쯤 들어가면 아주 높은 산이 있고 그
산 속에 사격장이 있었다. 사격장 경비 초소장 직을 맡은 것이다. 통
신병 하나, 전령 하나, 경비병 10명 등 나까지 13명이 낯선 산골짜
기를 인수받았다.

내가 그곳 책임자가 되어 간다고 하자 월남 파병을 위해 새로 편입
해 온 하사 하나가 비웃는 어조로 들으라는 듯 지껄였다.

"흥. 어떤 놈은 빽이 좋아 월남도 안 가고 특별 파견대로 나간다
고? 땅 닷마지기는 벌었군."

나는 그 말이 무슨 뜻인지 몰라 어리둥절했다.

여주사격장 68 / 아들을 지고 다니는 아버지

우리는 해가 질 무렵에 사격장 인수인계를 시작하여 캄캄할 때 끝났다. 대원은 모두 피로하여 막사에 들자마자 바로 잠이 들었다.

다음 날 아침 일어나 사방을 둘러보니 뒤에는 아주 높은 산이 구름처럼 높이 위용을 자랑하고, 멀리 계곡 밖으로는 안개 자욱한 한강이 흐르고 있었다. 경비 초소는 계곡 남쪽 입구에 1초소가 있고 동쪽 나직한 고개가 있는 샛길에 2초소가 있었다.

파견대원 13명 중 통신병과 전령과 나를 제외한 10명은 2개 초소에 3교대로 경비를 시작했다.

아침 아홉 시쯤이었다. 1초소 앞으로 난 계곡 입구로 사람들이 하얗게 몰려들고 있었다. 초소 경비병에게서 전화가 왔다.

"저 앞 동네 사람들이 나무를 하러 왔다면서 산으로 들어가게 해달라는데 들여보낼까요?"

"몇 명이나 되나?"

"한 80명쯤 됩니다."

"그렇게 많이 들어온다고?"

"아직도 저쪽에는 사람들이 더 오고 있습니다."

"민간인 출입금지 구역이라는 것을 설명해 주고 돌려보내."

우리가 맡은 사격장은 큰 산 아래 계곡 중앙에 있고 동쪽 언덕엔 사격 사선 맞은쪽 서편에는 타깃이 있었다. 실탄이 날아가는 중간은 넓은 풀밭. 나무꾼이나 민간인이 들어오면 사격장을 가로지르든지 풀밭을 지나야 산 속으로 들어갈 수 있었다.

민간인을 돌려보내라고 지시했지만 나무꾼들은 가지 않고 초소 앞에 장사진을 쳤다. 대략 100여 명은 되는 듯했다. 오전 내내 초소병과 민간인들은 실랑이를 하고 답답한 초소병은 전화로 어떻게 할까요 하고 물어댔다. 나는 단호히 출입을 막았다.

점심때가 넘자 할 수 없었던지 나무꾼들이 다 돌아갔다.

그렇게 하여 첫날은 지나갔는데 다음 날 또 새벽부터 사람들이 몰려들기 시작했다.

어제보다 더 많았다. 웬 사람들이 그렇게 많이 오는지 이해가 가지 않았다. 아래 동네는 30여 가구 정도 된다고 들었는데 100명이 넘게 몰려오기 때문이었다.

둘째 날도 역시 나무꾼들은 힘없이 줄을 서서 돌아갔다.

모두가 돌아갔다고 생각한 나는 직접 초소로 내려가 보았다. 그러나 아직도 한 사람은 가지 않고 있었다. 그는 4십대 중반쯤 보이는데 지게에 다섯 살쯤 보이는 아기를 태우고 있었다. 가까이 가서 물었다.

"왜 안 가십니까?"

"하사님, 제 사정 좀 봐 주십시오. 이 어린것하고 이렇게 나무를 해다가 팔아서 먹고삽니다. 오늘도 나무를 못하고 돌아가면 저는 땟거리가 없습니다."

나는 엉뚱한 질문을 했다.

"나무를 해 가지고 갈 때 아이는 어떻게 하지요?"

"이 어린것은 나뭇짐에 얹어 지고 갑니다."

"아기 엄마는 어디 가셨습니까?"

"이 놈이 세 살 때 죽었습니다. 혼자 이걸 지게에 지고 다니며 나무를 해서 먹고삽니다."

나는 마음이 아팠다. 어린것이 나무지게에 얹혀서 자라고 있다고 생각하니 측은한 생각이 들고 도와주고 싶었다.

"아저씨만은 들여보내 드리지요. 빨리 많이 해 가지고 가세요."

"감사합니다. 감사합니다."

그는 어린것을 지게에 진 채 산 속으로 들어갔다. 나는 멀리서 아이를 어떻게 하나 숨어 보았다. 아버지는 3미터쯤 되는 끈으로 아이의 다리를 소나무에 묶어놓고 나무를 시작했다. 아기가 불쌍하여 데려다 돌보아주고 싶었다. 그러나 마음뿐 그럴 수는 없는 몸이라 방관하기로 했다.

나무꾼은 나무를 잔뜩 해서 지게에 묶고 나뭇짐 높이 아이를 올려놓고 지게를 졌다. 아이가 떨어질 것만 같아 마음이 졸여서 바라볼 수가 없었다. 그러나 아이는 익숙하게 나뭇짐 위에서 아버지가 따다 준 할미꽃을 들고 생글거렸다.

3일째 되는 날도 역시 나무꾼들이 몰려왔다. 나는 막사에서 나가지 않고 민간인 출입금지를 지시했다. 초소병들은 민간인들과 오전 내내 말씨름을 하고 있었다. 그런 와중에 김상병이 돼지고기 두 근이 묶인 종이 뭉치를 들고 올라왔다.

"어제 아기를 데리고 왔던 나무꾼이 하사님 드리라고 사왔답니다."

"그래? 그 양반 자기도 먹기 힘든 것을 무슨 돈으로 사오나? 잘 받왔다고 하고 그대로 가져다 드려라. 그리고 앞으로 이런 짓 또 하면 못 들어오게 한다고 해라.”

“알겠습니다.”

김상병은 다시 산 속으로 들어가 돌려주고 왔다.

4일째 되는 날도 민간인이 몰려들었다. 그 날은 오전에 나무꾼들이 몰려오고 오후에는 2시부터 동네 아이들까지 호미와 깡통을 들고 몰려왔다. 알고 보니 아이들은 사격장에서 실탄 파편을 캐기 위해 온다는 것이었다. 아이들 역시 모두 돌려보냈다.

5일째 되는 날은 20명 정도가 왔을 뿐 사람들이 줄어들었다. 나는 잘되었다고 생각했다. 그러나 12시쯤 아래 동네 이장이라는 분과 새마을 지도자라는 분이 나에게 면담을 청해 왔다. 나는 사람들이 귀찮게 군다고 생각하며 그들을 막사로 들게 하였다.

이장님과 새마을지도자는 나이도 어린 내 앞에서 무슨 죄라도 지은 것처럼 조심스럽게 입을 열었다.

“하사님, 새로 오신 줄을 알면서도 인사가 늦었습니다. 이제부터는 5원을 올려 십 원씩 드리기로 결정을 보았습니다.”

“네? 그게 무슨 말씀이십니까?”

“다 아시고 하시는 줄 압니다. 전에는 5원을 드렸지만 이제부터는……”

나는 이해가 가지 않아 다시 물었다.

“십원이 뭡니까?”

여주사격장 69 / 저 어린것도 과부라우

"봐 주십시오, 십 원도 우리 동네 실정으로는……."

내가 십원이 뭐냐고 물은 것은 이게 무슨 말인지 몰라서 묻는 말인데 그들은 내가 십 원이 적다고 하는 소리로 알아듣는 것 같았다.

"당분간만 봐 주시면 좀 올려드리도록 하겠습니다."

"뭘 올려주신다는 겁니까?"

이장님을 통해 나는 놀라운 사실을 알았다. 그 동안 사격장에서 나무를 해 가는 사람들에게 나무 한 짐에 5원씩을 받아왔다는 것이다.

내가 5일간이나 민간인 출입을 막자 이번에 온 초소 책임자는 아예 나무 값을 올려 받으려고 단단히 머리를 쓰고 있는 것으로 오해하고 있었다.

"이장님, 그 나무 값은 누가 받았습니까?"

"바로 앞 군인들은 초소병이 받아다가 파견대장에게 드렸답니다."

"그래도 되는 겁니까? 나무를 팔다니……."

"하사님, 알다시피 이쪽 대신면은 남쪽이 강에 막혀 나갈 수가 없습니다. 이 일대 면민들은 이 산에서 나무를 해가지 않으면 나무 한 포기 구할 수가 없습니다. 어려운 사람들이 많아서 대개는 나무를 해다가 장에서 팔아 생계를 꾸리는 사람도 있습니다."

새마을 지도자도 한 마디 했다.

"그뿐이 아닙니다. 동네아이들은 여기서 실탄 파편을 캐다가 학비를 만드는 아이도 여럿입니다."

"탄알 파편을 캡니까?"

"일주일에 세 번씩 사격을 하고 나면 저쪽 타깃 뒤 산 속에는 탄환들이 많이 박혀 있습니다. 그것을 캐면 아이들 학비는 보탬이 되지요."

이장이 거들었다.

"아시다시피 사격이 일주일에 세 번씩 있기 때문에 월수금 3일은 민간인들이 나무를 하러 들어갈 수도 없습니다. 만약 나무를 못하게 하면 이 일대 수백 가구가 밥을 지어먹지 못합니다. 도와주십시오."

"그렇습니까?"

다른 대안이 없다는 것을 안 나는 이렇게 말했다.

"앞으로 나무 값을 받는 일은 없을 것입니다. 나라를 지키는 군인이 민간인에게 나무를 팔아먹는 것은 큰 잘못입니다. 그 동안 마을 어른들께서 고생 많으셨습니다. 지나간 일은 다 잊고 앞으로는 우리들이 어떤 경우든 주민에게 폐를 끼치지 않도록 최선을 다하겠습니다."

"나무 값을 안 받으시겠다구요?"

"네, 안 받는 것이 아니라 못 받습니다. 어떤 일이 있어도 앞으로 나무 값을 받는 일이 있어서는 안 됩니다. 제가 위에 보고하여 앞으로는 이러한 폐단이 있어서는 안 된다는 것을 모두가 알도록 하겠습니다."

이장님과 새마을 지도자는 감격해 하며 고마워했다.

"감사합니다. 정말 그렇게 해 주신다면 더 이상 바랄 것이 없습니다. 이 은혜는 꼭 갚겠습니다."

"그게 무슨 은혜입니까. 그 대신 한 가지 약속을 해 주시지요. 사격이 없는 날만 들어오되 아침 9시부터 저녁 네 시까지만 출입을 허락하겠습니다. 만약 시간을 어기든가 기물을 파손하는 사람이 있을 경우는 출입을 완전히 막겠습니다. 저는 약속을 철저히 지키는 사람입니다. 약속하시겠습니까?"

"그야 당연한 일이지요. 꼭 그렇게 하겠습니다."

"내일이 토요일이니까 사격이 없지요. 내일 모레까지 나무를 해가도록 하십시오. 돈은 절대 안 받으니까 이제부터 돈을 가지고 오지 말라고 하십시오, 혹시 다른 파견병들이 돈을 요구한다든가 허튼 수작을 할 경우는 말씀해 주시기 바랍니다."

이장님과 새마을지도자는 몇 번씩 굽실거리며 감사하다는 말을 하고 내려갔다. 나는 12명의 파견병을 한 자리에 모았다. 그리고 다짐했다.

"그 동안 여기 근무하던 전 부대 파견병들이 마을 주민들에게 돈을 받았던 것 같다. 앞으로 우리는 민폐를 끼치는 일이 없어야 한다. 어떤 이유로든 마을 사람들에게 돈을 받는다든가 무엇을 요구하는 사람이 나오면 그 날로 귀대시키겠다. 알겠나?"

"네."

모두가 한 소리로 크게 대답했다.

다음 날 아침 9시부터 나무꾼들이 몰려들었다. 계곡이 하얗게 줄을 잇더니 산 속으로 들어가자 계곡이 하얗게 덮였다. 오후가 되자 동네아이들도 떼를 지어 몰려왔다. 호미와 작은 깡통이나 일그러진 양은 그릇을 들었다. 산 속은 아이들 떠들어대는 소리와 호미질 소리로 가득했다.

그러나 오후 4시가 되자 일제히 몰려 나갔다. 온 골짜기가 나무꾼 행렬로 장관이었다. 군인들보다 더 질서 있게 떠났다.

그 다음날은 일요일이라 나무꾼들과 아이들뿐 아니라 젊은 여자들까지 바구니를 들고 나물을 캐러 몰려왔다. 아이들은 산비탈 시뻘건 탄착점에 달라붙어 호미질을 하고 젊은 아낙네들은 막사 둘레 잔디밭을 맴돌면서 나물을 뜯었다.

우리들은 사격하는 날보다 사격 없는 날이 더 분주했다. 민간인이 많이 들어와 있으므로 경계를 철저히 하지 않으면 안 되기 때문이었다.

나는 경비 초소를 순찰하고 오다가 아주머니들이 몰려 있는 잔디밭으로 갔다.

"무슨 나물을 캐시나요?"

그 중에 40쯤 보이는 가장 노티 나는 아주머니가 대답했다.

"떡 해 먹으려고 쑥을 뜯는다우. 군인 아저씨 쑥떡 좋아하시우?"

"좋아하지요."

"쑥떡 해 놓고 부르면 오시려우?"

"가지요."

"정말이우? 오늘은 저 막내네 집에서 하기로 했는데 오신다면 특별히 모시지요."

아주머니가 가리키는 막내라는 여자는 나보다 약간 위로 보일 뿐 부인 같지는 않았다. 40대 아주머니는 통통한 볼에 웃음을 지으며 농담조로 말했다.

"저 어린것도 과부라우."

"결혼을 하셨던가 보지요?"

"결혼도 않고 과부 되는 것 보셨수? 우린 모두 과부라우. 우리 동네는 과부촌으로 불릴 만큼 6·25에 남편을 한꺼번에 잃은 사람들이 많다우. 6·25가 원수지."

과부라기엔 너무 어린 그녀는 빨갛게 달아오른 얼굴로 고개를 돌려 이쪽을 보았다. 맑고 청순한 눈빛, 우수에 잠긴 듯한 눈 속에는 파란 봄이 호수를 떠도는 구름처럼 고였다. 순간 내 가슴엔 야릇하게 뜨거운 화살이 날아와 박혔다.

여주사격장 70 / 남자만 보면 그냥 좋은 여자들

일요일 아침, 해가 아직도 동편 높은 산 동쪽에 있는데 나무를 하러 오는 사람들은 아침 안개를 밟고 줄을 이었다. 그들 가운데 두 사람이 우리 막사를 찾아왔다. 무슨 일인가 하여 김상병을 내보냈다. 김상병은 곧 들어왔고 한 손에는 보따리를 들고 있었다.

"심하사님, 오늘 동네 이장님께서 생신이라고 떡과 고기를 이렇게 보내셨습니다. 그리고 저녁에는 좀 내려오셨으면 한답니다."

"이걸 받아도 되는 거냐?"

"정성으로 보내신 건데 어떻습니까. 나무 값을 안 받는다고 하시니까 이렇게 우리 생각을 해 주는 것 아닙니까?"

"쓸데없는 소리 마라. 그거 너희들이나 나누어 먹어라."

"어떻게 우리끼리만 먹습니까?"

"나는 괜찮다."

나는 밖으로 나왔다. 등 뒤에서 김상병이 물었다.

"그럼 저녁에는 내려가시는 거죠?"

"용건이 확실치 않은데 무얼 하러 밤길을 가겠나. 안 간다."

나는 가지 않았다. 그런데 다음 날 아침 동네 사람이 또 찾아왔다. 오늘은 어느 집 아기 돌이란다. 그래서 가져왔다면서 떡과 고기를 올려보냈다. 부담스럽게 생각되었다. 돌려보내기도 그렇고 날름날름 받아먹기도 마음 편치 않아 그 날도 나는 먹지 않았다.

또 며칠 안 되어 동네 노인 환갑잔치를 한다면서 점심을 내려와 함께 하자는 전갈이 왔다. 역시 감사하다는 말만 하고 내려가지 않았다. 그 다음 날은 또 어느 집에서 제사를 지냈다면서 음식을 올려보냈다. 나는 역시 먹지 않았다.

날마다 동네 사람들이 우리에게 마음 쓰고 있는 것이 부담스럽게 느껴졌고 일일이 거부하는 것도 힘들었다. 이장을 만나서 이러시지 말라고 하리라 생각하고 오후에 마을로 내려가 이장 댁을 찾았다. 이장님은 마침 마을 일로 면사무소에 나가시고 안 계셨다.

할 수 없이 돌아서서 오는 길에 며칠 전 나물을 뜯으러 왔던 40대 아주머니를 만났다. 아주머니는 반가워했다.

"군인 아저씨 어쩐 일로 오셨다우?"

"이장님을 좀 뵈러 왔는데 안 계서 돌아가는 길입니다."

"이렇게 오셨는데 그냥 가지 마시고 아무 데고 가까운 집에 가서 쉬었다 가시우."

"아닙니다."

"아니긴 뭐가 아니에요. 이리 와요."

아주머니는 나를 끌고 가까이 있는 집 사립문을 열고 들어갔다.

"이천댁 있수?"

"누구세요?"

문을 열고 나오는 가냘픈 여자, 그녀는 나를 보자 수줍은 얼굴로 낯을 붉혔다.

"안녕하세요? 사격장 아저씨입니다. 구면이시지요?"

"네, 그런데 어떻게 우리집을……."

"일부러 찾아온 건 아닙니다. 지나다가 이 아주머니에게 잡혀 왔습니다."

"이리 올라와 앉으시지요."

작은 쪽마루를 손바닥으로 쓱쓱 문지르면서 자리를 권했다. 내가 가운데 앉고 양쪽에 그녀들이 앉았다. 40대 아주머니는 넉살이 좋았다.

"군인 아저씨, 이 동네에는 50세 아래로는 남자가 없다우. 그래서 여자들이 남자를 보면 그냥 좋은 거라우. 과부들 심정 누가 알아 주것수? 전에도 말했지만 이 동네 남자들은 6·25때 하루아침에 몰살을 당하고 과부만 이십 명이 넘게 남았는데 시집을 갈래도 남자가 없어서 못 간다우. 그러니 남자가 그리운 여자들만 사는 동네가 아니것수? 이봐 이천댁, 뭣 좀 차려올 거 없어?"

젊은 이천댁은 수줍어하면서 며칠 전에 만든 쑥떡을 내놓았다. 동그란 등이 작고 허리가 잘록한 이천댁은 왠지 슬퍼 보이기만 했다. 나는 그녀가 부끄러워하면서 내놓은 새까만 쑥떡 한 쪽을 들고 맛있다고 해가면서 먹었다.

나도 겪은 6·25지만 40대 아주머니는 자기 혼자 겪은 이야기인 양 전쟁 이야기를 실감나게 늘어놓았다. 그 중에서도 지금까지 잊혀지지 않는 것은,

"이 근방 남자들은 모두 저 사격장 오른편 골짜기로 끌려가 공산당들에게 총살을 당하고 묻혔다우. 백여 명을 한꺼번에 묻어서 십 년이 넘도록 아무도 손을 댈 수 없어 묘도 못 쓰고 저 골짜기만 바라본다우." 하고 한숨을 쉬던 모습이다.

아주머니는 해가 지도록 6·25에 당한 마을 이야기를 들려주었다.

6·25의 상처를 가장 많이 받고 아직도 전쟁의 후유증에 시달리고 있는 동네였다. 그런 동네 사람들이 땔나무를 해 가는데 돈을 받은 군인이 있었다니! 안에 있는 적이 밖에 있는 적보다 무섭다는 생각을 또 하지 않을 수 없었다.

40대 아주머니는 나를 끌었다.

"오늘은 우리 집에 가서 저녁 먹고 가는 게 어떠시우?"

"안 됩니다."

"안 되긴, 어차피 저녁은 먹어야 할 게 아니우?"

나는 아주머니의 손에 끌려 그 댁으로 갔다.

여주사격장 71 / 보리밭에 달뜨거든

쾌활하고 넉살 좋은 아주머니 댁은 생각보다 작은 삼 칸 짜리 초가였다.

아주머니의 안내를 받으며 방안으로 들어갔다. 방은 단출한 가구 몇이 있을 뿐 컴컴했다. 작은 창문 쪽으로 초등학생인 듯한 아이가 엎드려 공부를 하고 있었다.

아이는 엄마가 들어오자마자 발딱 일어나 앉아 나를 보고 말했다.

"새로 온 아저씨네? 아저씨 안녕하세요?"

"그래 반갑다. 몇 학년이냐?"

"4학년이에요."

아이는 엄마를 향해 물었다.

"엄마, 숙제를 하다가 모르는 게 있어서 엄마 오기를 기다렸어."

"무얼 모르는데?"

"천도가 뭐야?"

"천도라고? 그게 무슨 말이니?"

"모르니까 묻지."

아주머니는 그 말의 뜻을 이해하지 못하는 듯했다.

"제가 대답해 주어도 괜찮을까요?"

아주머니는 반가운 듯 고개를 끄덕였다.

"천도란 수도를 옮긴다는 뜻이다."

"수도가 뭔데요?"

"수도란 쉽게 말해 서울이란 말이지."

"그럼 서울을 옮긴다는 뜻이네요?"

"그렇단다."

아이는 내가 대답해 주자 그 동안 이해를 못하여 답답해하던 문제들을 물었다. 국어, 산수, 역사, 과학 등등.

아이는 생각보다 영리하여 말귀를 잘 알아들었다. 나는 뭐든지 물어 보라고 해 놓고 친절하게 대답해 주었다. 아이는 너무 좋아 어쩔 줄을 모르고 질문을 했고 엄마도 좋아하면서 밖으로 나가 저녁을 지었다.

거의 두 시간쯤 아이를 지도하고 있자니 아주머니가 저녁을 지어 들여왔다. 나는 두 모녀와 함께 등잔불에 얼굴을 맞대고 앉아 식사를 했다.

초저녁의 고요한 산골 마을에는 반달이 서산에 걸린 채 희미한 빛을 뿌리고 있었다. 나는 사격장으로 돌아가기 위해 그 댁을 나섰다. 아주머니는 더 놀다 가라고 잡았지만 그럴 수는 없었다.

보리밭 사이 좁은 들길은 풀 섶에 이슬이 내려 촉촉했다. 반달이 비치는 어둑한 들길을 걸어 마을 어귀 3백 미터쯤 갔을 때였다. 길목에 한 여자의 모습이 보였다. 약간 불안한 생각을 하면서 가까이 다가가 보니 이천댁이었다.

"아주머니 아니십니까? 무슨 일로 여기 계십니까?"

"반달을 보니 고향 생각도 나고 허전하여 달 따라 나왔지요."

"고향이 어디신데요?"

"이천군 설성면이라고 있어요."

"그렇습니까? 내가 먼저 근무하던 공수단 동기 중에 거기 출신이 있었습니다."

"아저씨는 고향이 어디신데요?"

"저도 바로 이웃 안성이 고향이랍니다."

고향 이야기가 별것도 아닌데 주고받을 용건도 없이 말을 나누자니 고향 이야기가 말거리는 되었다. 그녀와 나는 길가 잔디밭에 앉아 반달이 서산에 숨도록 이야기를 나누었다.

고향 친구 이야기며 가정 이야기, 열아홉에 시집 왔다는 이야기, 시집 온 지 일주일만에 남편이 군에 가서 전사했다는 이야기. 모두가 가슴 아픈 것들이었고 희미한 달빛에 처연하게 느껴지는 그녀의 작은 어깨가 너무 무거워 보였다.

과부라고 하기엔 너무 젊었다. 서른 두 살, 나보다 여섯 살 위였다. 그녀는 농사짓고 생활하는 것은 다 참을 수 있으나 혼자 감당해야 하는 고독은 이겨내기 힘들다고 했다. 혼자 산다는 것의 아픔을 짐작은 할 수 있었지만 그것을 누가 달래줄 수 있는가.

인근에는 젊은 남자들이 없어서 여자들이 재가를 하려 해도 갈 데가 없다고 했다. 전쟁이 안겨준 고통을 누구에게도 호소할 길 없이 가슴을 앓아야 하는 전쟁미망인. 비단 거기만 그런 것이 아니다. 전국 방방곡곡에 남편 잃은 젊은 여자들이 얼마나 많은가.

그녀는 돌아가려 하지 않았다. 밤새도록 그렇게 앉아 이야기하자는 것을 달래며 보리밭에 보름달이 뜨거든 환한 달빛을 받으며 다시 만나자고 약속하고 돌려보냈다.

여주사격장 72 / 달밤에 기다리는 여자

사격이 없는 날 사격장 뒷산에는 나무꾼들이 우글거렸고 사격장 안에는 아이들이 탄피를 캐느라고 소란스러웠다. 민간인이 이렇게 많이 들어오는 날은 파견병들을 긴장시킨다.

실탄 창고 경계를 철저히 해야 하는 것은 물론 안전사고가 나는 것을 막기 위해 사람들을 잘 감시해야 하기 때문이다.

남쪽 초소나 동쪽 출입 초소에서는 들어온 인원과 나간 인원수를 파악해야 하고 만약 한 사람이라도 숫자가 틀리면 그 사람이 나갈 때까지 찾아야 한다. 그래서 사격하는 날보다 사격 없는 날이 더 바쁘다.

이느 토요일 오후였다. 갑자기 소나기가 내려 사람들이 우르르 몰려나갔다. 그런데 다섯 시가 되도록 들어온 인원과 나간 인원이 맞지 않았다. 한 사람이 안 나간 것이다. 탄약고 경비만 남겨놓고 전원이 산 속을 뒤졌다. 그러나 한 사람은 보이지 않았다.

구름이 걷혀간 서쪽 하늘에는 노을이 황금바다를 이루고 있었다. 나는 아름다운 색조에 취하여 놀을 바라보다가 막사 뒤편에 타깃용 나무판자를 쌓아 놓은 임시 창고 옆으로 갔다. 그 나무판자 사이에 한 여자아이가 쪼그린 채 모로 누워 있었다. 가까이 보니 잠이 들어 있었다. 나는 아이를 깨웠다.

"애야, 일어나라, 자냐?"

아이는 부스스 일어났다. 다른 아이들보다 깨끗한 차림에 쌍꺼풀

눈이 유난히 맑고 반짝거렸다. 하얀 피부가 시골 아이답지 않게 깨끗하고 귀여운 아이였다.

"너 여기서 뭘 했니?"

"비가 와서 피했는데 깜박 잠이 들었어요."

"너의 집이 어디냐?"

"저 아래 첫 동네예요."

"몇 학년이냐?"

"오학년이에요."

"탄알은 많이 캤니?"

"조금요."

아이는 웃으며 찌그러진 양은그릇을 내보였다. 한 주먹쯤 되는 탄알이 반짝거렸다.

"이걸 팔면 얼마나 되냐?"

"10원은 더 줄 거예요."

"많이 캐는 날은 얼마나 되냐?"

"40원어치를 캐는 날도 있어요."

"한 달에 네 번, 그럼 100원은 넘겠구나?"

"네."

공수단 사격장에서 탄피 캐던 아이가 240원이면 운동화를 한 켤레 살 수 있다고 했으니 이렇게 탄알을 캐면 두 달에 운동화 한 켤레를 살 수 있는 것이다. 아이들이 그런 재미로 탄피를 열심히 캐는지도 모른다. 그 정도면 저희들이 쓰는 연필 공책 문제도 스스로 해결할 수 있겠구나 생각하면서 아이를 앞세우고 마을로 발길을 옮겼다.

노을이 지고 난 산 속은 금방 어두워졌다. 아이는 나를 알고 있었다.
"아저씨는 착한 분이라면서요?"
"누가 그러던?"
"동네 사람들이 그래요. 그리고 며칠 전에는 현주에게 공부도 가르쳐 주셨다면서요?"
"그걸 어떻게 알았니? 그 애가 현주냐?"
"네, 저도 가르쳐 주실래요?"
"글쎄다."
"네 이름은 뭐냐?"
"이미란이에요."
"미란이라? 예쁜 이름이구나."
그 아이네 집에 도착하여 들어가 보니 이장님이 맞으셨다.
"이 아이가 이장님 댁 따님이십니까?"
"그렇소. 들어와 저녁 식사나 함께 하고 올라가시오."
생각지도 않게 이장님의 호의로 저녁 대접을 받았다. 식사를 마치고 미란이 자기에게도 공부를 도와달라고 졸라서 국어와 산수 등 몇 과목을 가르쳐 주었다. 그 애 역시 이해력이 빠르고 영리했다.
나는 그 아이와 저녁마다 모르는 문제를 도와주기로 약속했다. 그리고 현주도 함께 오라고 하였다.
이장님 댁을 나설 때는 보름달이 떠올라 온 세상이 은빛으로 환하게 밝혀져 있었다. 나는 마을 가운데 넓게 펼쳐진 보리밭 사이 길을 걸었다. 밤이슬을 맞은 보리 잎사귀가 야들하고 동그랗게 늘어뜨린 잎마다 달빛에 반짝거렸다.

그림자를 밟으며 좁은 길을 걷자니 고향에서 친구들과 밤길 걷던 기억이 떠올랐다. 시골은 보리가 익을 무렵이 가장 배고픈 계절이었다. 그 보릿고개를 넘던 생각을 하며 보리밭 끝에 눈길을 던졌다. 달빛에 밤안개가 내리는 저만큼 산모퉁이에 한 여자의 모습이 보였다. 달빛이 작은 어깨에 하얗게 내리고 있어 더욱 청초하고 슬픈 모습이었다. 다가가 보니 그녀는 이천댁이었다.

"아주머니 아니십니까?"

"네. 늦으셨네요."

"언제 나오셨습니까?"

"한참 전에요. 미란이네 집으로 가시는 걸 보고 나와 있었어요."

"그렇습니까?"

"보름달이 뜨면 만나자고 하시잖았어요?"

"?"

여주사격장 73 / 나의 시몬은 없어

나는 누님 같은 아주머니를 따라 보리밭 몇 뙈기를 지나 나직한 산모퉁이 달빛이 쏟아져 낮처럼 밝은 잔디밭에 앉았다.

그녀는 나보다 위였지만 키도 얼굴도 나보다 어려 보였다. 달빛에 하얀 얼굴이 박꽃처럼 창백하고 반짝이는 눈빛이 달보다 맑았다. 우리는 비단 같은 잔디밭에 나란히 앉았다. 그녀의 가느다란 숨소리와 희고 가냘픈 목덜미의 가는 선이 눈물이 날 만큼 슬퍼 보였다.

우리는 달그림자가 닿을 듯 말 듯한 사이를 두고 앉았다. 산비탈 한적한 들녘에 둘만 있자니 알 수 없는 두려움이 밀려왔다. 그 날 우리는 아주 늦도록 이야기를 나누었다. 무슨 이야기를 나누었는지 다 기억할 순 없지만 아직도 남아 있는 말은.

"많이 늦었어요. 그만 들어 가셔야지요."

하고 내가 말하자,

"기다리는 사람도 없는 집에 들어가면 뭘해."

"……"

"나는 밤이 싫어."

"……"

"날마다 해가 지고 나면 나는 어둠의 무덤에 갇혀 죽는 거야. 나는 세상에 왜 살아 있어야 하는지 모르고 있어. 결혼하고 일주일 만에 혼자되었어. 남자가 뭔지도 몰라."

"……"

"내 인생이 너무 억울하지 않아? 이대로 살다가 늙어죽는다면 나는 너무 억울해. 그러나 어른들이 어려워서 내 마음대로 살지도 못해."

"……."

"전쟁이 우리 동네를 떼 과부촌으로 만들었어. 내가 과부라는 거야. 내가 과부, 너무 억울하지 않으냐고……."

"……."

"애인 있어?"

"……."

"여자를 알아?"

"……."

"바보……."

"……."

"고독이 무엇인지 알아? 나는 렌의 애가를 읽으면서 밤을 외롭게 사는 여자의 마음을 이해할 수 있었어. 읽어 봤어?"

"……."

"그 책은 나를 위해 내 마음을 적은 것 같아. 나의 시몬은 없어. 남편이라고 하는 사람도 이제 기억에서 떠났고 밤마다 변함없이 뜨는 별이 나의 벗이고 그리움이야."

"……."

"그 책 안 읽어 봤으면 빌려줄게 읽어볼래? 내일 저녁은 우리 집에서 차릴게. 저녁을 함께 하고 그 책이나 읽다가 가."

"……."

"내일 저녁에 꼭 와. 저녁 해놓고 기다릴게."

"……."

나는 무슨 대답을 했는지 정작 내가 한 말은 기억에 없고 그녀가 한 말만 이렇게 조금 남아 있을 뿐이다. 나는 그녀의 말대로 다음날 오후 마을로 내려가 동네 아이들 공부시켜주고 저녁은 그 집에서 먹었다.

그녀가 보여준 렌의 애가는 다 낡은 고본이었다. 밤마다 읽어서 그렇게 되었는지 아니면 헌책을 사 온 때문인지 알 수 없지만 책장이 너덜거렸다. 나는 그 책을 밤늦도록 읽다가 빌려 가지고 막사로 돌아와 마저 읽었다. 정말 감명 깊게 읽었는데 지금은 시몬이나 렌이 다 기억에서 떠나고 없다.

그 동네 사람들은 나를 절절매게 만들었다. 아침은 이 집에서 어르신네 생신이니 내려와 함께 먹자 하고, 저녁은 뉘 집에 아이 돌이라고 먹자 하고, 또 어떤 집은 지난밤에 제사를 지냈다고 아침을 같이 하잔다. 내가 가지 않으면 사람 편에 음식을 막사까지 올려 보내었다. 그것이 더 미안해서 부르면 가야 했다.

동네 젊은 아주머니들은 대개 저녁을 차려 놓고 부른다. 그리고 밤 늦도록 이야기 벗이 되어 달란다. 그렇게 하다 보니 일과가 끝나면 내려가서 마을 아이들 공부 지도해 주고 저녁은 예약한 집에서 먹고 밤마다 늦게 밤길을 걸어 막사로 돌아가야 했다. 하루도 안 빼놓고 저녁을 먹으러 오라는 집이 있어서 밤길 다니기가 고역스러웠는데 하루는 이장이 엉뚱한 제안을 해왔다.

여주사격장 74 / 꽃 속의 탈선자

"심하사님, 제대도 앞으로 한 달 조금 더 남으신 걸로 아는데 이렇게 하시면 어떻습니까?"

"무슨 말씀인지요?"

"벌써 보름이 넘게 우리 마을에 밤마다 내려와 동네 아이들 공부 가르쳐 주시고 밤길을 올라가시는 것이 마음에 걸려서 우리 이웃 몇이 합의를 보았습니다."

"......?"

"어차피 밤에는 모두 자는 거니까 밤길을 굳이 올라가실 필요가 없을 것 같아서 하사님을 우리 마을에서 주무시고 아침에 출근하시게 하자는 의견을 모았습니다."

"마을에서 잔다고요?"

"네, 아침 식사와 저녁식사는 여기서 마련해 드리기로 했습니다."

"그렇지 않아도 동네 분들께 날마다 신세를 지고 있는데, 그런 말씀은 옳지 않으십니다."

"신세는 저희가 지고 있지요. 사양 마시고 저 냇가에 외딴집이 있지 않습니까? 거기 혼자 사시는 노인아주머니가 계십니다. 그 댁에서 주무시면서 아침저녁은 거기서 드시면 됩니다. 쌀과 반찬은 우리가 다 준비해 드리기로 했습니다."

"안 됩니다. 막사가 있고 주부식 공급을 받고 있는데 왜 폐를 끼칩니까? 절대로 안 됩니다."

"통신병하고도 이야기를 했습니다. 전화를 그 댁으로 연결시켜 드리면 밤에 급히 오는 전화를 받으실 수 있을 것입니다. 그러면 근무에 지장도 없을 줄 압니다."

"안 됩니다."

이런 대화를 나눈 3일 뒤 통신병과 이장이 짜고 외딴집에다 전화를 설치하고 내 관물의 일부를 옮겨놓고 함께 가 보자는 것이었다. 나는 본의 아니게 그들에게 이끌려 그 외딴집을 찾게 되었다.

대략 쉰 서넛은 되어 보이는 아주머니가 계셨다. 아주머니라고 부르기에는 나이가 많은 것 같고 할머니라고 부르기엔 어려 보였다. 아주머니는 이미 이장과 이야기를 나눈 뒤라 나를 반갑게 맞았다.

"어서 오시우. 어쩌다 여기꺼정 와서 고생을 하시우?"

나는 그 아주머니의 말 가운데 꺼정이라는 말이 재미있다고 생각하며 옛날 우리 할머니가 그런 말을 쓰셨던 것 같다는 생각을 했다.

"나 혼자 살자니 많이 적적했는데 이장님께서 이렇게 마련해 주시니 나허고 같이 지내봅시다. 집이 누추해서 모시기가 어렵긴 하지만……."

나는 이장님을 따라 방안으로 들어갔다. 부엌 하나에 방 하나를 지은 집인데 방도 넓고 마당도 넓었다. 그리고 마당 저쪽으로는 밤낮 주절거리며 흐르는 작은 내가 있었다. 나도 모르는 사이에 파견병들이 한쪽 구석에다 전화를 설치하고 관물을 가져다 말끔히 정돈해 놓았다.

나는 그 애들에게 기합을 줄까 생각하다가 차마 못하고 그날부터 그 집에서 분수에 맞지 않는 영외 생활(?)을 하게 되었다. 그러나 아무래도 마음이 개운치 않아 중대장님께 자초지종을 모두 보고했다. 중대장님은 생각 외로 너그러웠다.

"저녁에 심하사가 불침번을 서는 건 아니지 않나? 마을 사람들이 그렇게 호의를 베푼다니 그렇게 하고 위에서 지적 받지 않도록 하게."

"감사합니다."

아주머니는 아침저녁을 잘 차려 주셨고 마을 사람들은 별식을 만들면 외딴집 부엌으로 가져왔다. 나는 집에서보다 몇 배나 편하고 즐겁게 활짝 피는 봄을 즐기며 호강을 했다. 군인이면서 민간인의 호의를 이렇게 받아도 되는 것인지 날마다 민망한 마음을 떨칠 수가 없었다.

봄바람이 일렁이는 보리밭은 파랗게 이삭이 패기 시작했고 산에는 진달래가 불을 지른 듯 타오르고 평화가 내리는 마을 지붕 위로는 연분홍 살구꽃이 흐드러지게 피어 꽃구름을 띄웠다. 마을 담과 나직한 산모퉁이로는 노란 개나리가 황금 울을 두르고, 짙어 가는 숲 속에서는 장끼가 한껏 '꿩꿩 꾸엉' 외쳐대며 암꿩을 불러댔다.

그 꽃대궐 같은 마을에는 온 종일 평화가 이슬처럼 내렸지만 젊은 아낙들 가슴은 봄이 무르익을수록 파고드는 고독에 몸부림을 쳐야 했다. 나는 아이들에게는 좋은 과외 선생이 되고 혼자된 젊은 아낙들에게는 좋은 말벗이 되어 주었다.

여주사격장 75 / 나도 남자 등좀 타보자

하루는 40대 활달한 아주머니가 이런 제안을 해 왔다.

"돌아오는 일요일에는 우리 동네 과부들이 심하사님 모시고 산나물을 뜯으러 가자고 하는데 어떠셔?"

"왜 저하고 갑니까?"

"그래야 경비병들이 길을 막지 않을 것 이니우?"

"……."

"우리 동네 젊은 과부 여섯 명이 나물도 뜯고 놀이도 가자고 했지. 심하사는 우리 경호원으로 초청하는 건데 안 될까?"

"경호원이 필요하다면 다른 애들을 보내드리지요. 민간인이 사격장 산에 들어가면 어차피 누군가가 사고 방지를 위히여 따라가야 하니까요."

"그러니까 심하사가 가자는 거지. 다른 군인들보다는 우리 동네 사람들이 좋아하는 심하사가 가면 다들 가겠다는데."

그렇게 하여 일요일에 아주머니들을 인솔(?)하고 사격장 뒷산 너머로 산나물을 뜯으러 갔다.

높은 산 중턱을 올라 동쪽 멀리 산 아래를 바라보니 높고 낮은 산들이 아득히 파도처럼 펼쳐지고 눈길 닿는 곳은 모두 꽃 바다였다. 발밑에서부터 번져 나간 진달래 불꽃이 산이며 골짜기를 빨갛게 물들이고 활활 타올랐다. 마을 울타리는 노란 개나리로 황금 성을 두르고, 높은 살구나무 가지마다 뽀얗게 구름인 듯 연분홍 꽃이 흐드러졌다. 그림이듯 몇 조각 흰 구름이 한가하게 그림자를 끌고 떠가고, 아지랑이 아른거리는 산 밑으로는 봄 안개가 흐느적흐느적 흘러가고…….

산새들이 나뭇가지 사이를 폴폴 날며 지저귀고 이따금 우렁차게 암꿩을 부르는 장끼의 꿩! 꿩! 소리가 길게 메아리쳐 울리면, 뻐꾹새가 평화로운 노래로 뻐꾹 뻐꾹 받는다. 새들은 봄을 노래하고, 꽃과 꽃 사이를 나풀나풀 날아다니는 나비와 윙윙 웅얼웅얼 날개 소리를 달고 꽃과 꽃을 넘나드는 벌들, 어느 것 하나 버릴 것 없는 그림이고 노래였다.

꽃으로 덮인 안개 낀 산 너머 멀리 어디에선가 땡그렁! 땡그렁! 아침 예배를 알리는 교회 종소리가 들려왔다. 그 소리는 하나님이 세상에 평화를 뿌려주는 축복의 기도 소리였다.

종소리를 들으며 그 동안 교회를 잊고 살았음을 느꼈다. 교회도 없고 학교도 보이지 않는 깊은 산골, 이웃 동리가 오리나 십리는 가야 있다는 산 속 마을은 나를 종교적으로도 격리시켜 놓았던 것이다. 산 속 동네는 종교도 사상도 모르는 순박한 농부들이 오순도순 살아가는 천혜의 에덴일 뿐이었다.

세상의 평화가 한데 모여 해 아래 조아리는 한낮, 그 산 속에 들어가 봄을 가슴으로 체험한 사람은 내 표현에 갈증이 나리라. 그 황홀하리만큼 아름다운 봄 풍경을 이렇게밖에 표현하지 못하는 내 표현 능력의 한계에 나는 실망하지 않을 수 없다.

어느 것 하나 버릴 수 없고 정답지 않은 것이 없는 산 속의 은은하고 포근한 품속에서 나는 아주머니들을 따라 다니며 그들이 주고받는 이야기에 귀를 기울였다. 여자들이지만 남자들이 만나면 그러하듯이 여자들도 남자들이 즐겨 하는 이야기가 주 소재였다.

그 중에 입이 건 아주머니가 한 분 있었다. 말끝마다 욕이 붙어 상스러운 것 같으면서도 그 분위기에서는 욕이 오히려 흥을 돋우고 웃음을 자아냈다.

나비보다 아름답고 꽃보다 고운 저들의 가슴에는 한결같이 남편 없는 설움의 강이 가슴 복판을 흐르고 있는 것이다. 6·25의 비극은 저렇게 눈물의 강을 이 민족 가슴에 골을 내고 끝날 날이 보이지 않는다. 웃고 떠들고 재미있어 하는 저들에게 차라리 밤이 없었으면 좋겠다는 생각을 하면서 나는 봄의 정취에 흠뻑 취해 있었다.

해가 정수리 위에서 이글거리며 빛을 뿌리고 나무들은 제 몸 크기만 한 그림자 위에 도장을 찍듯 멈추었다. 시골에서는 시간을 그림자로 잰다. 그림자를 보고 점심 식사를 하자는 소리가 들렸다. 우리는 커다란 소나무가 우산처럼 그림자를 드리운 풀밭에 둘러앉았다.

점심 보따리를 풀었다. 여섯 아주머니들이 제각기 준비를 해 왔다. 서로 그렇게 하기로 한 모양이었다. 새까맣고 기름이 흐르는 쑥개떡, 연한 호박잎에 콩을 심어 놓은 찌득찐득한 밀개떡, 쌀이 몇 알 숨어 있는 새까만 보리밥 바가지. 마른 새우에 된장을 넣고 끓인 아욱국, 이스트를 넣어 북실북실하게 부풀린 찐 밀빵, 밀가루에 햇쑥을 뜯어다 섞어 찐 쑥 범벅(?), 어디서 났는지 사이다도 세 병이나 있고, 비과가 한 봉지. 둘러앉은 자리는 풍성했다.

아주머니들은 모두 허름한 몸베 바지에 섶이 짧은 삼베적삼 차림이었다. 브래지어가 없는 때라 음식을 집을 때마다 젖무덤이 적삼 사이로 드러났다. 그렇지만 그들은 내가 남자라는 것을 잊었는지 아무렇지도 않게 내보였다. 그 가운데 오직 한 사람 32세짜리 젊은 이천댁만은 몸가짐에 조심을 했다.

저녁때가 되자 아주머니들의 자루가 산나물로 채워졌다. 그것을 들고 이고 돌아오는 길에 40대 아주머니가 길옆에 털썩 주저앉더니 발목을 삔 것 같다며 일어나지 못했다. 나는 놀라 다가가 아주머니를 부축했다.

"아야! 나 못 걸어."

"어쩜 좋아!"

아주머니들이 걱정스럽게 모여들었다.

"심하사, 나 못 가. 업어줘."

많이 다친 모양이라고 생각한 나는 조심스럽게 그녀를 업었다.

약 10보쯤 갔을 때 등에 업힌 아주머니가 깔깔거리고 웃어댔다.

"아이 기분 좋다. 남자 등을 타니 이렇게 좋네. 발이 금방 나았어, 호호호."

욕쟁이 아주머니가 40대의 장난치는 것을 알아채고 가만히 있지 않았다.

"저런 염병할 것, 엉큼하게 사내 등 맞은 알아서, 당장 내려. 나도 좀 타 보자."

그녀도 주저앉아 다친 흉내를 냈다.

"아이구, 나 죽는다. 나 좀 업어!"

장난기가 동한 아주머니들의 시선이 나에게 쏠렸다.

"업히세요. 열 발짝만 업어드릴게요."

그렇게 하여 다섯 아주머니들을 차례로 다 업어 열 발씩 걷고 내려 주었다. 모두들 재미있어 했다. 마지막으로 이천댁 순서가 되자 욕쟁이 아주머니가 농담을 했다.

"우리야 다 늙었지만 둘이 붙으면 불나겠다, 빨리 업혀봐."

"……."

얼굴이 빨개진 이천댁은 업히기를 사렸다.

"동생 같은 사람인데 어때, 한번 업혀 봐 이것아. 이럴 때 아니면 언제 남자 등을 타 보겠냐?"

이렇게 시작된 욕쟁이 아주머니의 짓궂은 농담은 한참 동안 계속되었지만 그녀는 끝내 사양했고 일행은 아이들처럼 웃으며 산길을 내려왔다.

마을에 도착하여 헤어질 때 이천댁이 속삭이듯,

"오늘 저녁은 우리 집에서 먹어요. 산나물 맛있게 묻혀 놓을게 ……."

한 마디 해 놓고 자기 집으로 들어갔다.

여주사격장 76 / 누나의 입술

저녁이 되었다. 나는 이천댁 집으로 갔다.

그녀는 약속대로 산나물을 묻혀 놓고 저녁상을 정갈하게 차려 놓았다. 쌀이 어디서 났는지 보리 반 쌀 반의 쌀밥이었다.

나는 이천댁과 그 집안 조카라는 현주와 둘러앉아 식사를 했다. 현주는 아주 명랑했다. 식사를 마치자 그 아이는 자기 집에 간다고 나가고 방에는 이천댁과 나만 남았다.

이천댁은 수줍고 순하기만 한 줄 알았는데 그렇지 않은 면도 있었다.

"내가 위니까 나보고 누나라고 부를래?"

"그러시지요."

"그럼 나는 심하사를 이제부터 혁이라고 부를게. 가운데 자가 혁자니까 괜찮겠지?"

"그러세요. 좋은 대로 부르시지요."

그렇게 하여 우리는 둘만 있을 때는 그렇게 부르기로 했다.

"혁!"

"……."

"누나라고 불러 봐."

나는 누나가 없다. 그래서 아직도 누나라고 불러 본 일이 없어서 누나 소리가 좀 쑥스러웠다. 그러나 억지로 한번 불러 보려 했지만 쉽지 않았다.

"내일부터 불러드릴게요."

"생각보다 수줍네?"

"……."

"나는 책을 좋아해. 날마다 책 없이는 못 살지. 내 책꽂이 볼래?"

그녀는 윗방으로 들어가며 따라 오라고 했다. 작은 책꽂이에 다 낡은 소설책과 시집들이 보였다. 순애보, 사랑, 흙, 찔레꽃, 벌레먹은 장미, 김소월 시집 등등, 대개는 나도 읽어 본 것들이었다. 그녀는 렌의 애가를 또 꺼내 들었다.

"혁, 여기 좀 봐."

연필로 밑줄을 친 대목에는 이런 구절이 있었다.(그 대목을 찾기 위해 렌의 애가를 며칠 전에 펴보았음)

〈사랑하는 자여!

잠들어길 조용헌 순간 나의 탄식의 전부는 그대였노라

구름밭과 별의 숨결 속에서 그대의 음성을 찾았으나

길다란 수풀의 밤 노래가 나를 속였을 뿐이었노라

내 가슴에서 솟아나는 기도의 전부도

그대 위한 번뇌의 외침이었노라

나는 나를 조롱하며 고독의 신이 거하는 동굴 안에 반역한다.

그러나 나는 여전히 현실에서 도망할 수 없는

사념으로 적막한 그림자 위에 떠 있다.

나는 쓰고 찢고, 찢고 쓰고 하며 광란의 하루를 허비한다.

다함없는 꿈의 일부를 먹칠하기 위한 약한 노력인지 모른다.〉

그리고 몇 장 넘기면

〈별빛이 한없이 높아졌습니다.
마음에 새겨진 외로움, 말없이 별들에게 하소하고 섰는
가련한 형체를 연상해 보세요
그대 주신 책을 펴들고 황홀한 나라의 생을 발견합니다.
저녁이 되면 해가 서산을 넘고
아득한 밤 초원에 이슬이 내리는 가장 평범한 진리가
왜 이다지 애연스럽습니까.
옛 마을길을 천천히 걷고 있으면
어린 날의 작은 한까지 하나하나
다시금 살아와 명랑한 노력에 핏물이 들 것 같습니다.〉

책은 낡았고 밑줄을 쳐 놓아 읽기도 힘들었다. 그녀는 그것을 펴놓
고 여기저기 읽어 주며 자기 이야기를 했다.
"혁, 잘 읽어 봐, 이 글은 어쩌면 그렇게도 내 심정을 그대로 옮겼
는지. 나는 이 책이 있으므로 밤을 외롭지 않게 보내기도 해."
"참 많이 읽으셨군요. 저 책들도 다 읽었습니까?"
나는 물으면서 '벌레 먹은 장미'를 바라보았다. 공수단에서 누군가
가 그 책을 가지고 와 읽으면서 낄낄거리던 생각이 나서였다. 다른
책들 사이에 어울리지 않는 책이라고 생각했다.
"책이 몇 권 있지만 나는 렌의 애가가 나를 가장 많이 위로해 주는
책이라고 생각하지. 마음이 울적할 때나 고독할 때 나는 그 책을 읽
으면서 위로를 받거든. 혁은 고독할 때 무슨 생각을 하지?"
"고독해 본 일이 없습니다. 군인에게 고독한 시간은 없습니다. 그

런 시간이 있으면 안 되지요.”

“고향에 애인 있어?”

“없습니다.”

무슨 이야기를 했는지 지금은 거의 다 잊었지만 꽤 오랜 시간 우리
는 말하고 바로 잊을 아무 것도 아닌 것들을 가지고 큰소리로 즐겁게
웃으면서 시간을 보냈다.

그녀는 주머니에서 비과를 꺼냈다.

“이게 하나 뿐이야. 낮에 먹다가 남겨둔 건데. 이걸 누가 먹지?”

“저는 괜찮습니다. 혼자 드세요.”

“콩 쪼가리도 반쪽으로 나누어 먹는다는데 혼자 먹을 수는 없지,
입으로 짤라 줄까?”

“그러실 것 없어요.”

“아니야, 좋은 방법이 있어. 자!”

그녀는 나를 놀라게 했다.

짧은 비과를 입으로 반을 물고 얼굴을 내 앞으로 내밀었다. 그리고
눈을 감았다.

호롱 등불에 발그레한 볼이 복숭아 빛으로 타올랐다. 나는 갑자기
가슴이 뛰었다. 당황하여 망설이자 그녀는 내 팔을 잡아 당겼다.

나는 얼굴에 불이라도 얹은 듯 뜨겁고 가슴이 두근거렸다. 그러나
잡아당기는 손에 끌려 입술을 가져다 비과를 물었다.

비과를 문 입술이 맞닿았다. 난생 처음 이성의 살에 대어 보는 입
술의 감촉은 찌릿하고 알알한, 살이 녹아드는 듯한 달콤한 꿀이었다.
누나를 끌어안고 싶은 묘한 감정이 가슴 밑바닥에서 기어올랐다.

여주사격장 77 / 한번만 안아 봐도 될까?

그러나 감정을 숨기고 따듯한 입술 사이로 사탕이 녹아 흐르는 타액의 달콤한 맛에 취하여 눈을 감고 그녀의 숨소리에 귀를 기울였다. 비과의 길이가 더 길었으면 좋겠다고, 엉뚱한 생각까지 하며 얇게 맞닿은 입술의 감촉에 폭 젖었다.

달콤한 시간은 너무 짧았다. 입술이 물기에 젖어 발그레한 그녀는 애원하듯 나직이 이렇게 속삭였다.

"나 한번 안아 봐도 될까?"

나는 당황했다. 그러나 빤히 바라보는 눈길을 피할 수 없어 고개를 끄덕였다.

"맘대로 하세요."

"딱 한번만이야."

그녀는 나를 안았다. 그리고 말했다.

"누나라고 불러 봐."

"다음에요."

"바보."

나는 누나라는 말이 정말 나오지 않았다. 지금도 남에게 누나니 동생이니 하는 말을 못하지만 그때는 더했다. 남에게 누나라고 부르는 것이 절대 쉽지 않았다.

그녀는 내 가슴에 묻혔다. 나를 안아주는 것이 아니라 안긴 형상이었다. 그렇게 잠깐 시간이 흐른 뒤 나를 풀어 주었다.

"내가 이상해?"

"아뇨."

"오늘 밤 자고 가면 어때?"

"안 됩니다. 할머니가 기다리십니다. 내가 들어가지 않으면 안 주무시고 기다리십니다. 오늘은 많이 늦었어요. 이만 가 봐야겠습니다."

할머니란 50대 아주머니지만 동네에서 가장 나이가 많아 보여서인지 동네 사람들이 모두 할머니라고 불러서 나도 그렇게 불렀다. 내가 나서자 그녀도 따라 나왔다.

"현주한테 가 봐야겠어."

집을 나선 그녀는 나를 따라 보리밭 사이 길을 걸었다. 밤이슬이 내려 풀 섶에 발등이 젖었다. 우리는 보리밭길이 짧아서 못다 나눌 만큼 재미있는 이야기를 웃음소리에 묻혀 주고받았다.

내가 외딴집 마당에 들어서자 그녀는 어둑한 들길을 되돌아갔다. 그녀의 검은 그림자가 어둠에 풀어지듯 숨어버릴 때 작은 어깨와 치마폭에 숨은 가는 허리의 나약한 뒷모습이 눈물 같은 아픔으로 저려 왔다.

그 다음 날이다. 사격장에서 근무를 마치고 전과 같이 초등학생들을 지도해 주고 할머니 집으로 돌아왔을 때 할머니는 저녁 준비를 하고 계셨다. 그때 이장 어른이 낯선 영감 하나를 데리고 왔다.

"이 양반이 지나다가 날이 저물어 쉴 곳이 없다며 우리 동네에서 하룻밤 새워딜라고 하는데 아주머니가 좀 도와주셔야 하겠습니다. 동네가 모두 혼자 사는 젊은 댁들뿐이니 부탁할 만한 곳이 없습니다.

오늘밤만 하루 재워 드리시지요. 심하사님도 있고 하니."

인심 좋은 할머니는 이장님의 청을 거절하지 못했다. 그리하여 우리는 세 사람이 둘러앉아 저녁을 들었다. 영감님은 50대 중반쯤 보였다. 어디서 왔느냐고 물어도 물어서 무엇하오 하는 말이 대답이고 성이 뉘시냐고 물어도 같은 대답이었다. 할머니는 궁금한 게 많은 듯 이것저것 물었으나 대답은 물어서 무엇하오뿐이었다.

멋대가리 없는 늙은이라고 생각하며 나는 읽던 벤허를 읽었다. 영감은 내 오른쪽 윗목에 자리를 잡고 누웠고 할머니는 아랫목인 내 왼쪽에 자리를 폈다.

영감은 자리에 눕자마자 코를 드르릉 드르릉 골아댔고 할머니도 숨소리가 조용해졌다. 나는 책장을 덮고 불을 껐다. 영감님은 점점 코를 심하게 골아댔다. 나는 코고는 소리에 잠을 이룰 수가 없었다. 새벽 두 시가 되도록 잠을 이루지 못하고 어둠 속에서 천장을 응시하며 드르릉 캭캭 소리에 귀를 막았다.

낯모르는 영감이 들어와 초저녁에는 담배연기로 괴롭히더니 밤에는 코고는 소리로 괴롭혔다. 불만스런 감정이 들자 잠은 더욱 오지 않고 말똥말똥해졌다.

갑자기 영감의 코고는 소리가 뚝 그쳤다. 깜깜한 밤은 여전히 먹물 같고 코고는 소리가 그치자 돌연 하늘이라도 내려앉은 듯 조용했다. 전에는 내가 먼저 잤기 때문에 들어보지 못한 할머니의 숨소리가 어둠을 조용조용 밀어내고 있었다. 영감 콧소리에 멍멍해졌던 때문인지 문 밖에 기어가는 벌레의 숨소리도 들릴 것 같이 고요했다.

그런데!

뜻밖에 큰일이 벌어졌다. 영감이 일어나는가 싶더니 내 발채를 넘어 할머니 쪽으로 기어갔다. 그리고 할머니 이불 속으로 파고들었다. 얌전히 주무시던 할머니가 깨어 영감을 밀어내며 아주 낮고 노한 음성으로 꾸짖었다.

"이게 무슨 짓이오?"

"아무 소리 마, 나야."

"갈 데가 없다고 하룻밤 재워달라던 사람이 이게 무슨 짓이오."

"조용히 해. 군인 깨면 어쩌려고."

"저리 못 가요?"

"다 알면서 왜 이래? 이 동네가 과부촌이라는 건 세상이 다 아는 일인데."

"나가, 나가요."

"나가긴 어딜 나가. 이 밤중에. 당신 좋고 나 좋자는데."

"심하사 깨면 어쩌려고 이래? 저리 비키지 못해. 저리 가!"

"아, 아! 아얏!"

할머니가 되게 꼬집었는지 물어뜯었는지 알 수 없지만 영감은 소리도 못 치고 기어드는 비명을 내뱉고는 제자리로 기어 돌아갔다.

할머니는 자지 않고 뒤척거렸고 영감은 다시 돌아가 눕자마자 코를 골기 시작했다.

나는 밤을 하얗게 새고 할머니가 아침을 하러 나가는 것을 보고도 깊이 잠든 척하고 누워 뒹굴었다. 밤에 그 짓을 한 영감은 태연하게 일어나 세수를 하고 아침상을 받았고 나는 애써 모르는 척하고 마주

앉기도 싫은 영감과 식사를 했다.

　하루는 또 가고 해가 지고 밤이 왔다. 어디론가 가는 듯 아침을 얻어먹고 나갔던 영감이 다시는 안 오는 줄 알았더니 저녁이 되자 어슬렁거리고 돌아왔다. 할머니는 화난 얼굴로 그를 문전 박대했다.
　“왜 또 왔수?”
　“갈 데가 없어서 돌아왔소.”
　“딴 데 가 봐요. 오늘은 못 들여요.”
　“못 들어가게 하면 할 수 없지. 여기서 하룻밤 자는 수밖에.”
　영감은 태연스럽게 문 앞 봉당에 등짐을 풀고 누웠다.

여주사격장 78 / 이불 속의 전쟁

영감은 봉당에서 자는지 잠잠하고 아주머니도 자리를 펴고 눕더니 아무 소리가 없었다. 아직도 밤에는 바깥 날씨가 추웠다.

저렇게 버려두었다가 얼어 죽으면 어떻게 하나? 나는 영감이 걱정되어 잠이 오지 않았다.

밤 2시가 넘었다. 아주머니는 정말 잠든 듯했다. 나는 살그머니 일어나 문을 열었다. 그리고 영감을 불러들였다. 영감은 고맙다는 듯이 고개를 몇 번 주억거리더니 윗목으로 가 어제처럼 자리에 들었다. 주책없는 영감 자리에 들자마자 코를 골기 시작했다. 코를 골다가 아주머니에게 들키면 쫓겨날 판에 드르릉거리며 잘도 잔다고 생각하며 잠을 청했지만 잠이 오지 않았다.

초저녁에 잠깐 떴던 초승달이 넘어간 지도 오래다. 불을 끄자 방안은 먹칠을 한 듯 깜깜했다. 잠이 오지 않아 하나서부터 100까지를 몇 번이고 세어도 영감 코고는 소리는 당해낼 수가 없었다. 그렇게 한 시간 이상 뒤척이고 있자니 영감이 컥컥거리다가 조용해졌다. 코고는 소리가 사라진 방은 어둠이 내리 누르고 무덤 속처럼 조용했다.

그런데!

이 무슨 짓인가? 영감이 일어나 내 발채를 넘어 아주머니에게 또 기어가는 게 아닌가. 나는 가슴이 뛰었다. 이제 일이 또 크게 벌어지게 생긴 거다. 문을 열어준 내 책임도 있다는 생각이 나를 긴장시켰다.

캄캄한 속에서 이불 들치는 부스럭 소리가 나는가 싶었는데 아주머니의 낮고 매몰찬 소리가 어둠을 무너뜨렸다.

"누구야? 당신이 또?"

"쉬쉬, 군인 깨지 않게 조용히 해. 군인도 이제 잠들었어."

둘이는 이불 속에서 전쟁을 벌였다. 아주머니는 나가라고 밀고 영감은 파고들고.

"이 영감태기, 어디를 만져?"

"어디긴, 자기도 좋으면서."

"안 나가?"

"이렇게 좋은데 어디를 나가라는 거야. 겉보기보다 속이 팽팽하고 젊은데?"

"누가 들여보냈어?"

"군인밖에 이 집에 누가 더 있나? 군인이 길을 터준 거야. 당신 여기가 아주 멋진데?"

"이 미친! 어디다 손을 대는 거여!"

"아야! 아아아야."

영감은 비명도 크게 못 지르고 죽어 가는 소리로 빌었다.

"아, 알았어, 갈게 갈게."

"나가!"

"알았어. 그만 놓으라고."

아마 영감이 크게 물린 모양이었다. 이불 밖으로 밀려나온 영감은 자기 자리로 바로 돌아가지 않고 한참을 아주머니 곁에서 머뭇거렸다. 어쩌면 거기 그렇게 있고 싶어서인 듯했다.

아주머니가 다그쳤다.

"조용히 말할 때 빨리 가. 안 가면 심하사 깨워서 내쫓을 거야."

"알았어. 당신을 안았더니 불이 꺼지질 않아. 당신 몸이 너무 좋아."

"이 미친 영감태기. 또 그 따위 입 놀리면!"

또 어딘가 꼬집은 모양이다. 영감이 기어들어 가는 소리로 비명을 토했다.

"아야. 아아아 알았어 갈게, 정말 갈게."

영감은 마지못해 기어서 자기 자리로 돌아갔다. 아주머니는 화가 난 듯 색색거렸다.

영감은 다시 자리로 돌아가 코를 골기 시작했다. 그렇게 하여 나는 이틀 밤을 뜬눈으로 샜다. 다음 날 아침을 태연히 얻어먹은 영감은 어디를 가는지 괴나리봇짐을 메고 집을 나섰다.

나는 제대가 1주일밖에 남지 않았다. 만약 이 집에서 더 자다가는 영감이 밤마다 찾아오면 골치라고 생각하며 그만 부대로 돌아가야겠다고 생각했다. 그래서 아침 식사 후 사격장으로 출근하며 말했다.

"그 동안 신세를 많이 졌습니다. 제대 날짜가 일주일밖에 남지 않아서 사격장에서 전우들과 함께 지내다가 가야 할 것 같습니다."

"영감이 코를 너무 골아서 잠도 제대로 못 주무셨지요? 그 영감 또 오면 이제는 집 근처에도 얼씬 못하게 할 테니 며칠 더 묵다가 가요."

"그런 것은 아닙니다. 저는 한번 잠들면 누가 업어가도 모르고 잡니다. 영감님이 코를 그렇게 많이 고셨습니까?"

"다행이우. 코를 어찌나 고는지 난 걱정을 이만저만 한 게 아니라우."

　아주머니는 안도의 숨을 나 모르게 쉬고 있었다.

　그 날 오후 나는 통신병에게 아주머니 집에서 전화를 철거하라고 하고 전령에게는 내 피복과 장비를 사격장으로 옮기라고 했다.

　내가 제대를 앞두고 짐을 정리해 갔다는 소문이 동네에 퍼지자 이장님이 저녁 식사를 자기 집에서 하자고 전갈을 보냈다. 그 날 일과를 마치고 이장댁으로 가다가 이천댁 집 앞을 지나는데 "어디 가?" 하는 소리가 나를 잡았다.

여주사격장 79 / 키워서 색시 삼으시구려

"제대한다는 말이 정말이야?"

"며칠 남지 않았습니다."

이천댁 얼굴에는 웃음이 살짝 지나가고 시무룩해졌다.

"제대하면 좋겠네?"

"좋긴 하지만 이 동네 떠나기가 섭섭합니다."

"할머니 집에서 짐도 옮겼다면서?"

"네."

"저녁 먹고 갈 때 우리 집에 다녀가."

"그럴 게요."

이장댁에는 새마을지도자도 와 있었다. 저녁상이 푸짐하게 차려지고 이장과 새마을지도자는 술잔을 나누었다. 이장이 입을 열었다.

"정들자 이별이라더니 그 말이 맞는 말이군. 여기 온 지가 두 달이 다 되어 가지?"

"그렇습니다. 어느새 그렇게 되었습니다."

"제대를 하면 무얼 하시려나?"

"모르겠습니다. 일단 제대 후에 생각해 보아야지요."

"우리 동네 사람들은 모두 섭섭해 한다네. 뒤에 올 사람도 좋아야 할 텐데……."

새마을지도자도 한 마디 했다.

"제대 후에 한번 놀러오지 않겠나?"

“할 수만 있으면 한번 오겠습니다. 그러나 알 수가 있어야지요.”

이장 부인도 웃으면서 끼어들었다.

“제대하시는 것은 좋은데 우리 애들은 어떻게 해?”

“아이들이오?”

“우리 미란이가 심하사님 제대한다니까 저녁도 안 먹고 저런다우.”

미란이 윗목에 앉아 하얀 얼굴에 맑은 눈망울을 반짝이며 나를 바라보았다.

“아저씨 정말 가셔야 해요?”

“음, 가야지.”

“우리 공부는 어떻게 하구요?”

이장 부인이 웃으면서 가로챘다.

“그렇게 좋으면 심하사님 따라 가거라.”

“정말?”

4학년이나 된 철부지는 정말인 줄 알고 이렇게 덧붙였다.

“아저씨 따라가도 돼요?”

“글쎄. 그건……..”

이장 부인은 한 수 더 떴다.

“데려가시우. 데려다가 공부시키고 키워서 색시 삼으시구려. 우리 미란이 예쁘다고 하지 않았수?”

농담치고는 대단히 입장 곤란한 농이었다. 그러나 어른들은 쑥스러워하는 내 마음도 모르고 웃으면서 놀리듯 말했다.

“좋지, 그렇게 하게나.”

철없는 미란은 부끄러워할 줄도 모르고 바보 소리를 했다.

"엄마, 정말 그래도 돼?"

"심하사님께 물어 봐라."

"나 심하사님 따라가고 싶어요."

기가 막혔다. 농담이 분명한데 어린것이 정말로 듣는 것 같았다.

"엄마가 농담하시는 거야. 나는 너보다 열세 살이나 위야. 이담에 네가 스무 살이 넘거든 보자. 그때는 네 마음이 달라질 거야."

"아저씨가 그렇게 나이가 많아요?"

"그렇지."

나는 화제를 돌렸다.

"그 동안 여러 가지로 도와주셔서 편히 지내다 가게 되었습니다. 고맙습니다."

"별 말씀을, 우리가 고마웠지요."

분위기가 바뀌었고 세상 이야기를 나누는 동안 두 분은 술잔을 나누었다. 시간이 꽤 흘렀다. 새마을지도자가 물었다.

"언제 제대를 하게 되나?"

"5일 남았지만 내일은 귀대할까 합니다. 새 책임자도 정하여 올려 보내려면 제가 미리 가야 합니다."

"제대한 후에 꼭 한번 찾아와 주게."

"예."

이렇게 기약 없는 대답을 남기고 이장댁을 나와 현주네 집으로 갔다.

"저 왔습니다."

말이 떨어지기 무섭게 문이 열렸다.

"어서 와."

조카 현주도 있었다.

"아저씨, 제대하신다면서요?"

"그렇단다."

"정말요?"

"그래, 누구한테 들었니?"

"동네 사람들한테요. 작은엄마는 저녁도 안 먹고 아저씨를 기다렸어요."

"그래?"

이천댁은 눈을 살짝 흘겨 보이며 나직이 타일렀다.

"아무 말이나 하면 못써. 아저씨 때문에 안 먹은 게 아니야."

현주는 얌전히 윗방으로 갔다.

"저녁은 잘 먹었어?"

"네. 저녁 안 드셨으면 드셔야지요."

"배가 고프지 않아서 먹지 않은 건데 저 애가 괜한 소리를 하는군."

"마을 분들도 섭섭해 하시지만 저도 정이 많이 들었어요."

"그래서 정은 아껴야 하는 건가 봐."

"회자정리란 말이 그냥 생긴 말이 아닌 것 같아요."

"나는 이별에 익숙한 사람이야."

"이별을 그렇게 많이 해 보셨나요?"

"난 태어나서 지금까지 정을 둔 사람은 모두 잃었어."

"……"

"지금 생각하니 혁에게도 정을 주었던 것 같아."

"……."

"언제 떠나?"

"내일 11시에 부대로 돌아가 절차를 밟아야 할 것 같습니다."

"그렇게 빨리?"

"그 동안 고마웠습니다."

우리는 밤이 깊도록 정이 담긴 이야기를 나누었다. 그녀는 나를 따라 이슬에 젖은 들길을 멀리까지 걸었다. 아쉬운 마음은 표현할 수 없을 만큼 컸지만 손도 잡아보지 못하고 끝내 누나라는 말도 해 보지 못한 채 들길에서 섭섭한 마음을 남기고 떨어졌다.

다음날 아침 11시 사격장을 나서서 부대로 가기 위해 마을 앞을 걸었다. 괴분하게도 동네 사람들이 마을 앞 개울 갓길에 모두 나와 있었다. 정든 할머니와 이장과 새마을지도자와 아주머니들, 그리고 꼬마들. 어른들은 다가와 내 손을 잡아주며 잘 가라는 이별의 말을 건네며 눈시울을 적시기도 했다.

그러나 이천댁은 보이지 않았다. 마지막으로 한 번 더 보고 싶었는데 보이지 않아 동네 안길을 몇 번씩 들여다보았지만 그 모습은 끝내 보이지 않았다.

마을 어귀를 지나 산모퉁이를 돌았다. 마을 사람들이 다 들어가고 아무도 보이지 않았지만 나는 마을 쪽을 몇 번씩 돌아보았다.

여주사격장 80 / 추억으로 가는 이별

파란 보리밭이 봄바람에 일렁이고 멀리 언덕 위의 소나무에서 송화 가루가 노랗게 날았다. 나는 그것을 보다가 소나무 아래 멀리서 이쪽을 바라보고 있는 사람을 발견했다.

가는 허리에 작은 어깨의 이별에 익숙해 있다는, 그 사람은 내가 마을을 떠나며 찾던 마음으로만 불러 보던 누나였다.

마을 꼬마가 나의 완전군장 차림을 보고 한 말이 생각난다.

"어! 아저씨 정말 군인 같다!"

간단한 군복에 모자만 쓰고 다니는 것을 보던 아이 눈에 투박한 철모에 뚤뚤 만 모포가 묶인 배낭, 허리에 버겁게 감긴 탄대와 수통, 어깨에 멘 총이 그렇게 보인 모양이었다. 나는 대한민국 군인으로 완전군장을 하고 걷는 것도 이것이 마지막 모습이라고 생각했다. 제대하고 나면 이런 차림으로 세상을 다시 활보할 기회는 없기 때문이다.

보리밭 몇 돼기를 건넌 저쪽 소나무 언덕에서 "나는 이별에 익숙한 사람이야." 라고 하는 듯한 얼굴로 그매(其妹;이천댁 현주 엄마)는 나를 바라보고 있었다.

내가 손을 저었다. 그매도 손을 가슴 앞에 모으고 가느다랗게 저었다. 보리밭을 사이에 두고 아무 말도 건네지 못한 우리는 서로의 모습을 동공에 새기기라도 하듯 바라보았다.

애틋한 감정은 가슴에서 가슴을 흐르고 있었지만 그매와 나 사이의 세월의 강은 너무 넓었다.

누구도 건널 수 없는 시간의 강에서 우리는 사랑의 손을 놓고 돌아서야 한다. 어차피 손도 잡아 보지 못한 사이가 아닌가. 나는 다시 걸음을 재촉했다. 그리고 시간을 따라 세월의 저편 망각의 추억 속으로 사라져야 한다고 생각했다. 발걸음과 시간은 정비례로 우리 사이를 벌려 놓았다. 잠깐 사이에 나는 작은 언덕을 넘었고 그매의 얼굴도 보리밭 끝으로 아득히 숨었다.

지난 밤 이슬 젖은 들길을 걸으면서 그매가 한 말이 떠올랐다.
캄캄한 하늘에는 보석을 수놓은 천장처럼 별꽃이 덮인 밤이었다. 그매는 서쪽 하늘에 가물거리는 작은 별을 가리키며 말했다.
"나는 저 별처럼 불쌍한 별인가 봐. 저 별은 언제 보아도 저렇게 구석에서 슬픈 눈으로 나를 바라보거든. 이 넓은 세상에 태어나 이렇게 깊은 산골에서 아무 희망 없이 살다가 죽어야 한다는 것이 믿어지지 않아. 어른들과 남의 눈이 무서워서 내 뜻대로 한번 살아 보지 못하고 이렇게 살아야 한다는 것이 싫어."
그렇게 말하면서 가느다랗게 내쉬던 한숨 소리가 내 가슴을 훑고 감았다.

내가 마지막 손을 흔들었을 때 그매는 고개를 돌렸고 가냘픈 모습은 보리밭 끝 아득히 아지랑이 속으로 별이 되어 숨었다.

나는 한 시간쯤 걸어 부대로 돌아와 중대장님께 귀대 신고를 했다.

그 동안 힘이 들었던지 중대장님도 많이 여위었다. 중대 본부 요원들은 나를 반갑게 맞아 주었다. 그러나 모두가 웃는 얼굴에 우수가 깃들어 있었다. 중대장님이 굳은 얼굴로 나를 불렀다.

"제대한다고 기뻐하지 마. 지금 저 아이들은 모두 전쟁터로 나가는 거야. 처음에는 지원병만 파병할 예정이었지만 지원자가 적어서 건강에 이상이 없는 한 부대 전원을 파병하게 되었어. 나야 물론 가야 하지만 다른 애들은 강제지. 그러니까 제대한다고 좋아하면 아이들에게 실망감을 주게 된단 말야."

"알겠습니다."

"보통 때 같으면 제대한다고 술도 한잔씩하고 축하도 하겠지만 미안하네."

"아닙니다. 중대장님을 모시고 가지 못하는 것이 죄송합니다."

"심하사는 행운아야. 우리 대대에서 지금 제대 명령을 받은 사람은 심하사 하나뿐이야. 모두가 살아올는지 죽어서 돌아올는지 모르는 사람들이지. 앞으로 한 달 안에 우리는 출발할 예정이야. 모두들 무사히 살아서 돌아와야 할 텐데."

살아서 돌아와야 한다?! 나는 가슴이 철렁했다. 월남을 간다고 다 죽는 것은 아니다. 그러나 저 사랑하는 전우들 가운데 앞으로 1년 안에 자기 명을 못 채우고 이국 하늘 아래서 시체로 돌아올 사람, 흔적조차 찾을 길 없이 희생될 사람이 없으리라고 누가 장담을 할 것인가.

나는 죽음이라는 그림자가 이 하늘 아래 낮게 드리운 채 젊은 저들을 끌고 바다를 건너 갈 것을 생각하니 웃을 수도 없거니와 납덩이가 내리 누르는 듯한 처절한 비애를 가눌 길이 없었다.

나는 다른 전우들에게 보여지고 싶지 않았다. 사격장에서 너무 빨리 내려온 것이 후회되었다. 저들은 내가 제대한다는 것을 안다. 그런 사람들 앞을 휘젓고 다닌다면 그들에게 가혹한 매질을 하는 것과 무엇이 다를 것인가. 나는 한 귀퉁이에 머리를 박고 조용히 있다가 아무도 모르게 부대를 빠져나가리라 생각했다.

이국땅에서 전쟁을 하기 위해 환경 적응훈련과 전투 대열 훈련에 여념이 없는 전우들. 살아서 돌아다니고 있는 그들이 모두 죽음의 그림자처럼 측은하게 여겨져 바로 쳐다볼 용기가 나지 않았다. 아주 우울한 오후를 보내고 밤이 되었다.

그런 환경 속에서도 고정 탱크 파견을 나갔다가 돌아와 소대에 편성된 채 파병훈련을 받고 있는 김상병이 나를 위로했다.

"심하사님예, 와 그리 우울해 하십니꺼?"

"내가 우울해 보이나?"

"지는 척 보면 심하사님 맴을 압니더. 무신 일이 있었십니꺼?"

"없었다."

"젊었을 때 외국에 한번 나가서 싸워보는 것도 좋지 않을까예?"

"그렇게 생각하나?"

"저는 우리 중대에서 가장 먼저 파병 지원을 안 했십니꺼. 다른 아들은 안 갈라꼬 우찌우찌하다가 다 한꺼번에 같이 가게 된 기라예."

“넌 참 용감하다.”
“제대하시러 내려오지 않았십니꺼? 제가 축하주 한잔 사겠심더.”

내가 위로해야 할 그에게서 위로를 받다니. 그 날의 감격은 잊을 수가 없다.(앞에서도 밝혔지만 이름은 봉화군 김삼화, 그가 무사히 월남에서 살아 왔는지 알 길은 없지만 이제 환갑이 넘고 70쯤 되지 않을까 싶다. 살아 왔으면 어디서든 건강하기를 빈다.)

백마부대를 떠나 33예비사단으로 가야 하는 마지막 날 밤이었다.

나와는 사이가 나빴고 언제든지 내게 눈을 흘기고 살던 중대본부 선임하사 김상사가 나를 보자고 했다.(그는 내가 특별 휴가를 가던 날 연대 부관한테 되게 맞은 일이 있다.)

언제나 술에 취한 듯 양 볼이 빨갛고 쉰 듯 걸걸한 목소리가 그의 특징이었다. 그는 나를 데리고 창고 뒤로 가 커다란 돌 위에 걸터앉았다.

여주사격장 81 / 아름다운 화해

나는 김상사가 무엇인가 나쁜 감정으로 보자는 것으로 오해했다. 그러나 목소리는 나직하고 부드러웠다.

"심하사 제대 축하한다. 그 동안 낯선 전방에 와서 고생 많았다."

"아닙니다. 제가 너무 무능해서 선임하사님을 괴롭혀 드렸습니다. 죄송합니다."

"그렇지 않아. 한때는 내가 심하사를 미워했던 건 사실이야. 그러나 엄격히 따져 보면 내 잘못이 많았어."

"제 잘못이 더 컸습니다. 드릴 말씀이 없습니다."

"지난 번 심하사 특별휴가 가던 날 내가 좀 심했다. 남들은 훈련에 사역에 눈코 뜰 새 없는데 누구는 휴가를 보내느냐고 불만이 생겨서 오기로 부관 전화를 무시했다가 조인트를 까였지. 미안했다."

"제가 죄송합니다."

"심하사가 1등을 한 덕에 우리 중대도 덕을 보았어. 좋은 일이 있었지." (나는 그 말의 뜻을 알지 못한다. 무슨 좋은 일인지 내가 모르는 것이기 때문이다.)

선임하사 김상사는 턱에 칼자국이 비스듬히 나 있어서 눈만 약간 부릅뜨면 무섭게 보인다. 그러나 빙긋이 웃으면 묘한 호감이 가는 얼굴이기도 했다.

"심하사, 우리 지난 일은 다 잊기로 하자. 나는 월남을 처음부터 지원했다. 이차피 인생은 그럭저럭 살다 가는 것인데 하루 더 살면 어떻고 덜 살면 어떤가. 다 그렇게 가는 것 아닌가. 나는 살아서 온다는 생각보다는 죽을지도 모른다고 생각해. 거기서 죽으면 다시는 심하사도 아내도 못 보겠지?"

그는 빙긋이 웃어 보였지만 눈에는 형언키 어려운 비애가 숨어 있었다.

월남을 간다고 다 죽는 것도 아닐 텐데 김상사 역시 전사를 생각하는 것이었다. 그러니 일이 병들은 오죽하겠는가. 생명이 소중하기는 다 마찬가지가 아닌가.

"선임하사님, 그렇게 우울한 이야기는 하지 마세요. 안전하고 건강하게 돌아오실 것을 저는 확신합니다. 저를 이해하고 이렇게 위로해 주시니 감사합니다."

"오늘 저녁에 주부에서 만나 한잔하자."

그러나 전쟁을 준비하는 군인에게 다음은 없다. 그 날 밤 비상 훈련을 하느라고 나와 경비병 몇만 남고 모두가 얼굴에 검댕 칠을 하고 어디론가 떠났다가 이튿날 새벽에 돌아왔다.

중대장님은 새까만 얼굴에 눈만 반짝거리고 모든 전우가 지쳐 있었다. 나는 그런 분위기 속에서 잘 있으라는 소리 한번 크게 못 하고 제대복을 갈아입었다. 그리고 정든 얼굴들을 다시 한 번 보지도 못한 채 도둑고양이처럼 부대를 떠나 마지막 제대 절차를 밟기 위해 예비 사단으로 향했다.

차로 몇 시간을 달려 도착한 곳은 부천에 있는 33사단이었다. 거기서 공수단 친구들을 만났다. 입대 동기 25명 가운데 10여 명이 온 것 같았으나 내무반 배치를 따로 받은 친구들은 만날 수가 없었다.

나는 누구보다도 공수단에서 처음 만났을 때 성격이 맞지 않아 맞짱을 뜬 박일원 하사를 만난 것이 기뻤다. 한바탕 싸우고 친해진 우리는 누구보다 가깝게 서로가 이해하면서 우정을 나누었었다. 제대를 앞두고 만난 우리는 3일 동안 시간만 나면 그 동안 겪었던 이야기를 나누었다.

3일 동안 부대에서 하는 훈련은 주로 사회에 나가서 어떻게 살아야 하는가를 지도하는 정신교육이었다.

마침내 복무를 마치고 제대증 받는 날이 왔다. 연병장에서 중대별로 제대증을 나누어주었다. 나도 다른 친구들도 다 받아들고 기뻐하는데 박일원 하사에게는 제대증이 주어지지 않았다. 왜 자기는 제대증을 안 주느냐고 박하사가 항의했다. 기간병이 그를 데리고 중대본부로 갔다. 나는 그의 등에다 대고 말했다.

"여기서 기다리고 있을께. 빨리 다녀와. 한잔하고 헤어져야지."

"좋지. 기다려 빨리 다녀올게."

여주사격장 82 (마지막 회)/ 필승! 제대 신고합니다!

우리는 나가서 대포라도 한잔 나누고 헤어지자고 약속했고 나는 그를 밖에서 기다렸다. 수천 명의 제대 장병들이 환히 트인 넓고 긴 부대 정문 대로를 홍수처럼 밀려 나가고 있었다. 대단한 사람의 물결이었다. 그 속을 나도 박하사와 당당히 걸어 나가리라 생각하고 있는데 한참 후에 그가 풀이 죽어 나왔다.

"어떻게 된 거야?"

"나 제대할 수 없게 됐어."

"뭐라고? 왜?"

"귀향지가 없다는 이유 때문이야."

"그게 무슨 소리야?"

"내가 입대할 때는 이천에 고아원이 있었지만 그 동안 고아원이 폐쇄되어 내가 돌아갈 곳이 없기 때문에 내보낼 수 없다는 거야. 막상 이대로 보내준다 해도 갈 곳은 없어. 잘 됐지 뭐."

"그러면 어떻게 되는 거냐?"

"어떻게 되겠지. 너 먼저 나가라."

나는 울고 싶었다. 본인의 심정은 어떠했겠는가. 언제나 꼿꼿하고 반듯한 인간인 그는 내 앞에서 약한 모습을 보이지 않으려고 얼굴을 돌렸다. 그러나 억지로 웃어 보이는 눈에는 이슬이 맺혔다.

"우리는 언제 또 만나게 될까?"

"만날 운명이면 만나겠지. 내 걱정 말고 나가서 잘 살아라."
"……."

나는 그와 악수를 하고 돌아섰다. 언제 어디서 만나자는 기약도 없이—.

그리고 인파에 묻혀 정문을 나서며 돌아보았다. 그는 높은 돌계단 위에서 나를 향해 손을 젓고 있었다. 나는 제대는 하지만 마음은 그 친구 곁에서 부대를 떠날 수가 없었다. 걷다가 돌아보고 또 돌아보았다. 그렇게 걷는 동안 그와 나 사이는 알아볼 수 없을 만큼 멀어졌다.

발돋움을 하고 손을 흔들던 그의 모습이 지금도 아련하다.

부대를 완전히 벗어났을 때 내 마음에서는 버리고 싶은 말들이 하나하나 떠올랐다. 그러나 그것들은 내 인생에서 다시 찾을 수 없는 정다운 구호였다.

기상! 감사히 먹겠습니다!
제9소대 점호 준비 끝!
소등! 취침!
근무중 이상무!
동작 그만!
신고합니다!
단결!
전달! 각 내무반 전달!
완전군장 선착순 집합!

삼열 종대로 집합! 오열횡대로 모여!

동작 봐라! 그것밖에 못하나! 동작이 완만하다!

차렷! 오와 열을 맞춰라!

교육준비 끝! 우선 사격준비! 좌선 사격준비! 사격 개시!

북진!

열중쉬어!

쉬어!

– 끝

* 그 동안 제 이야기를 들어주신 네티즌 여러분 감사합니다. 1년
이 넘도록 정신적으로 군대생활을 함께 하신 분들께 마음의 제
대증을 드립니다. 변변치 않은 글을 추천도 하여 주시고 위로해
주신 분들 정말 감사합니다. 추천을 누른다는 것이 쉬운 듯하면
서도 매우 힘든다는 것은 제가 해 봐서 압니다.

* 맨 처음에 제가 입대할 때 재수 없이 나만 걸려 입대한다고 불만
했는데 그 후 다른 친구들은 결혼까지 한 뒤에(내가 제대한 후
3년쯤에) 전원 입대영장이 나와 모두가 늦게 입대하였답니다.

* 함께 제대하지 못하고 가슴 아프게 했던 박일원 씨는 우여곡절
끝에 제대를 했고 저와는 7년만인 1972년에 광화문 국제극장
뒷골목에서 만나 지금까지 50년을 각별히 지내고 있답니다. 앞
으로 시간이 나면 그 친구의 이야기를 써 볼 생각입니다. 세상에

의지할 데라곤 전혀 없던 그가 당당한 사회인으로 되기까지의 인생 여정은 남다릅니다. 그러나 그는 꼿꼿하고 반듯한 사회인이 되었습니다. 그의 인간상을 칭찬하고 싶어서 그의 이야기가 쓰고 싶은 것입니다.

* 이 카페에 웃는곰이 다시 웃으며 올라오는 날이 있었으면 좋겠습니다. 주기적으로 글을 쓴다는 것이 너무 힘들어 감히 엄두가 나지 않습니다. 카페에서 군발이 추억 쓰기 18개월(2001.5.11-2002.11.29)만에 제대를 하니 섭섭하기도 합니다.
여러분! 모두 건강하시고, 증권 관리 잘하여 부자 되세요.
〈웃는곰 꾸뻑!!〉

네티즌의 답글들

천상유희 wrote : 그 동안 주말이면 님의 글을 찾고자 씽풀을 방문 했다 해도 과언이 아닙니다. 매주 거르지 않고 글을 올리신 님의 열 정에 경의를 표합니다. 하시는 일 모두 성공하시기를 기원합니다.

착한개미 : 마침내 명예로운 전역을 하셨군요. 인사가 늦었습니다. 한 아름 축하드려야 될 텐데……. 섭섭한 마음이 더 많이 드네요. 웃는곰 선생님께서 올려주신 대한민국 군대 이야기 잘 봤습니다. 이 야기를 이끌어 가시는 기술, 문장이나 맞춤법까지 거의 완벽한. 특별 한 연륜과 노하우를 지닌 분이셨기에 들려주실 수 있었던 이야 기……. 군대 다녀오신 분들의 다양한 체험은 수없이 많겠지만, 1년 반씩 그렇게 중심축을 딱 세워두고 탄탄하게 이야기를 끌어낼 수 있 는 역량. 누구나 쉽게 할 수 있는 이야기는 아닐 거라고 짐작됩니다. 이야기 연재에 들이신 시간과 정성도 결코 만만치 않으셨을 텐데요. 네티즌에게 조건 없이 베풀어주시느라, 정말 애 많이 쓰셨습니다. 하 시는 일 보람 거두시고 기쁜 일 많으시길……. 늘 건강하셔요. 벌써 12월……. 한 해의 끝자락이네요. 씽카페 모든 님들께 좋은 일 가득 늘 행복하시길 기원 드립니다.

풍경있는 정물 : 그동안 아껴 잘 보았습니다
다음 편을 기대하며……, 건강하시고요 좋은 글 기다립니다.

둠바 :안녕하세요? 그 동안 올려 주신 글 매번 참 감동적으로 보았습니다 그런데 벌써 마지막 회라니~! ㅎㅎ

어쩐지 섭섭합니다. 다음 편을 기다리는 야릇한 마음도 가끔은 있었는데 히이~ 어쨌든 제대를 하셨으니 군발이 추억은 끝이지만 또 다음 인생에서의 친구 분과의 우정도 기대해 봅니다

저는 그분이 반겨줄 가족은 없어도 얼마나 제대를 꿈꾸었겠습니까? 순간 가슴이 무지 아팠는데…… 다음 편을 기대해 봅니다.

추운 날씨에 건강 유의하시기 바랍니다.

헐랭이ㅋ : 고운 늙음……

곱게 늙어 가는 이를 만나면
세상이 참 고와 보입니다.
늙음 속에 낡음이 있지 않고
도리어 새로움이 있습니다.

곱게 늙어 가는 이들은
늙지만 낡지는 않습니다.

늙음과 낡음은 글자로는
불과 한 획의 차이밖에 없지만
그 품은 뜻은 서로 정반대의
길을 달릴 수 있습니다.

늙음과
낡음이 함께 만나면
허무와 절망밖에는
아무것도 남지 않습니다.

늙음이 곧 낡음이라면 삶은
곧 '죽어감'일 뿐입니다.
늙어도 낡지 않는다면
삶은 나날이 새롭습니다.

몸은 늙어도 마음과 인격은
더욱 새로워집니다.

웃는곰님의 군발이 추억을
읽으며 알았습니다. 님은
"참으로 고운 늙음이로구나"
"아름다운 님이로구나"
라는 생각을 하였습니다.
오늘이 마지막 회라 하시니
그 동안 눈팅만 하고 인사 여쭙지 못한 제가
송구스럽습니다.
마음만은 항시 따뜻했는데
전달은 되었는지요?

그 동안 고생이 많으셨습니다.
앞으로 전개될 친구 분의
멋진 삶 이야기, 기대하고 있겠습니다
웃는곰님 항상 건강 하십시오.
필~~~~~~~~~~~~~승!   공군방위라서...헤헤^^

뿌리 : 안녕하십니까? 그 동안 선생님의 글 잘 읽었습니다.
그리고 제대 신고 잘 받았습니다. 다음은 주제넘은 부탁인지 모르
겠지만 선생님의 제대 후 삶의 경험담을 들었으면 좋겠습니다.
군 생활 못지않은 감동이 이어지리라 생각합니다. 선생님 글을 읽
고 '진리는 단순하다'는 것을 다시 한 번 깨달았습니다. 감사합니다

고모 : 한 회도 빠짐없이 열심히 읽었었는데 무척 아쉽습니다.
다음 회를 기다리는 즐거움이 없어졌네요. 긴 시간 수고하셨구요.
감사드립니다. 아울러 앞으로도 좋은 글 마주할 수 있기를 기대합니
다.

┌─────┐
│ 인 지 │
│ 부 착 │
│ 생 략 │
└─────┘

1960년대 군대 이야기

별빛 쏟아지는 최전선의 밤

2017년 10월 20일 1판 1쇄 인쇄
2017년 10월 25일 1판 1쇄 발행

저　　자
웃는곰 심혁창
발 행 자
심　혁　창
발행처　**도서출판 한글**

서울특별시 서대문구 신촌로 27길 4(북아현동) 371-1
☎ 363-0301 / 362-8635
FAX 362-8635
E-mail : simsazang@hanmail.net
등록 1980. 2. 20 제312-1980-000009

▲ 파본은 교환해 드립니다

정가 12,000원

＊

ISBN 9789-7073-537-5-13810